유
혹

1

유혹

1

권지예 장편소설

민음사

차례

1부

1부

인간적인, 너무도 인간적인!

맛있는 섹스는 있어도, 맛있는 사랑은 없다. 사랑이 허기라면, 섹스는 일종의 음식이다. 이 도시에 음식점이 넘쳐 나듯 사람들은 여러 메뉴를 놓고 고민한다. 먹음직스러운 음식과 맛있는 음식이 꼭 일치하지는 않으니까. '보암직도 하고, 먹음직'도 하고, 맛있기도 한 음식에 사람들은 안도와 만족감을 느낀다. 그러나 미식가라면 먹음직스럽진 않으나 맛있는 음식을 탐색하는 데도 모험심을 발휘할 것이다.

대부분의 남자는 탐식가다. 게다가 맛있는 걸 절대로 남에게 뺏기지 않으려 한다. 그러므로 만족한 섹스 후에 남자들이 하는 말은 딱 두 마디로 집약된다. "으음…… 맛있어." 그리고 곧바로, "딴 놈이랑 하면 죽여." 그런데 '맛있는' 여자들은 딴 놈이랑 하지 않는다…… 라고 생각하면 오해다. 대체로 맛있는 여자들은 딴 놈이랑 하다 걸리지 않을 만큼 영악하기도 하다. 그건 오랜 경험으로 축적

된 그녀들의 노하우일까?

유미(由美)는 자신이 '맛있는' 여자라는 걸 안다. 오랜 학습의 결과다. 딱 100명의 남자와 섹스한 건 아니지만, 백분위 점수로 환산한다면 90점 이상은 된다고 생각한다. 섹스는 일종의 피드백이다. 또한 과격한 섹스 행위는 레슬링과 닮았다. 그런데 레슬링과 다른 점은, 승률을 결정하는 것은 힘이 아니라는 것이다. 상대는 유혹적인 먹이에 곧바로 제압당하게 된다.

그런 의미에서 인규는 훌륭한 싱글 매치 상대다. 게다가 그는 훌륭한 혀를 갖고 있다. 그는 실력 있는 소믈리에다. 그러니 그의 혀를 어찌 믿지 않을 수 있겠는가. 그는 와인을 고르듯 여자를 고른다. 처음에는 눈으로 보고, 그다음에는 향을 맡고, 마지막으로 맛을 본다.

인규는 소믈리에면서 이름만 대면 알 만한 유명한 레스토랑의 오너다. 그의 능력과 재력으로 보건대 어린 여자애들도 얼마든지 맛볼 수 있을 것이다. 그러나 그는 권위 있는 소믈리에답게 숙성된 맛을 좋아하나 보다. 어쨌거나 누보 보졸레 취향은 아니다.

호텔 객실에 카드 키를 꽂자 에어컨과 조명이 동시에 가동되었다. 인규는 검은색 재킷을 레슬링 가운 벗듯 휙 벗어서 집어 던지곤 유미에게 달려든다. 로프는 없지만, 유미는 그의 야수성을 자극하기 위해 한껏 심한 반동을 일으키며 침대로 떨어진다. 유미가 가볍게 저항할수록 인규는 허기진 짐승처럼 거칠게 유미의 옷을 벗겨낸다. 이제부터 심판 없는 그라운드 레슬링의 매치가 시작된다.

링, 아니 침대에서 펼쳐지는 매치에서 소믈리에 파트너는 늘 하던 대로 맛을 본다. 그러고는 마치 '오늘의 와인'을 품평하듯 말한다. 그러나 그건 엄밀히 말하면, '오늘의 치즈' 맛이다. 정복자 나폴레옹을 정복한 조세핀의 그 치즈…….

"으음…… 오늘, 좋아."

인규의 기분 좋은 신음은 유미에게도 더할 나위 없는 애피타이저다. 그가 가장 즐기는 치즈는 브리라는 치즈다. 혀에 감기면서도 부드럽게 흘러내리는 은은한 향의 브리.

"자기, 배란일이 다가오는구나."

이 민감한 남자는 이제 맛으로 여자의 생리 주기를 꿰뚫기까지 한다. 산부인과 의사보다 더 정확한 진단이다. 그의 보고에 의하면 배란일 전후에는 잘 발효된 향기로운 브리의 냄새가 난다고 한다. 시큼한 요구르트 맛일 때는 생리 전후이고.

배란일이라고 쫄 필요는 없다. 10대 소녀도, 20대 처녀도 아니다. 그녀는 한 번의 출산 후에 자궁 내 피임 장치를 했다. 그러나 남자들은 그 사실을 모른다. 가끔 이벤트처럼 그녀는 콘돔을 사용하기도 한다. 임신의 가능성이란, 남자들의 공포심을 조절할 수 있는 여자만의 권력일 때도 있으니까 말이다.

이제는 유미가 맛을 볼 차례다. 매번 인규는 유미에게 감탄하며 심지어 감동하기도 한다. 유미처럼 아름답고 지적인 여자가 자신의 물건을 마치 따끈따끈한 핫도그의 소스를 핥듯, 딱딱한 비비빅 하드를 물듯 살뜰하고 맛나게 먹다니! 정말 그렇게 맛난 물건이라면 '페니스의 상인'으로 떼돈을 벌 수 있을 텐데, 인규는 객쩍은 생각을 해 보기도 한다.

유미의 서비스에 우쭐해진 인규는 유미의 두 다리를 만세 부르듯 번쩍 들고 돌진한다. 유미는 인규의 머리를 안고 감탕질을 하다가 창으로 고개를 돌린다. 밤의 한강이 펼쳐져 있다. 아아…… 지금 이 순간, 이렇게 한강의 야경이 눈에 샅샅이 들어오다니. 오늘은 어째 몰입이 잘 되질 않아……. 아아, 그 일 때문일까?

오늘 오후, 문화 센터 강좌를 끝내고, 꺼 두었던 휴대폰 폴더를 열었다. 오랜만에 정효수에게서 부재중 전화와 두 건의 문자 메시지가 들어와 있었다. 정효수가 웬일일까? 문자를 무시하고 삭제 버튼을 누르려다 열어 보았다.

―도대체 뭐하느라 전화는 꺼 놨니? 전화 줘.

―설희 문제야. 당장 전화 줘!

설희……. 유미는 애써 진정해 보려 한다. 유미는 일단 사람들이 없는 주차장으로 가서 차 안으로 들어갔다. 설희 문제라니. 문제아 설희가 이번에는 또 무슨 문제를 일으킨 걸까. 유미는 어쩔 수 없이 설희의 법적 보호자이자 친부인 정효수에게 전화를 한다. 숫처녀의 몸으로 정효수와의 불장난 같은 단 한 번의 섹스를 한 뒤 설희를 낳았다. 지금 생각하면 유미에겐 전설의 고향 같은 이야기다. 그것이 정효수와의 결혼으로 연결되었고, 또한 그것이 인생 최초의 실수라면 실수였다.

컬러링 뮤직으로 촉촉하게 빈센트가 흐른다. 스테리 스테리 나이트……. 감미로운 선율을 깨고 효수의 성마른 목소리가 대뜸 튀어나왔다.

"전화기는 왜 꺼 놓은 거야?"

첫마디부터 시비조다. 유미는 짜증이 인다. 자기가 엑스 허즈번

드면 엑스 허즈번드지. 이 ✕ 같은! 그럴수록 유미는 더 목소리를 깔았다.

"강의 중이었는데, 왜?!"

효수가 금방 꼬리를 내렸다.

"어, 잘 있었어?"

"응, 나야 뭐 늘…… 설희가 왜?"

"벌써 다 끝나긴 했겠다. 너 전화 안 받는 새."

"뭐가 끝나?"

"설희, 그 기집애 오늘 수술 받아."

"어머! 뭐라고? 무슨 수술?"

깔았던 목소리가 탁구공처럼 튀어 올랐다.

"어휴, 내 참!"

"어디가 아픈데?"

"거 뭐냐, 소파수술……."

"뭐, 뭐? 소파수술?"

유미의 어깨에서 힘이 빠져나갔다.

열일곱 살 설희가 임신을 했다니…… 바보 같은 기집애. 누굴 닮아서……. 아니, 모녀는 닮았다. 축복 받지 못한 첫 임신을 했다는 점에서는. 유미는 속상했다. 어이구, 발랑 까진 게 밭은 좋아 갖고선. 기집애, 콘돔은 뒀다 뭐해! 풍선이나 불려고 했나?

"그래서 말인데, 이럴 땐 친모가 가 봐야 되는 거 아니야?"

"왜 친부가 가 보시지."

말이 곱게 나가지 않는다.

"어떻게 거길 아빠가 가냐? 그리고 나 KTX 안이야. 부산 출장이야. 애 엄마가 가긴 했을 텐데, 그래도 이런 일은 챙겨 주면 좋잖아. 우리 애 엄마가 무슨 죄냐?"

우리 애 엄마? 마치 설희는 제 자식이 아닌 양 말하는 효수가 밉살스럽다. 애 엄마란 물론 설희의 엄마가 아니다. 효수에게는 재혼해 낳은 아홉 살 난 진국이라는 아들이 있다. 설희의 엄마는 두 시간 후에 유능한 소믈리에이자 레스토랑 사장인 애인과의 약속이 보름 전부터 예약되어 있는 몸.

"나, 당신 애 엄마랑 거기서 조우하고 싶지 않거든!"

"네가 가면 애 엄마가 왜 가겠냐! 암튼 알고는 있어. 설희에게 전화라도 해 줘."

효수는 거칠게 전화를 끊었다. 유미는 설희의 휴대폰으로 전화를 걸어야 할까, 잠시 망설인다. 모녀는 설희가 아주 어릴 때 헤어져서 친모녀지간이라 해도 어색한 건 그렇다 쳐도 설희는 늘 까칠하게 위악을 떨었다. 그러나 유미는 설희의 휴대폰 번호를 결국 눌러 버린다. 받지 않는다. 왠지 또 눌러야 할 것 같다. 또 누른다. 한참이 지나 전화를 받는다. 설희다. 약간 잠기가 묻은 목소리다. 거의 반년 만이다.

"어, 왜에……?"

"엄마야."

"알아, 오 마담! 내가 전화하지 말랬지? 근데 왜 전화해?"

설희는 유미를 한 번도 엄마라 부르지 않는다. 양모(養母)를 보고도 엄마라 부르지 않는다고 한다. 그녀를 보고는 신 마담이라 한다던가.

"왜! 왜 전화해? 하지 말랬잖아!"

설희의 목소리가 히스테릭해진다. 덩달아 유미의 목소리도 높아진다.

"야, 이 바보야! 어쩌다가! 그래 몸은 괜찮니?"

"꽤나 생각하네. 됐거든!"

툭! 전화가 끊겨 버린다. 그러나 이미 터져 나온 유미의 말은 차 안에서 울린다. 꼴좋다! 애 주제에 애나 떼고! 잠시 후 유미는 자신의 먹통 휴대폰을 귀에서 떼어 멍하니 보다가, 그만 가슴이 먹먹해진다. 그러다 마치 마이크에 대고 말하듯 또박또박 말한다. 바보야, 조심하지. 엄마가 예쁜 콘돔 두 박스나 선물했잖아.

설희는 작년 이맘때 가출했다. 정효수로부터 그 연락을 받은 지 보름 후, 돈이 떨어졌는지 설희가 생전 처음 엄마인 유미의 아파트를 찾았다. 아이는 열여섯. 그러나 이미 첫 경험을 한 나이였다. 첫 테이프를 끊은 아이의 성생활은 브레이크 풀린 자동차처럼 불안했다. 운전 조작이 미숙한 열여섯 살짜리 여자애는 욕망의 브레이크를 아직은 잘 다루지 못할 터였다. 그러다 원하지 않는 애라도 생긴다면! 당연히 애가 애를 원하지는 않을 테니, 색색의 콘돔 세트를 선물했던 거다. 피임에 실패하면 인생에 실패하는 거라는 엄포와 함께. 막을 수 없다면 피하기라도 해야 한다.

그런데 그건 어디다 두고 무모하게 일을 치렀단 말인가. 아니면 1년 동안 그 두 박스의 콘돔을 다 써 버렸단 말인가. 유미는 화가 났다, 딸의 소파수술에. 망할 년! 소파수술이라니. 그게 낡은 소파를 수술하는 거라면 얼마나 좋을까. 그리고 이토록이나 소통되지 않는 딸과의 관계를 생각하니 분노와 서글픔이 함께 솟아났다. 하지만 딸과 자기는 어쩔 수 없이 다른 세계에 다른 존재로 살고 있는 걸 인정해야만 했다. 한때 잠시, 열 달 동안 딸이 비록 자신의 몸, 자궁 속에서 살았다 할지라도.

설희를 낳은 촌뜨기 여대생 처녀와 지금 서른일곱 살의 자신은 중세와 현대만큼의 차이가 있지 않은가. 그때는 어린 나이에 짊어진 결혼과 엄마라는 짐이 벗어날 수 없는 굴레처럼 여겨졌다. 남들이 청춘을 구가할 때 유미는 서슬 시퍼런 시집에 들어가 여종처럼 살아야 했다. 유미가 다닌 여대에는 당시 금혼법이라는 게 있었다. 그러나 인생은 새옹지마, 전화위복, 요지경이다. 20세기 말과 21세기 초 17년의 세월은 어쩌면 역사적으로나 개인적으로나 중세의 170년보다 파란만장한 세월이었다. 21세기 디지털 시대를 맞아 유미야말로 새봄을 맞고 있지 않은가. 호적을 까 보지 않는 한 아무도 유미를 '돌싱', 게다가 딸의 임신으로 자칫 할머니가 될 뻔한 여자라고 생각할 리 없다. 타고난 동안에다 가녀리면서도 볼륨 있는 몸매를 지닌 유미는 10년 정도는 더 젊어 보인다. 골드 미스라 불리는 것도 억울할 지경이다. 우리 나이 서른일곱, 이 나이는 여자들에게 다양한 신분의 스펙트럼을 제공한다. 유부녀에 처녀에 이혼녀에 재혼녀까지……. 그러나 설희의 존재는 유미의 가슴에 박힌 아픈 가시였다.

유미는 공연히 화가 나서 핸들에 머리를 박았다. 클랙슨이 빵! 방정맞게 울렸다. 그 소리에 제풀에 놀란 유미가 고개를 들었다. 다

잊어버리자. 이 우울한 기분을 빨리 떨쳐 버리자. 유미는 머리칼에 붙은 송충이를 떼어 내듯 머리를 흔들었다. 꽂았던 자동차 키를 다시 빼내 밖으로 나와 자동차 문을 잠갔다. 그리고 지하 엘리베이터에 들어가 1층을 눌렀다. 한 시간 기분 전환을 위해서 백화점 1층은 꽤 괜찮은 공간이다. 수입 향수 코너가 보였다. 그렇지 않아도 오늘 급히 나오느라 향수 뿌리는 걸 잊었다. 새로 나온 리프레시한 향이 있으면 공짜 테스터를 듬뿍 뿌려야겠다. 오늘은 인규의 혀뿐 아니라 코도 즐겁게 해 주어야겠다.

아, 그랬는데…….

"씻고 와라."

인규가 갑자기 절정 전에 몸을 뗐다.

"오늘 에프킬라 뿌렸냐?"

그러고 보니 백화점 향수 코너를 돌며 이것저것 죄다 귓불에다가 뿌려 댄 생각이 났다. 아차, 잠시 헷갈렸다. 참, 이 남자는 향수를 싫어하지.

"난 자기 몸의 자연 향을 좋아한다고. 도무지 집중이 안 되잖아."

이진우는 불가리 향수를 특히 좋아하고, 또 박 PD는 샤넬을……. 남자들의 향수 취향은 다양하다. 인규는 똑바로 누운 채 담배에 불을 붙였다. 가슴에 난 털이 땀으로 지저분하다. 우리나라 남자치고 가슴에 털 난 남자는 흔치 않다. 처음엔 섹스어필이 되었지만, 지금은 아니다. 자연 향수인 페로몬이 땀 냄새와 비슷하다고 하지만, 유미는 인규의 땀 냄새를 그다지 좋아하지 않는다. 좀 짙다 싶은 그의 체취는 남들보다 많은 체모에 기인하는 게 아닐까.

오늘은 왠지 성능 좋은 전기면도기로 확 밀어 버렸으면 좋겠다. 그가 담배 연기를 입으로 내뿜기 시작하자 그의 심벌은 공기가 빠져나가는 풍선처럼 점점 쭈그러졌다. 담배와 남성의 심벌은 필시 연결된 게 아닐까.

유미는 씻을 생각은 않고 그대로 누웠다. 귀찮다. 씻고 와서 저 불씨를 다시 살려 땀을 빼고 싶지 않았다.

"씻고 와. 깨끗이 씻고 다시 먹게."

담배를 다 피운 인규가 부드럽게 말했다.

"나, 피곤해. 오늘은 그만하자."

"무슨 코스 요리를 먹다 마냐?"

"오늘은 일품요리 먹었다 생각해. 건강을 위해서 간혹 소식도 해야지."

그때 인규의 휴대폰이 울렸다. 인규가 슬쩍 눈치를 본다.

인규의 휴대폰 벨 소리가 바뀌었다. 탱고 음악. 어디서 많이 듣던 곡인데……. 인규가 냉큼 전화를 받았다. 유미는 자신의 휴대폰 벨이 무음으로 되어 있는지 다시 확인했다.

"오! 그래. 미안. 미팅이 있어서…… 금방 끝나. 한 시간 내로 갈게."

유미는 누운 채 창밖을 내다본다. 한강을 끼고 명멸하는 가로등의 띠가 럭셔리한 네클리스처럼 보인다.

인규가 침대에서 일어나며 말한다.

"미안, 가야 할 거 같아. 오늘 집사람 생일인 거 깜빡했어. 애들이랑 밥 안 먹고 기다리고 있대."

유미는 담뱃갑에서 담배 한 개비를 꺼내 물고 심상하게 대답해 준다.

"그래, 가 봐. 여기서 전식은 했으니 가서 코스 요릴 끝내야지. 먹을 복 있는 놈은 엎어져도 꼭 스테이크 접시에 코를 박아요."

"자기, 화났어?"

"화나긴. 내가 언제 그깟 일로 화내는 거 봤어? 그나저나 자기나 제대로 씻고 가라. 빡빡 문질러서. 에프킬라 냄새 풍기지 말고. 걔는 코가 개코라며."

"자긴 정말 멋진 여자야."

인규가 개구쟁이처럼 웃더니 욕실로 향했다. 잠시 후에 생각난 듯 고개를 내밀고 묻는다. 머리칼에 샴푸 거품을 잔뜩 묻힌 채.

"근데 선물은 뭐가 좋을까?"

"한 시간 안에 간다면서? 걘 현금 좋아하잖아."

"센스 있는 자기의 센스 좀 빌리려 했지."

"으음…… 참, 그러고 보니 마놀로 블라닉 하이힐 샌들을 신고 싶어 했어."

"뭐? 마늘……?"

"「섹스 앤 더 시티」에 나오는 구두광 여주인공이 열광하는 구두 있거든."

"문자로 좀 찍어서 보내 줘."

"알았어. 그런데 서둘러야 할 거야. 그거 사러 갤러리아에 들르려면 총알처럼 가야 해."

인규는 물기도 닦지 않고 욕실에서 나왔다. 유미는 그의 등에 남은 물기를 닦아 주며, 오늘은 특별한 날이니 관대해지기로 했다. 인규가 돌아서더니 유미를 꽉 껴안았다.

"이러지 마. 또 냄새 밸라."

"오늘, 이해하지? 내 단미. 더 있다 갈래?"

유미는 고개를 끄덕였다.

인규가 서둘러 나가고 유미는 강변 쪽 커튼을 활짝 열어젖히고 담배를 피웠다. 비즈 장식이 된 검은 벨벳 같은 어둠만이 통유리 창에 가득했다. 그 안에 벌거벗은 유미의 나신이 하얗게 떠올랐다. 유미는 담배 연기를 한 모금 머금고는 클림트 그림의 여주인공 같은 도취된 표정을 지어 본다. 그러다 그 모습을 향해 장난스럽게 담배 연기를 훅 내뿜었다. 담배 한 대를 다 피우고 나서 가방 안에서 휴대폰을 꺼내 화면에 또박또박 문자를 박아 넣는다. 작년에 인규가 선물한 검은색 프라다 폰이다. 유미는 은색과 검은색, 두 개의 휴대폰을 휴대하고 있다. 요컨대 프라다 폰은 프라이빗 폰이다. 그것은 어디까지나 인규의 필요에 의한 것이다. 선물은 필요한 사람이 하는 것이다.

—마놀로 블라닉. 2009 여름 컬렉션. 은색 하이힐 샌들. 사이즈 235.

선물을 받은 지완은 어떤 표정일까? 야릇한 표정이 유미의 얼굴에도 떠올랐다.

유미는 전에 지완을 만나 함께 「섹스 앤 더 시티」란 영화를 관람한 적이 있다. 그때, 여주인공 캐리가 매혹된 마놀로 블라닉이란 구두를 보면서 지완이 말했다.

"어머! 세상에! 저 구두, 어쩜 저렇게 섹시하면서 로맨틱할 수 있니? 정말 탐나!"

구두를 잃은 착하고 불쌍한 신데렐라처럼 말하던 지완. 극중 샬롯 같은 치완. 그렇다면 나는 극중 누구와 닮았을까? 캐리와 사만다의 짬뽕? 섹시 로맨스? 로맨틱 섹스? 그것은 모든 여자가 꿈꾸는 로망이다. 그러나 구두는 구두일 뿐이라고 유미는 생각한다.

지완은 친구고, 인규는 애인이다. 죄책감? 하지만 나는 인규를 독점하지는 않는다. 인규에게도 아내 지완은 필요한 사람이겠지. 나는 불륜 드라마 「내 남자의 여자」의 김희애가 아니다. 인규는 내게 라지 사이즈 미스터 피자의 한 조각일 뿐이다.

유미도 한때 약간의 죄의식을 가진 적이 있었다. 그때가 아마도 인규와 유미가 정신없이 빠져들던 최초의 시기가 아니었을까. 어쨌거나 죄의식은 가장 강력한 흥분제다. 인규는 그 죄의식을 어떻게 처리하는 걸까. 쿨한 척 서로 아무 말 안 하지만 가끔 궁금하다. 하지만 우정은 우정, 구두는 구두일 뿐이다.

유미는 호텔에서 나와 홀로 차를 몰고 집으로 돌아와 자신의 블로그에 적었다.

훔친 사과가 맛있듯이,
사랑에 있어 죄의식은
최고의 흥분제이자 최음제다.

어찌 보면 죄의식은 가장 인간적인 특징이며 필요악이다. 죄의식 때문에 인간이 못 할 일은 없다. 죄의식은 사후약방문(死後藥方文) 같은 것이다. 하지만 죄의식이라는 것은 시간이 지나면 싸구려 향수처럼 날아가 버린다. 점점 휘발성이 강해진다. 그런 향기, 냄새 들은 결국 다 어디로 가는 걸까? 이 세상은 착한 동화 속의 여자가 살 곳이 못 된다고 생각하는 유미도 간혹 선악과를 따 먹은 이브의 후예답게 죄의식을 느끼긴 한다. 카프카가 말했다. 악은 인간을 유혹할 수는 있지만 인간이 될 수는 없다. 유미는 생각한다. 어쨌거나 영원한 악인이 될 수는 없어. 어쩔 수 없이 난 인간이야. 아! 그것도 인간적인, 너무나 인간적인!

이제 '단미의 사랑방'이라는 이 블로그는 혼자 관리하는 게 벅차다. 몇 년 전에 만든 유미의 블로그는 네티즌들에게 압도적인 인기를 얻었다. 사랑에 관한 낯간지러운 아포리즘이나, 좀 튀는 자신의 견해를 담은 이 블로그는 얼마 가지 않아 한낱 이류 미술대학의 시간강사 오유미를 유명하게 해 주었다. 교수로 채용될 희망은 싹수도 보이지 않던 30대 이혼녀. 그러나 블로그는 점점 입소문을 타면서 실핏줄 같은 인터넷의 네트워크 덕에 곧잘 유명 포털 사이트 메인에 단골로 떴다. 그리고 한때 유행했던 싸이월드의 개인 홈페이지에는 유미의 글들이 사이사이, 접착제처럼 붙어서 외떨어진 구슬 같은 사람들의 사이를 사이좋게 하는 데 일조했다.

유미는 '단미'라는 아이디로 통한다. 단미. '달콤한 여자', '사랑스러운 여자'라는 뜻을 가진 우리말. 인규는 단미라는 단어를 듣더니 고개를 끄덕였다. 으음, 달콤한 걸(girl)? 달콤한 아이스 와인도 좋지.

사이버 세계에서 태어나 그 세상에서 유명해진 단미는 재작년부터 백화점 문화 센터와 라디오 방송까지 진출했다. '단미의 사랑학'이라는 문화 센터 강좌는 사랑이라는 아름다운 이름으로, 실상은 연애에 관해 한 수 배우려는 꼼수를 가진 여자들로 넘쳐 났다. 사랑을 말하는 단미와 섹스에 집착하는 유미가 반인반수 같은 괴물이라는 걸 사람들이 알까. 유미는 단미의 이미지로 먹고산다. 간혹 그 순수한 이미지에 감칠맛 나게 '색'을 잘 쓸 뿐. 사랑에 목마르고 섹스에 허기진, 골 비고 허전한 여자들이 있는 한, 자신의 배를 채우는 데는 문제없을 것 같다.

　사람들, 특히 여자들은 겉으론 우아하고 고상, 더 나아가 숭고하고 싶어 한다. 보통 사람들은 사랑이라는 스테이크에 맛깔스레 뿌려진 섹스라는 소스를 좋아한다. 그 반대, 요컨대 팥죽 같은 스테이크 소스 속에 빠진 미트볼 한 점을 좋아하진 않는다. 사람들은 사랑에 배신당하면서도 사랑에서 위안을 얻고자 한다. 유미가 쓰고 있는 라디오 인기 프로그램 「사랑은 달빛을 타고」라는 심야방송은 홀로 잠드는 여성이나 데이트를 끝내고 돌아가는 사랑에 빠진 사람들에게 따스한 위안이 된다고 한다.

　유미가 방송까지 진출한 것은, 재작년에 박 PD라는 남자가 유미의 소문을 듣고 연락을 해 왔기 때문이다. 덕분에 유미는 소녀 시절 한때 꾸었던 작가의 꿈을 방송에서 펼칠 수 있는 기회를 얻었다. 프로그램 개편 때마다 잘리지 않는 걸 보면 신통방통했다. 어쩌다 밤늦게 집으로 돌아가는 차 안에서 유미 자신도 방송을 들을 때가 있다. 자신이 쓴 방송 원고를 읽고 있는 탤런트 출신 진행자 진유나의 촉촉한 목소리에 속이 느글거릴 때가 있다. 뭐 예를 들면, 이런 거다.

> 당신에게 사랑이 없다면
> 집과 돈과 이름이 무슨 의미가 있겠는가.
> 그리고 당신에게 이미 사랑이 있다면
> 그것들이 또한 무슨 의미가 있겠는가.

됐다 그래! 도대체 그럼 어쩌라고!? 자기가 들어도 낯간지러운 멘트다. 결국 심수봉의 트로트 「사랑밖엔 난 몰라」의 철학적 버전이다. 여자들에겐 지적 허영심을 위해서라도 아포리즘이라는 약간의 당의정이 필요하다. 특히 밤 시간대의 청취자들에겐 더더욱. 그 시간에 라디오를 듣는 젊은 여자들은 아무래도 소심하고 심심하고 외롭기 때문이다. 그녀들에게는 사랑의 환상을 주어야 한다.

그러나 낮 시간의 강좌에서는 실제적인 연애의 이론과 실전 테크닉을 가르친다. 자고로 사람을 얻는 자가 천하를 얻는다고 했다. 요즘 한창 뜨는 인기 드라마에서 주인공 미실도 그렇게 말했다. 고대에나 현대에나 색을 잘 쓰는 여자는 남자를 정복하게 되어 있다. 미실에게 수천의 화랑과 군사가 있었다면, 21세기의 유미엔 자신의 블로그로부터 파생된 그물망 같은 네트워크가 있다.

미실처럼 족보가 복잡한 관계는 싫다. 그래도 여자에게 무지개 같은 연애는 이상적이다. 요일별로 색다른 7인 7색의 섹스. 남자들은 힘들어도 여자들의 몸은 그게 가능하다. 그러나…… 능력 있는 현대 여성이라면, 일과 사랑을 함께하기 위해서는, 책상다리처럼 안정감 있는 넷도 괜찮다. 아니, 옛날 무쇠솥의 다리처럼 셋까지도 나쁘지 않다. 유미는 늘 최소한 다리 셋은 고수하고 있다.

간발의 차이

지완은 밖에 널어놓았던 빨래를 잔뜩 안고 거실로 들어온다. 지완은 마른빨래에 코를 박고 냄새를 맡는다. 뽀송뽀송하고 좋은 향기가 난다. 하늘은 청명하지만 초가을 볕은 아직 타오르는 불꽃 같다. 냉방된 거실 창으로 잘 가꿔진 정원과 그 뒤로 나무가 울울한 산이 보인다. 오랜만에 갖는 여유다. 연년생인 개구쟁이 두 아들 때문에 정신없는 여름방학을 보냈다. 어차피 주부에게 무슨 방학이 있겠는가. 방학이면 꼼짝없이 더 바쁜 게 대한민국 엄마 아닌가. 가을 학기가 시작되어 아이들이 학교와 학원으로 가니 그녀야말로 방학을 맞은 기분이다.

빨래를 개다 지완은 한숨을 쉰다. 지완이 집어 든 흰색 브래지어와 팬티. 재작년 뉴욕에 갔을 때 사 온 오리지널 '빅토리아즈 시크릿'이다. 청순하면서도 섹시하기 그지없는 백조의 깃털로 만든 것 같은 그것은 거무스레하게 변색됐다. 얼마 전에 바뀐 파출부가 아

26

이들 청바지와 함께 세탁기에 돌려 버린 탓이다. 60대의 늙은 파출부를 탓하기 전에 인규를 탓해야 하는 걸까. 어쩌다 분기별로 때우고 넘어가는 섹스. 빅토리아즈 시크릿의 속옷을 사는 순간, 사실 지완은 남편이 아닌 다른 남자와의 섹스를 은밀히 꿈꾸었다. 그러나 시크릿을 간직할 만한 사건은 일어나지 않았다. 그래서 꿩 대신 닭이라고, 올해부터는 재고 정리하듯 남편에게 염가 봉사하려 했다.

그러나 지난 봄, 인규가 취해서 준비 없이 급히 관계를 가졌기 때문에, 실상 그 속옷을 뽐낼 기회는 며칠 전 그녀의 생일날이 처음이었다. 아이들과 집 근처 레스토랑에서 늦은 저녁을 먹고 집에 돌아와 와인을 한 잔씩 나눠 마셨다. 그가 침대에 눕는 기척을 듣고, 재빨리 욕실로 가서 샤워를 하고 드레스 룸 서랍장에 고이 간직했던 빅토리아즈 시크릿을 꺼내 입었다. 거울을 보며 아랫배에 힘을 주니 아직은 쓸 만한 몸매였다. 그러나 침실로 돌아오니 남편은 이미 곯아떨어져 코까지 골고 있었다.

대신 베드 테이블 위에 꿈에도 그리던 '마놀로 블라닉'의 샌들이 조명을 받으며 놓여 있는 게 아닌가! 언젠가 「섹스 앤 더 시티」 영화를 보고 와서 그 구두가 눈에 삼삼해 말을 한 적이 있는데, 그때는 듣는 둥 마는 둥 하더니. 이 구두쇠가 어떻게 이런 구두를 사 올 생각을 다 했을까? 이걸 기특하다고 해야 할지. 지완도 가끔 비싼 옷을 사는 경우는 있어도 구두는 크게 신경을 쓰지 않았다. 아이들을 키우다 보니 그저 편한 신발이 최고였다. 키가 큰 지완은 늘 플랫 슈즈를 신곤 했다. 그러나 내심 요즘 유행하는 살인적인 높이의 킬 힐을 신어 보고 싶었다.

그런데 왠지 가슴이 서늘해졌다. 원래 애인이나 부부 사이엔 구두를 선물하지 않는 터부가 있다. 구두를 선물 받은 사람이 도망간다는 속설 말이다. 차라리 구두를 사라고 현금을 줄 것이지. 갖고 싶던 구두를 선물하는 이 센스를 칭송해야 하나……. 센스는 무슨! 구두를 신겨 주며 발에다 키스를 해 주진 못할망정 그새를 못 참고 코를 골다니! 생각 같아서는 훌륭한 흉기도 될 것 같은 하이힐 굽으로 자는 남편을 찍어 버리고 싶은 생각이 잠깐……. 그러나 그것은 어디까지나 엽기적인 상상일 뿐. 지완의 입술이 벌어졌다. 구두는 너무도 요염하고 예뻤다.

지완은 구두를 신어 보았다. 약간 작은 듯했다. 거울을 보았다. 새하얀 빅토리아즈 시크릿 속옷을 입고 은색 마놀로 블라닉 구두를 신은 여자가 서 있다. 세상에, 이렇게 유혹적인데! 결혼을 하면 왜 남편들의 눈에 붙은 콩깍지가 벗겨지는 걸까? 아니 지독한 원시가 되는 걸까? 멀리 있는 여자들은 예뻐 보이고, 이렇게 가까이, 집안에 있는 예쁜 여자는 보이지 않는다니.

코를 고는 남편을 보다 화가 난 지완은 거실로 가서 오디오에 CD를 걸었다. 탱고 음악이 흘러나왔다. 영화 「여인의 향기」에 나왔던 곡이 흘렀다. 「포르 우나 카베자」. 감미로운 선율이다. 하지만 제목은 좀 썰렁하다. 간발의 차이. 샤워하고 온 그새를 못 참고, 간발의 차이로 잠든 남편을 원망하며 지완은 탱고 음악에 맞춰 고고하고 우아하게 스텝 연습을 했다. 그래, 탱고엔 역시 하이힐이야. 지완은 두 달 전부터 탱고 강습을 받기 시작했다. 안방으로 돌아온 지완은 남은 와인을 털어 마시고 곧 잠이 들어 버렸다. 이미 생일날이 물러간 시각이었다.

킹사이즈의 너른 침대에 빅토리아즈 시크릿 속옷을 입고 마놀로 블라닉 하이힐까지 갖춰 신은 채 쪼그리고 자다가 깼다. 남편은 이미 출근하고 없었다. 아무리 섹시한 명품을 걸친 반라의 아내도 그의 눈에 들어오지 않았나 보다.

그런 생각을 하며 한숨을 쉬던 지완은 칙칙해진 속옷을 집어 던지고 오디오에 CD를 걸었다. 그래, 탱고 연습이나 하자. 이번에 흐르는 곡은 「콤프 일 포」다. 그래, 어쨌든 당당하고 우아하게! 미운 오리 새끼라고 생각되더라도 백조처럼 우아하게, 공작처럼 당당하게 스텝을 밟아야만 한다. 그때 휴대폰 벨이 울렸다.

박용준이다. 무슨 생각에선지, 얼마 전에 유미가 소개해 준 남자다. 분양이라 해야 맞을까? 넘치는 강아지 새끼를 분양하듯. 어느 날, 유미가 전화했다.

"너, 연하남 하나 안 키워 볼래?"

"어우, 얘는!"

공연히 내숭을 한번 떨어 보았다.

"싫어?"

"……."

황당하기도 해서 잠시 머뭇거리자, 쿨한 성격의 유미는 곧 전화를 끊을 듯했다.

언젠가 「섹스 앤 더 시티」라는 영화를 함께 보고 나서 지완이 처음으로 푸념을 한 적이 있다.

"저건 미국 여자들이나 가능한 얘기지."

"부럽니?"

"솔직히 조금."

유미가 말했다.

"한국에서도 능력 있는 여잔 가능해. 요즘 누가 남편 하나만 달랑 데리고 사니? 남편 하나면 한심한 여자, 남편과 애인 합쳐 둘이면 양심 있는 여자, 셋이면 세심한 여자고, 넷이면 사심 없는 여자고, 열이면 열심히 사는 여자라더라."

식은 커피를 마시면서 그런 얘기를 하다가 둘이 함께 웃은 적이 있었다.

유미가 금방이라도 전화를 끊을까 봐 지완이 슬쩍 물었다.

"몇 살인데?"

"갓 서른이래."

"뭐? 그럼 일곱 살이나 어리잖아."

"같은 학년인데, 뭘."

"총각이니? 난 총각은 부담스러워."

"총각은 아닌데, 유부남도 아니고."

"그럼 돌싱?"

"그것도 아니고. 동거하나 봐."

"에이, 부담스러워. 그리고 난 우리 가정이 너무 소중해."

"얘는. 그렇게 말하니 내가 꼭 무슨 가정파괴범 같구나."

유미가 발끈했다.

"어머, 미안!"

"야, 그냥 친구처럼 동생처럼 편하게 지내라는 거지. 너랑 대화가 통할 거 같아. 나랑은 코드가 좀 안 맞거든."

"뭐 하는 사람인데?"

"미대 대학원생이야. 내 제자."

"하긴 내가 그림을 좋아하긴 하지."

"응, 게다가 영화 등 다방면에 관심이 많아. 뭐 살림이나 요리 이런 거에도 일가견이 있더라고. 근데 난 그런 덴 젬병이잖아. 네 전화번호 벌써 따 줬는데. 박용준이라는 남자가 전화할 거야. 그냥 편하게 대화 상대로 생각해 봐."

"어우, 야!"

"사실 남 주긴 좀 아까워. 핸섬 가이야. 되게 귀여워. 이름이 그래선지, 배용준도 좀 닮았어. 내가 그 남자 전화번호하고 휴대폰으로 찍은 사진을 네 폰으로 지금 전송해 줄게."

곧바로 휴대폰 메시지 도착 음이 들렸다. 과연 유미는 정보로 보나 속도로 보나 연애 박사답다. 화질이 선명하지 않았지만 그런 대로 인물이 짝퉁 배용준 정도는 되었다. 그 박용준이 전화를 한 것이다!

남자치고 해맑은 목소리 톤에 호감이 갔다. 지완은 가슴이 뛰었다. 그리고 소녀처럼, 아니 갱년기 장애 증상처럼 얼굴로 후끈 열이 뻗치며 땀이 솟아났다. 서로 통성명을 하고 나자 박용준이 말했다.

"오 선생님 말씀이 여성적이고 우아하고 지혜가 많은 분이라 하시더군요. 제가 도움을 많이 받을 거 같아요."

"어머, 뭘요."

"언제 한번 뵙고 싶어요. 그리고 우리, 서로 멀지 않은 동네에 사는 거 같더군요. 가끔 만나 쇼핑도 함께하고 산책도 하고…… 참 궁금한 게 있는데 뭐 좀 여쭤 봐도 되나요?"

은근히 궁합이 맞나 가늠하겠지. 그래, 혈액형이든 별자리든 다 물어봐라. A형에 처녀자리다. 얼마나 여성적인가.

"방금 전에 다림질을 했거든요. 그런데 잠시 딴생각을 하다가 살짝 옷이 눌었어요. 그게 좀 비싼 옷이거든요. 어디서 무슨 방법을 들었던 거 같은데 도무지 생각이 안 나서요. 혹시 아세요? 오 선생님께 전화 드렸더니…… 유지완 씨, 이렇게 불러도 되죠? 지완 씨에게 물어보라고, 거의 걸어 다니는 살림 백과사전이라고 하면서 전화해 보라고 하셨어요."

이게 무슨 소린지……. 뭐 생활의 지혜 같은 걸 가르쳐 달라는 건가? 취미 생활이 혹시 살림인가? 그리고 나이도 한참 어린 남자가 날더러 지완 씨라? 살짝 기분이 나빠지려 했다. 그때 눌은 자국을 없애는 요령이 갑자기 생각났다. 뭐 꼭 인생의 지혜뿐 아니라, 생활의 작은 지혜도 나누는 게 나쁠 거야 없지 않은가.

"양파를 잘라서 눌은 자국에 대고 한참 문질러 보세요."

"아! 맞아요. 그런 말 들은 거 같아요. 정말 고마워요. 참 그럼 혹시 이것도 알려 줄 수 있어요?"

이번엔 또 뭘까? 왠지 살짝 긴장이 되는 데다 간질간질한 기분이 들었다. 여성스러운 톤으로 말끝을 살짝 흐렸다.

"네, 도움이 된다면 뭐든지……."

"저기, 콩나물국을 끓이려는데요."

지완은 풋, 웃음이 터졌다.

귀엽다고 해야 하나. 황당하다고 해야 하나. 하긴 유미의 말대로 이런 식의 대화라면 주부 10년차인 자신과 잘 통할지도 모르겠다. 들으나마나 콩나물국을 끓이는데 비리지 않게 끓이는 방법을 묻겠지. 훤히 보인다. 훤히. 이런 어린 남자와 알콩달콩 소꿉장난 같은 살림을 차려도 재미나겠다는 생각이 든다.

"비리지 않게 끓이는 법 말이죠?"

아니나 다를까?

"어휴! 어떻게 딱 알아맞히시네요. 제 마음을 다 읽고 계신가 봐요. 예, 맞아요. 쉬운 거 같아도 콩나물국, 정말 어렵거든요."

"콩나물 끓일 때 중간에 뚜껑을 열어 김이 빠지면 비린내가 많이 나거든요. 처음부터 마늘하고 소금을 넣고 뚜껑을 꼭 닫고 끓이면 맛과 향이 더 좋아요."

"아, 그렇군요. 지완 씨는 정말 사랑받으시겠어요. 게다가 오 선생님 말씀으로는 무척 아름다우시다고 하던데. 하긴 오 선생님 친구분이니 오죽 하시겠어요. 유유상종이라잖아요. 같이 한번 뵙도록 해요. 정말요. 그리고 가끔 전화해도 되죠?"

"네? 예……."

"걱정 마세요. 문자 보내고 할게요."

뭐라고 대꾸할 말을 찾는 새에 전화는 이미 끊어졌다. 왠지 아쉬웠다. 아아, 내게도 여인의 은밀한 재산인 시크릿이 생기려나 보다. 그러나 박용준은 말했다. 같이 한번 뵙도록 해요. 그건 유미와 함께 보자는 말이다. 시크릿을 유미와 공유하긴 싫다. 그건 유미를 경쟁 상대로 생각한다거나, 또는 주눅 든다는 얘기는 아니다.

누구나 다 타고난 저마다의 소질이 있고 전문 분야가 있다. 지완에게도 나름대로 자부심이 있다. 말하자면 유미가 연애의 전문가라면 나는 결혼의 전문가라고 주장할 수 있겠지. 유미는 결혼에 한번 실패한 전력이 있잖아. 요즘처럼 이혼이 성행하는 판에 우아한 결혼 생활을 유지한다는 것 자체가 기적이다. 그것도 재능이라고 지완은 생각했다.

아파트 모델하우스 광고처럼 모든 게 다 갖추어진 삶, 모델하우스에 세팅해 놓은 최고급 빌트인 세탁기나 식기세척기처럼 구성되어 있는 멋진 4인 가족. 그야말로 '명품 가족'이다. 그 은근한 자부심으로 지완은 유미에게 가진 자로서의 너그러움을 슬쩍슬쩍 과시하곤 했다. 그러나 이 상황이 명백한 연애의 시작이라면, 지완은 왠지 속이 좀 쓰리다. 지완에게 있어서 연애는 결혼을 하기 위한 단계로 오래전에 인규와 한 번 거쳤을 뿐이다. 지금 이 기분은 뭐랄까. 오래 처박혀 있던 장롱 면허증을 다시 꺼낸 기분이다. 그런데 문자가 들어왔다.

─콩나물국, 죽이네요! 혼자 먹기 아까워요. 참! 목소리가 너무 좋아요. 커피 향처럼 오래 남아요. 동네에 예쁜 에스프레소 카페 새로 생긴 거 아세요? 제가 커피 살게요. 가까운 곳에 계시니 공기가 다르게 느껴져요. 숨 쉬는 것도 행복해요. *^^*

지완은 숨이 살짝 가빠졌다. 이런 달콤한 말을 언제 들어 보았던가. 비록 박용준이 이 순간, 그저 영화 대사를 읊조렸다 할지라도 행복하다. 지완은 화답하기 위해 답장 버튼을 눌렀다. 그러나 머릿속에 떠오르는 문장이 도통 없었다. 황량한 사막처럼 막막했다. 어쩌면 이다지도 감성이 무뎌졌을까. 어떤 말을 써도 유치할 거 같았다. 유미의 블로그에 들어가서 몇 마디 훔쳐 올까. 지완의 사막 같은 가슴에 끈적한 열패감이 몰려왔다. 차라리 문자를 그냥 씹자. 유치한 문자를 날리는 것보다는 묵답으로 살짝 애를 태우는 게 더 나을 거 같다. 침묵은 금이다.

그러나 지금 금은방 남자와 거래를 하는 건 아니잖은가. 때로는 금덩이보다 은은한 한 잔의 커피 향이 인간의 마음을 끈다. 휴대폰을 만지작거리던 지완은 흠흠, 목소리를 가다듬으며 폴더를 열었다. 커피 향처럼 자신의 목소리가 그에게 스며들길 바라며 그의 전화번호를 눌렀다.

*

식탁 위의 휴대폰이 뒤집힌 풍뎅이처럼 진동한다. 콩나물국에 찬밥을 말아 늦은 점심을 먹던 용준은 액정 화면을 확인했다. 유지완. 씹던 밥을 얼른 목구멍으로 삼키고 폴더를 연다. 그러나 어금니에 낀 콩나물 줄기가 잘 안 넘어간다. 용준은 급한 마음을 누르고 목소리를 가다듬었다.

"여보세요?"

하나, 둘, 셋. 잠시 침묵이 흐른다. 휴대폰 너머의 지완이 마음속으로 숫자를 세는 소리가 들리는 듯하다. 여자의 참다 뱉는 들뜬 숨소리가 살짝 느껴지는 거 같다.

"여보세요? 저기…… 커피 향 목소리…… 배달인데요……."

용준은 슬며시 웃음이 났다. 내숭이 보인다. 순진하다고 해야 하나, 천진하다고 해야 하나. 귀엽다고 해야 하나. 친구라도 유미와는 너무나 다른 느낌의 여자다. 이렇게 작업이 빨리 먹히는 여자라니! 여자는 분명 목소리가 커피 향처럼 오래 여운이 남는다는 작업 멘트에 감동한 게 분명하다.

"아, 예……."

하지만 잠시 용준은 할 말을 못 찾아 머뭇거렸다. 얼마 전에 유미가 이 여자의 전화번호를 용준에게 주었다. 착하고 또 어머니 같은 따스한 여자라고 하면서. 그때의 유미의 눈빛은, '야, 애송이! 엄마 찌찌나 더 먹고 와.' 이런 눈빛이었다. 용준의 가슴은 절망으로 찢어질 듯 고통스러웠다. 그럴수록 유미를 향한 마음은 더욱 갈망으로 치달았다. 유미에 대한 그의 감정은 창녀와 여신 사이를 왔다 갔다 하며 혼란스러웠다. 유지완이라고 하는 여자가 아름다운지 매력적인지 용준은 알지 못한다. 유미는 그 부분에 대해서는 언급하지 않았다. 다만 부잣집 사모님이고 살림꾼이라는 말을 덧붙였을 뿐이다. 다만 요 며칠, 허전한 마음에 핑곗거리를 찾아내서 전화를 한 것뿐이다. 그것이 바로 다림질과 콩나물국이었다. 거기에 대한 답례로 돈 안 드는 립 서비스 정도야……. 그런데 이 여자, 완전 작업 멘트로 받아들인 게 분명하다.

"뭐…… 하세요?"

여자가 조심스럽게 묻는다. 용준은 얼결에 대답한다.

"아, 예. 작업 중이었습니다."

"네? 작업이라면……?"

"예? 아, 제가 화가다 보니…… 회화 작업 중이었죠."

대답을 하고 보니 자신의 임기응변이 그럴듯하게 느껴졌다.

"맞아! 참, 미대 대학원, 화가시겠구나. 정말 멋진 일을 하세요. 어릴 때 제 꿈도 화가였죠."

"내년에 전시회 계획이 있어서요."

내친김에 한발 더 나아간다. 그 말을 하는데 어금니에 낀 콩나물 줄기가 목구멍을 간질였다. 캑캑. 기침이 난다. 젠장, 콩나물이 좀 전에 내가 한 거짓말을 알고 있는 거 아냐?

"언제 그림을 한번 보여 주시면……."

"예, 그럴 기회가 있겠죠."

"저도 마음에 드는 그림 몇 점을 소장하고 있어요. 예술 작품은 정말 돈으로는 환산할 수 없는 기쁨을 주니까……."

"아, 그러시구나. 정말 지성과 교양을 갖추고 계신가 봐요."

"아이, 별 말씀을요…… 작업 중이시라면, 그럼 많이 바쁘시겠군요."

여자가 아쉬운 듯 말했다.

"아니, 꼭 그렇지는 않습니다. 모든 게 상대적이죠. 지완 씨가 전화를 하셨는데 그럴 리가……."

용준은 슬쩍 운을 떼고 지완의 눈치를 살핀다. 아니, 얼굴을 볼 수 없으니 그녀의 심중을 재빨리 헤아려 본다.

"커피 향 목소리만 배달하면 너무 감질나잖아요. 그래서 정말 맛있는 커피를 대접할까 하고요. 용준 씨만 괜찮다면…… 아까 말한 그 에스프레소 카페 저도 알아요. 작업하시다가 잠깐 머리도 식힐 겸 커피 브레이크도 나쁘진 않겠다 싶어서 말이죠."

"아, 제가 먼저 말씀드렸으니 제가 사야죠."

"그런 건 중요하지 않아요. 제가 그냥 동생 같아서 편하게 말씀드리는 거예요."

"그럼, 언제가 좋으시겠어요? 쇠뿔도 단김에 뽑을까요?"

"전 아무 때나 좋아요. 용준 씨 편하신 시간이라면."

용준은 집 안을 한 번 휘 둘러본다. 오늘 할 일은 웬만큼 모두 다 마쳤다. 쓰레기 분리수거만 해 놓으면 된다.

"그럼, 두 시간 후에 뵐까요? 가족들 저녁 식사도 챙기셔야 하니……."

"아…… 예."

"그럼, 4시에 그 에스프레소 카페 러브홀릭에서 뵙겠습니다."

용준은 약속을 하고 전화를 끊었다. 용준은 먹다 만 콩나물국을 물끄러미 바라보았다. 그러다 식탁에 수저를 내려놓았다. 아까부터 거치적거리던 잇새의 콩나물 줄기를 빼내고 찬 보리차로 입을 헹구었다. 생각지도 않게 유지완이라는 이 여자와 약속을 잡게 되다니. 예상외로 이 여자에겐 뭔가 분명히 어머니처럼 누나처럼 편안한 느낌이 있다. 촉촉하고 편안한 목소리. 하긴 목소리 예쁜 여자치고 얼굴 예쁜 여자는 드물긴 한데……. 그리고 주부라서 그럴까. 남을 배려하는 느낌이 들었다. 나쁘진 않아. 게다가 그림 컬렉션도 하는 부유한 여자라니 뭐 손해날 일은 없다. 꿩 대신 닭이라고 유미의 매력에는 못 미치겠지만 인근 지역에 미래의 내 그림 소장가를 하나 키우는 것도 나쁘지 않을 것이다.

내일은 토요일. 내일은 미림의 회사에서 노블레스 멤버십 회원들을 위한 미팅 파티를 여는 날이다. 알 만한 결혼 정보 회사의 커플 매니저인 미림은 내일 입을 정장 원피스 다림질을 아침에 부탁하고 나갔다. 그런데 그 비싼 원피스 엉덩이 부분을 온도 조절을 잘못해서 살짝 눌게 만들었다. 다행히 단색이 아니라 화려한 꽃무늬가 있어서 그렇게 티는 나지 않았다. 용준은 가슴을 쓸어내렸다. 유능한 커플 매니저인 미림은 잘나가는 전문직 남녀의 매칭에 회사 내에서도 타의 추종을 불허하는 실적을 올리고 있다. 그런 사람들의 파티를 주선하는 입장이니 원피스 가격도 만만치 않을 것이다. 그건 미림의 몇 안 되는 명품 아이템 중 하나일 것이다. 어쩌면 용준의 한 달 수입보다도 비쌀지 모른다.

수입이라고 해 봤자 일주일에 두 번, 선배의 화실에서 입시생들을 가르치는 게 고작이다. 이번 학기에도 미림의 도움으로 대학원 학비를 겨우 마련했다. 마지막 학기니 무리를 해서라도 졸업은 하는 게 상책이다. 우리 나이 서른. 군대 갔다 오고 대학 졸업하고 대학원 다니다 어언 삼십 줄에 접어들었다. 사회에 나간 친구들 가운데 빠른 축은 대기업에서 대리 말년을 달고 있다. 남들은 비슷한 스타트 라인에서 출발해 달리는데 유독 자신만 처진다고 생각되는 요즘이다. 하지만 어쨌거나 용준은 남들이 뭐라거나 말거나, 이 레이스는 마라톤이라고 우기고 싶다. 대기만성형 예술가도 있지 않은가. 그러나 그는 지금 예술을 하기도 전에 굶어 죽을 판이다. 그래도 자존심만은 지키고 싶다는 게 그의 마지막 자존심이다.

그러나 그는 가끔 생각해 본다, 자신의 처지를. 미림의 애완남? 아니 애완견? 아니 요즘엔 살림 잘하는 마당쇠?

*

　미림과의 동거는 올해 크리스마스면 2년이 된다. 처음에는 미림과 함께 이렇게 살림을 차릴 거란 생각은 못 했다. 고등학교 동창 민수의 결혼식에서 처음 만났을 때만 해도 그녀는 민수 커플을 맺어 준 결혼 정보 회사 '백년가약'의 커플 매니저였을 뿐이다. 민수는 고시원 쪽방에서 몇 년 썩더니 사법고시에 패스했다. 아직 연수원에 있는데도 어떻게 알고 결혼 정보 회사에서 연락이 온다고 거들먹대더니 몇 달 만에 거짓말같이 결혼을 했다. 동갑내기인 상대는 상당한 재력가의 딸로, 갓 개업한 실력 있는 성형외과 의사라고 했다. 민수 자식은 골만 발달해 머리통만 크지 얼굴은 소크라테스처럼 생긴 놈이다. 그러나 옛날부터 여자 얼굴은 엄청 따지던 녀석이다. 그래서 친구들은 그에게 '너 자신을 알라.'는 소크라테스의 명언을 일깨워 주곤 했다. 녀석이 성형외과 의사와 결혼하다니. 하지만 중이 제 머리 못 깎는다고 성형외과 의사라고 다 예쁠까. 하지만, 그녀는 예뻤다. 그 미모가 자연산인지 인공인지 용준으로서는 알 수 없었다. 하긴 성형외과 의사가, 특히 여자 의사가 추녀인 병원에 환자들이 어찌 신뢰를 갖겠는가. '네 꼬라지를 알라.' 속으로 이렇게 욕을 하며 돌아설지도 모른다. 못생긴 민수가 그렇게 조건이 좋은 여자와 결혼하니 출세가 좋긴 좋구나, 하는 생각이 처음으로 들었다.

　미림을 두 번째로 만난 것은 민수네 집들이에서였다. 그녀는 뭐랄까. 사람과 사람을 맺어 주는 일을 하는 사람 특유의 친근감과 신뢰감이 느껴졌다. 사람을 끄는 미소와 믿음을 주는 아나운서 같은 차분하고 명확한 말투가 인상적이었다. 그러나 출중한 외모라기보다는 수더분한 인상이었다. 나이가 몇이나 됐을까. 웃을 때마다 눈가에 잡히는 잔주름이 경험 많은 커플 매니저의 푸근한 인상으로는 오히려 플러스 요인이 되는 것 같았다.

　"성 매니저님. 이 친구, 결혼 좀 책임져 주세요."

　민수가 다짜고짜 취해서 들이댈 때, 자신의 명함을 내밀며 용준에게 언제 한번 회사로 찾아오라고 말했다. 성 매니저님? 섹스 매니저? 듣기에 따라 좀 이상하게 들린다. 그러나 그녀의 이름이 성미림이었다. 민수는 꼬박꼬박 성을 붙인 호칭으로 그녀를 불렀다. 자리가 취기로 무르익었을 때, 그녀가 먼저 일어섰다.

　그날 취한 민수 자식이 염장을 질렀다.

　"야, 너 얼른 백수 신세 면해야지. 자식아, 그러다 장가도 못 간다. 가난한 미대 대학원생 화가라······. 그러면 결혼 정보 회사에서 매긴 등급으로는 아마 페인트공보다 한참 아래일걸?"

　민수의 아내가 민수의 옆구리를 찌르며 말했다.

　"자긴, 무슨 말을 그렇게 해? 용준 씨가 얼마나 매력적인데!"

　그러나 용준은 이미 기분이 상했다. 인간이 무슨 한우도 아니고 등급이라니. 그러면 너희들은 최상급이라 이거지? 그러나 자리가 자리인지라 화제를 돌렸다.

"근데 성 매니저 말이야. 처녀냐?"

"무슨 소리냐. 나이가 몇인데. 결혼한 유부녀지. 그 업체에서 일 잘하는 여자들은 이미지 때문인지 다 결혼한 여자들이야. 성형외 과 여의사가 얼굴 예쁘듯 말이지. 생각해 봐라. 결혼 업체에서 생짜 배기 처녀를 쓰겠느냐고."

"야, 이 자식아. 그럼 성형외과 의사는 다 성형하냐?"

그 말에 갑자기 분위기가 썰렁해졌다.

아무튼 그 여자를 다시 만난 건 그로부터 일주일 후였다.

용준이 그녀의 휴대폰으로 전화를 했다.

"성 매니저님, 쥐뿔도 없는 저 같은 남자도 결혼할 수 있나요?"

그녀는 상냥했다.

"그럼요. 그러니까 저희 같은 전문가가 있는 거죠."

"아니, 듣고 보니 기분 나쁘네요. 뭐 저 같은 남자는 짝을 맞추기 가 어렵다, 이렇게 들리는데요. 도대체 제가 몇 등급이나 되는 겁니 까? 인간이 무슨 한우도 아니고. 은행에서 돈 좀 빌리려 해도 신용 등급, 결혼을 하려 해도 등급! 등급, 등급!"

"좀 취하신 거 같은데요. 그리고 지금은 업무 시간이 아니라서 상담은 곤란합니다."

그러고 보니 시간이 저녁 9시가 넘어 있었다. 대학원 입학 등록 금 때문에 월세방 보증금을 빼야 할 지경이었다. 은행에 가서 대출 을 좀 받으려니 그놈의 신용 등급이 문제였다. 답답한 기분에 국밥 집에서 소주를 반주로 걸치고 거리를 쏘다녔다. 거리에서는 크리스 마스 캐럴이 울려 퍼졌다. 라이터를 찾으려고 주머니를 뒤지다 그녀의 명함을 발견한 것이다.

"아, 오늘 같은 날, 댁에 계실 텐데 죄송합니다. 그러고 보니 오늘이 크리스마스이브라네요. 메리 크리스마스!"

그녀가 유부녀라는 민수의 말이 생각나서 갑자기 미안한 생각이 들었다.

용준이 전화를 끊으려는데 휴대폰 너머에서 다급한 소리가 들렸다.

"잠깐만요!"

"예?"

"지금 어디세요?"

"시내요. 오늘 같은 날, 혼자 거리를 쏘다니고 있어요. 명동입니다."

"그럼 지금 강남으로 넘어오실래요?"

"집에 계시는 거 아니에요?"

"아뇨. 저도 방금 파티장에서 나왔어요. 오늘 매칭 파티가 있었거든요. 와인 바에서 와인 한 병 시켰는데 혼자 다 못 마시거든요."

"그런 거라면 제가 도와드릴 수 있어요."

용준이 호기롭게 말했다.

"이리로 오세요. 신사동 가로수길의 '베네치아'라고……."

그날 그렇게 그녀를 만났다. 와인이 반병도 더 남아 있었지만, 이미 그녀는 살짝 취해 있었다. 그날, 그녀가 파티를 주관해서일까? 빨간 투피스를 입고 있는 그녀는 평소보다 예뻐 보였다. 그러나 파티장에서 나왔다는 그녀는 왠지 쓸쓸해 보였다.

"저 원래 와인 한 잔이면 빨개지거든요. 그런데 오늘은 취하고 싶었어요."

"왜요?"

그러자 그녀는 대답 대신 살짝 눈시울을 붉혔다. 용준은 왠지 이유는 모르겠지만, 그녀가 애틋한 느낌이 들었다.

"그래요. 저도 오늘은 좀 취하고 싶었어요."

"용준 씨는 참 착할 거 같은 느낌이 들었어요. 처음 만났을 때부터."

"그런 소리 많이 들었어요. 착한 거로 치면 최상 등급이죠."

미림이 살짝 눈을 흘겼다.

"저는 이런 일을 하지만 사람을 그런 식으로 보지는 않아요. 등급은 도살장에서나 매기는 거죠. 사람과 사람 사이의 끌림은 그런 등급을 초월하는 거예요. 어떤 에너지 같은 거죠."

그녀의 그 말이야말로 정말 끌리는 말이었다. 용준은 그녀에게 서서히 끌리고 있는 자신을 느꼈다. 그때 그녀가 물었다.

"오늘, 옆에 있어 주면 안 돼요?"

아, 기다리고 기다리던 말씀! 이게 웬 떡이냐? 그런데 그녀는 유부녀.

"저어, 오늘 밤 집에 안 들어가셔도 돼요?"

용준이 걱정스러운 얼굴로 물었다.

"가야죠."

그럼 그렇지. 유부녀가 별수 있나. 괜히 외로운 총각을 갖고 놀고 그래! 슬쩍 부아가 나려는데 그녀가 말했다.

"혼자 들어가기 너무 싫은 거 있죠? 무서워요."

"패는 남편이 있나요?"

그 말에 미림이 깔깔대고 웃었다. 그러다 시무룩하게 말했다.

"남편, 없어요."

"아, 네……."

"오늘 밤, 집에 같이 들어가 주시면 안 돼요?"

"안 될 건 없지만…… 아무래도……."

여자를 만나도 유부녀를 상대한 적은 없었다. 더군다나 살림집에 들어간다는 것이 총각인 용준으로서는 내키지 않았다. 섶을 지고 불 속으로 뛰어 들어가는 꼴 아닌가.

그런데 갑자기 또 그녀의 눈시울이 침울하게 붉어졌다.

"아, 그렇군요. 전 용준 씨가 오늘 밤 제 곁을 좀 지켜 주었으면 했는데……. 무리한 부탁이라면 용서하세요."

"저도 옆에 있어 드리고 싶어요. 그게…… 꼭 집이어야 할 필요는 없잖아요?"

"집이어야 해요. 전 집 밖에서 잠을 못 자요."

"그럼, 정말 아무도 없는 거죠?"

그녀는 취기에 젖은 몽롱한 눈으로 고개를 끄덕였다. 그러다가 갑자기 단호하게 말했다.

"무서워요. 하지만 극복해야 해요!"

"그렇다면야……."

결국 그날 밤, 미림과 그녀의 집으로 갔다. 그녀는 어린애처럼 안심하고 만족스러운 얼굴이 되었지만, 막상 그녀의 집에 들어가자 용준은 불안했다. 들어서는 현관부터 남자 구두가 있어서 깜짝 놀랐다. 거실 옷걸이에는 남자용 외투가 걸려 있었다. 또한 욕실에는 빨간색과 푸른색 칫솔 두 개, 면도기까지 갖추어져 있었다. 게다가 거실 장식장에는 결혼식 사진까지 떡하니 올라가 있었다. 미림이 안방 문을 열자 치와와 한 마리가 튀어나왔다.

"메리! 잘 있었니?"

미림이 개를 껴안고 볼을 비볐다. 개는 깽깽거리다가 다시 안방으로 들어갔다. 그녀가 부엌에서 맥주와 마른안주를 내왔다. 안 그래도 불안하면 목이 마른데 맥주가 반가웠다. 용준은 그녀가 따라 주는 맥주를 벌컥벌컥 마시며 말했다.

"남편분이 잘생기셨네요. 결혼한 지 얼마나 됐어요?"

"오늘 밤은 남편 얘기 좀 제발 하지 말아 주세요."

그녀가 고개를 외면했다.

"아, 예. 참 출장 중이시라고 그랬나……."

머쓱해진 용준이 제 잔에 맥주를 따르자 미림이 잔을 내밀었다.

"저도 한 잔 주세요. 그래요, 돌아오지 못할 출장을 떠났죠."

맥주를 쭉 들이켠 미림이 떨리는 목소리로 말했다.

"남편은 죽었어요. 바로 1년 전 오늘이죠. 작년 크리스마스 날 새벽이었어요. 음주 운전 차량이 덮친 거죠. 남편은 유난히 독실한 신자였어요. 교회 성가대 지휘를 맡고 있었는데 그날 집을 나서다가 그만……."

미림의 눈에서 눈물이 굴러 떨어졌다.

"아아, 그런 아픔이……. 그런데 민수가 그러는데, 유부녀라고 하던데……."

"일종의 대외비죠. 제가 하는 일에 이런 사정이 도움되는 이력도 아니고……. 저희 부부는 금슬이 무척 좋았어요. 저도 결혼에 대해

늘 긍정적인 마인드를 가지고 일을 하다 보니 실적도 무척 좋았고요. 사실 우리나라 결혼 정보 업체의 역사는 10년 남짓이에요. 10년 가까이 이 일을 해 오다 보니 저의 그런 이미지가 베테랑이 되는 데 일조한 건 사실이에요. 그래서 그냥 결혼 생활을 잘하는 유부녀의 이미지를 고수하고 있는 거죠."

미림의 자분자분한 말에 용준이 고개를 주억거렸다. 그러고 나자 서서히 죽었던 자신감이 차올랐다.

"그런데 그 사람 기일이 다가오자 못 견디겠는 거예요. 함께 자던 침대에서 빠져나가며, 여보, 다녀올게. 메리 크리스마스! 하며 제게 입 맞추며 했던 그 말이 지상에서의 마지막 말이 되다니. 그가 누웠던 옆자리의 온기가 채 가시기도 전에 싸늘한 시체로 변하다니. 1년 동안 그 사실이 믿어지지 않았어요. 남들 앞에서는 행복한 결혼으로 사랑받는 여인을 연기하지만 집에 돌아와서는 울면서 자지 않는 날이 없었어요. 남몰래 흐르는 제 눈물을 누가 알겠어요. 아까도 오늘 밤을 어찌 넘길까 두려워서, 못 마시는 술을 혼자 마시고 있었던 거예요. 분명 극복해야 할 일이긴 하지만 너무 힘들고 두려웠어요. 그런데 용준 씨가 아까 전화를 걸어와서 메리 크리스마스! 인사를 하는데 왜 그리 갑자기 눈물이 콱 솟구치던지, 그냥 무조건 잡고 싶었어요. 참, 그리고 목소리가 제 남편이랑 정말 비슷해요. 특히 전화 목소리는. 눈에서 멀어지니 그 사람의 모습은 잘 안 떠올라요. 그런데 더 오래가는 것은 목소리더라고요."

미림의 눈에 눈물이 고여 애잔하게 반짝였다. 용준이 미림을 끌어안고 볼에 키스하며 미림의 귀에 속삭였다.

"메리 크리스마스!"

미림이 말을 잊고 용준을 바라보았다. 미림은 마치 남편이 살아 돌아오기라도 한 듯 용준의 품에 안겨 울음을 터뜨렸다. 용준은 울고 있는 미림을 꼭 껴안아 주었다. 그러다가 미림의 얼굴을 들어서 그녀의 젖은 눈가를 혀로 핥아 주었다. 짭조름했다. 그녀의 눈은 작은 샘물처럼 한동안 짠물을 토해 냈다. 그녀의 몸이 부드럽게 풀려 나가는 것이 느껴졌다. 설움에 겨웠던 어린애가 울음을 추스르는 것처럼 그녀의 울먹임이 멈췄다. 그러고는 단잠을 꾸다 토해 내는 잠꼬대처럼 는적는적, 끈끈한 신음을 흘렸다.

두 혀가 얽히는 건 오래 걸리지 않았다. 그녀의 몸은 따끈한 호빵처럼 말랑하고 부드러웠다. 용준은 미림의 나이를 짐작할 수 없었다. 그가 안아 본 어떤 여자보다도 부드러웠다. 무르고 부드러운 몸이 그녀의 속성인 것인지 나이 든 여자의 피부 탓인지 알 수 없었다. 아니, 그 순간만은 알고 싶지 않았다. 그러나 오래 공을 들여도 왠지 그녀의 몸은 젖어 오지 않았다. 그녀 몸의 물기는 다 눈물이 되느라 말라 버린 탓일까. 그녀는 '대기만성형' 여자인 것 같았다. 곰솥을 달구듯 계속 풀무질을 하다가 그만 문전에서 실례를 하고 말았다. 오래 굶주린 탓도 있지만, 미림이 생리대 같은 여자였기 때문이다. 광고 문구에 늘 나오지 않는가. 뽀송뽀송해요.

미림이 머쓱해하는 용준을 안고 말했다.

"괜찮아요. 난 충분해요. 우리 그냥 꼭 안고 자요. 난 그게 더 좋아."

젠장. 실력 발휘를 못 한 용준은 못내 아쉬웠다. 그때 미림의 애완견 메리가 침대로 뛰어 올라왔다. 미림이 반갑게 품에 안았다.

"오, 메리 어서 와. 우리 코오, 하고 자자."

메리는 미림의 얼굴을 혀로 핥아 대기 시작했다. 개 좀 치울 수 없나. 용준은 개라면 딱 질색이다. 그 생각을 알았는지 미림이 기분 좋게 잠이 오는 목소리로 말했다.

"이해해 줘요. 이 개는 내 정서를 돌봐 주는 소중한 친구예요."

어쩔 수 없다. 이곳은 미림의 집이고 개 주인은 미림이니까. 내가 미림의 주인이 되지 않고는 입을 다물 수밖에. 그러나 금세 용준의 다문 입도 힘없이 벌어졌다. 잠에 곯아떨어졌기 때문이다. 창 쪽을 바라보며 깡마른 치와와를 안은 미림, 그녀를 뒤에서 안은 용준이 닭 꼬치처럼 일렬횡대로 붙어 잠이 든 이상한 크리스마스이브의 밤이 무사히 지났다.

크리스마스 아침이 밝아 왔다. 기운찬 새날이 밝아 오고 있음을 용준의 몸은 알아차렸다. 갑자기 용준의 아래가 불뚝거리자 닭 꼬치가 요동을 쳤다. 잠이 덜 깬 치와와가 깽깽댔다. 미림도 싫지 않은 눈치로 묘한 신음 소리를 냈다. 갑자기 미림이 급한 목소리로 말했다.

"성감대 하나 알려 줄까?"

"……?"

"귀, 귀를……."

용준은 미림의 귀를 핥고 빨고 물었다. 미림의 몸이 갑자기 뜨거워졌다. 진작 가르쳐 줄 것이지.

"으음, 좋아. 그리고 보너스로 목덜미……."

용준은 미림의 머리칼을 걷어 올리고 잔털이 많은 그녀의 목덜미에 입술을 댔다. 미림이 거의 자지러졌다. 그녀의 아래에서도 신호가 오고 있었다. 용준은 이 기회에 최선을 다해 실력을 발휘하고 싶었다. 일단 한 번 비등점에 다가가자 미림은 양은 냄비처럼 들썩였다. 절정이 다가오고 있었다. 아아, 고지가 바로 저긴데. 용준은 한껏 기운을 내 깃발을 꽂았다. 그때 미림이 용준의 머리통을 부여잡고 부르짖어 댔다.

"아아, 쫑! 쫑!"

그러고는 절정에서 울음을 터트렸다. 여자들은 열락의 강렬한 끝에 폭죽이 터지듯 울음보가 터지는 경우가 있다고 들었다. 용준 또한 쾌감의 극치에서 한 여자를 만족시켰다는 자부심으로 뿌듯했다.

"아아, 정말 너무도 멋진 섹스였어. 평생 잊지 못할 거 같아."

미림이 숨을 쌔근대며 말했다. 그리고 용준의 얼굴에 키스를 퍼붓더니 말했다.

"나 이렇게 편안하고 행복한 기분 정말 오랜만에 맛봐요. 고마워요. 이제는 두려움에서 벗어나고 싶어. 어쩌면 용준 씨가 나를 도와줄 수 있을 거 같아."

미림은 아직도 감동이 채 가시지 않은 얼굴로 용준을 그윽하게 바라보았다. 그리고 결심한 듯 말했다.

"우리, 같이 살래요?"

그렇게 재작년 크리스마스를 기해 미림과의 기묘한 동거가 시작되었다. 예수는 인간을 구원하기 위해 크리스마스에 이 세상에 태어났다. 그날 어떤 의미에서 미림은 용준을 구원했다. 자존심 때문에 그것이 경제적인 구원이라고 말하고 싶진 않지만. 용준은 굳이 싼 월세를 얻으려 발품을 팔 필요가 없었으며 대학원 입학 등록금 때문에 전전긍긍하지 않아도 됐다. 미림 또한 얼마나 다행인가. 밤마다 남몰래 흐르는 눈물을 탕진할 필요가 없었으며, 불 꺼진 방에 홀로 돌아가야 할 두려움에 전전긍긍하지 않아도 되었으니. 그러면 다 된 거 아닌가. 그렇게 서로 사람 인(人) 자로 기대어 살고 있으니 남자와 여자를 지은 하느님 보시기에도 흡족하지 않겠는가.

미림은 경제적 책임을, 용준은 정서적, 생활적, 성적 책임을 지기로 했다. 언뜻 용준의 책임이 훨씬 많은 것 같지만, 돈이 안 드는 책임은 얼마든지 질 수 있다고 용준은 너그럽게 생각했다. 용준이 미림의 정서를 책임지기로 했으므로 메리는 자연히 퇴출시켰다. 미림은 1년만 계약 동거를 하자고 했다. 그리고 부동산 계약처럼 서로가 특별한 이의가 없을 때는 1년 자동 연장하기로 했다. 용준으로서는 손해날 일이 전혀 없었다. 다만 미림의 나이를 알고 나서는 약간 켕기는 부분이 없지 않았다. 그녀는 용준보다 아홉 살이나 많았다. 용준은 솔직히 그녀와 결혼으로까지 이어지고 싶지는 않았다. 이러다 아이라도 생기면 발목 잡히는 게 아닐까. 그러나 미림 또한 동거의 목적은 절대 결혼이 아니라고 못 박았다. 아이는 걱정하지 말라고 했다. 자신은 아이를 갖는 데 문제가 있다며 안심하라고 했다.

동거는 무난하게 진행됐다. 미림은 이해심이 많고 수더분한 성격이었고 용준 또한 미림의 평가대로 착하고 실용적인 남자였기 때문이다. 그래서 동거는 자연히 1년의 계약 기간을 넘어 연장에 들어갔다. 두 번째 계약 만료 시점이 올해 다가올 크리스마스다. 사실 딱 한 군데 아주 잘 맞는다고 할 수 없는 부분이 있는데 그게 성적인 문제였다.

그건 바로 '쫑' 때문이었다. 미림이 첫날 용준과 섹스를 했을 때 절정에 올라 울부짖던 '쫑'이란 말의 정체. 절정 때마다 미림은 '쫑'을 외쳐 댔다. 미림에게 물어봐도 말해 주지 않았다. 용준의 머리에 떠오른 '쫑'이란 단어는 끝낼 종(終)을 '쫑'이라 하는 것이었다. '쫑내다', '쫑파티' 등등…… 그러나 절정에 오른 미림이 빨리 끝내라고 '쫑'을 외치진 않을 것이다. 그러다 어릴 때 용준의 집에서 아버지가 기르던 셰퍼드의 이름이 쫑이었던 기억이 났다. 그러나 분명 미림의 개 이름은 메리고, 암컷인데…….

　섹스에 있어서 미림은 무척 고지식하고 보수적이었다. 오로지 최고의 성감대인 귀와 목덜미를 고집했다. 새로운 성감대를 찾아보려는 탐험 정신과 새로운 체위를 실험해 보고자 하는 실험 정신이 모두 부족했다. 한마디로 모험심 제로인 여자. 게다가 섹스 자체를 별로 즐기지 않는 타입이었다. 그러니 두 사람의 성생활은 주야장천 입는 팬티의 고무줄처럼 늘어나 탄력을 잃기 시작했다.

　얼마 전부터 용준은 미림과의 동거 생활에 서서히 싫증을 느끼기 시작했다. 다만 대학원의 마지막 학기가 끝나는 시점이 크리스마스 무렵이니 학기를 참아 내듯 그때까지만 견뎌 보자는 생각이었다. 그러다 결정적으로 마음이 식은 것은 두 가지 이유 때문이었다. 유미와 '쫑'이라는 단어의 정체!

　대학원에서 유명한 강사인 유미의 존재를 알고 난 이후부터 용준의 마음속엔 새로운 불꽃이 피어나기 시작했다. 얼음 꽃처럼 차가운 유미는 물론 쉬운 여자가 아니었다. 그러나 그녀를 흠모하기만 해도 용준은 행복했다. 소년 같은 치기인지는 몰라도 그녀의 노예가 되어도 좋을 것 같았다. 그 무렵부터 미림이 더 시들해졌다.

게다가 '쫑'의 정체를 알고 나서는 배신감마저 느껴졌다. '쫑'은 하민종의 약자, 아니 애칭이었던 것이다. 그럼 하민종은 누구인가. 미림의 죽은 남편이다. 미림은 남편을 '쫑'이라는 애칭으로 불렀다. 습관은 무서운 것이다. 10년간의 세월 속에 새겨진 습관들. '쫑'이 미림의 귀와 목덜미를 핥고 절정에 이르면 미림은 쫑을 불러 대야 오르가슴에 도달했던 것이다.

미림은 '쫑'이 죽고 나서도 그를 잊지 못했다. 그의 옷과 물건과 사진을 마치 아직도 함께 살고 있는 것처럼 치우지 않았다. 6개월에 걸쳐서 용준은 미림을 설득했고 그것을 치웠다. 미림의 얼굴에는 섭섭함이 묻어났다. 미림이 그것을 결국 버리지 않고 박스에 보관하는 것마저 뭐라 그럴 수 없어서 덮었다. 그러나 미림의 몸에, 기억에 새겨진 '쫑'은 내쫓을 수가 없었다. '쫑'이라는 눈에 보이지 않는 유령이 펄펄 살아 있는 용준보다 힘이 셌다. 그게 서글펐고 화가 났다.

그녀에게 나는 어떤 존재일까. 그리고 그녀는 내게 어떤 존재인 것일까. 차라리 '쫑'이라 불리는 애완견 신세가 이보다 낫겠다. 언제 부턴가 화병 난 주부가 살림하면서 중얼대듯 용준도 가끔 중얼댔다. 살맛도 안 나던 차에 유지완이라는 여자의 휴대폰을 눌렀던 것이다. 그러나 그녀 또한 연상의 유부녀. 유부녀는 가라. 하루 빨리 출세해서 싱싱한 젊은 여자랑 살아야지. 그래서 미림과 유미한테 복수를 하고 싶다. 하지만 그동안 자신의 모습이 파노라마처럼 펼쳐지자 기운이 빠졌다. 파산해 7년 동안 뇌졸중으로 누워 있는 아버지와 대책 없는 식구들이 생각났다. 식구들은 당장이라도 용준이 취직하길 바라지만, 어릴 때부터 세계적인 화가가 되고 싶었던 용준은 자신의 꿈을 버리고 싶지 않았다……. 그렇게 말하고 싶지만, 사실 취직이 되지 않았다고 하는 게 더 정확할 것이다.

어쨌거나 유지완이라는 여자와 만날 약속을 했다. 지완과의 만남에 별 기대도 없고 흥도 나지 않지만 용준은 욕실에 들어가 옷을 벗었다. 머리를 감고 깨끗이 샤워를 하기 시작했다. 물방울이 돋은 거울로 갓 서른인 용준의 몸이 보였다. 갓 구운 바게트 빵처럼 담갈색의 윤기 나는 물 묻은 피부가 섹시해 보였다. 용준의 사정을 아는 대학원의 한 선배는 용준에게 강남 호스트바에서 호스트를 해 보면 어떻겠느냐고 슬쩍 간을 보았다. 수입이 보통 짭짤한 게 아니라며, 그 몸이 아깝다고 치켜세웠다.

가진 거라고는 이 몸밖에 없다니. 그렇다고 그런 짓을 하기는 죽기보다 싫다. 대학원만 졸업하면 이 집을 나가서 뭐든 하리라. 차라리 이 건강한 몸으로 막일을 할지라도. 아니 정말 그림 작업에만 매진해 보고 싶다. 유지완 같은 부잣집 여자에게 몸을 파는 게 아니라 그림을 팔 수 있다면. 용준은 잔뜩 비누 거품을 내 온몸을 북북 문지른다. 아닌 게 아니라 아무리 봐도 자신의 물건이 잘생기긴 했다. 대중목욕탕에 가 봐도 공중화장실에 가 봐도 썩 괜찮은 물건들이 안 보였다. 새끼 바게트처럼 딱딱하게 부푼 그것에 크림 같은 거품을 잔뜩 묻히며 용준은 휘파람을 불었다.

용준이 샤워기 밑에서 거울을 바라보고 있는 시간에 지완 또한 욕조에 누워 있었다. 이상한 예감으로 가슴이 설렜다. 그동안 한 번도 이런 기분이 든 적은 없었다. 결혼 10년. 권태기인 걸까. 하긴 언제 불꽃처럼 타올랐는지 기억이 가물가물하다. 두 집안을 잘 아는 지인의 소개로 만나 1년 정도 교제를 하다 두 사람은 결혼했다. 허니문 베이비가 생기는 바람에 충분히 둘만의 알콩달콩한 시간을 가질 수 없었다. 그것이 못내 아쉬웠지만, 지완은 인규에게 큰 불만이 없었다. 그는 늘 바쁜 사람이지만, 책임감 있고 능력 있는 가장이다. 그러나 언제부턴가 지완은 허전했다. 그것은 일종의 채워지지 않는 허기 같은 것이었다. 온실에서 자라는 화초처럼 아름답지만 어딘지 생기가 부족한 꽃처럼 여겨졌다.

얼마 전부터 탱고를 배우기 시작하면서 자신의 몸속에서 무언가 근질거리는 느낌이 왔다. 재채기가 터지기 직전의 조마조마한 간질거림처럼. 그런데 주책 맞게 젊은 남자에게 덥석 먼저 전화를 하다니. 예전 같으면 생각도 못 할 일이다. 사춘기도 아니고, 요즘 내 몸의 호르몬이 미쳤나? 내 안에 호박씨 까는 기계가 들어 있나? 사랑은 타이밍이라 했다. 이럴 때 나타난 박용준. 왠지 딱 걸릴 거 같은 예감이다.

지완은 싱숭생숭한 기분을 누르기 위해 심신을 안정시킨다는 라벤더 오일을 뿌린 욕조의 물속에 누워서 심호흡을 해 본다. 그리고 거울 속 자신의 모습을 바라본다. 두 손으로 가슴을 모아 쥐고 섹시한 표정을 지어 본다. 역시 어딘지 어색하다. 연예인들은 셀카로 온갖 섹시한 표정을 잘도 찍더구먼. 욕조에서 나와 타월로 몸을 닦고 서랍장을 열어 속옷을 꺼낸다. 빅토리아즈 시크릿이 얌전히 개어져 있다. 그걸 꺼내 입으려다 첫 대면에 너무 오버하는 자신에게 짜증이 났다. 언젠간 내게도 시크릿이 생기겠지. 대신에 가슴이 예쁘게 보이는 뽕이 들어간 브래지어를 골랐다. 첫인상을 좋게 하기 위해서 남자에게 뺑이 필요하듯, 여자에게는 뽕이 필요하다.

옷장을 열고 고민하다 그리 화려하지 않은 캐주얼한 원피스를 골라 입는다. 동네에서 만나 잠깐 얼굴이나 익히며 커피나 한잔 마시고 오는 자리다. 오버하지 말자, 유지완. 신발도 섹시한 마놀로 블라닉이 있지만, 다음 기회로 미루자. 캐주얼한 단화를 신었다. 그가 마음에 든다면, 기회는 또 올 것이다. 그러나 지완은 현관을 나서며 살짝 망설였다.

카페 러브홀릭은 걸어서 한 10분 정도 되는 거리다. 편한 차림이어서 산보 가듯 걸어도 되지만, 지완은 차고에서 차를 뺐다. 어디서나 눈에 띄는 빨간색 폴크스바겐 뉴비틀. 일명 딱정벌레에 시동을 걸며 지완은 자신의 속물근성에 쓴웃음을 흘렸다. 자신의 가치를 이런 식으로라도 드러내고 싶어 하다니. 그렇게 자신이 없다는 말인가.

러브홀릭 앞에 차를 세우자 테라스에 앉아 있던 남자가 유심히 지완을 쳐다보았다. 잠깐 일별하는데 가슴이 쿵 내려앉았다. 짝퉁 배용준! 배용준처럼 섬세한 미모는 떨어지지만 머리칼의 웨이브와 안경이 사진으로 보았던 박용준이 틀림없는 듯했다. 갑자기 얼굴이 달아올랐다.

"혹시 유지완 씨?"

"아, 박용준 씨?"

눈이 마주친 두 사람이 동시에 말문을 열었다. 그리고 몇 초간의
시간이 흘렀다. 성 과학자들의 주장으로는 사랑할 사람을 결정하는
것은 처음 만난 몇 초간이라고 한다. 용준은 본능적으로 앞에 나타
난 여자를 아래위로 쓱 훑었다. 그리고 그 몇 초 안에 여체를 스캔
하여 투시도를 보았다. 지완은 몇 초 안에 남자의 그윽한 눈과 부드
럽게 미소 짓는 입술을 보며 따스함을 느꼈다.

팔색조

캠퍼스 내의 커피빈에서 유미가 노트북으로 방송 원고를 쓰고 있을 때 지완에게서 전화가 왔다. 원고 마감 시간이 임박해서 무시할까 하다가 전화를 받았다.

"어디니?"

"콩다방."

"뭐 콩다방? 요새도 그런 다방이 있니?"

"대학 안의 커피빈이야. 왜? 나 지금 무지 바쁜데."

"그럼, 오늘 강의 있는 날이구나. 박용준도 네 과목 듣는다고 그랬지……?"

박용준. 아, 그래. 잊고 있었는데 둘 사이에 뭔가 섬싱이 일어나고 있나? 그래서 지완이 뭔가 입이 간지러운 거야.

"응, 한 시간 후에 강의야. 그때 오겠지 뭐. 난 지금 막간을 이용해서 방송 원고 쓰고 있어. 둘이 그새 무슨 일 있었니?"

"일은 무슨…… 너 바쁘니까 나중에 전화해야겠다. 오랜만에 수다나 떨려고 했더니."

"있었구나? 실제로 보니 걔 되게 귀엽게 생겼지?"

유미가 슬쩍 찔러 보니, 아니나 다를까 지완이 그대로 걸려든다.

"어머! 박용준이 나랑 만났다고 말하디?"

"그러면 넌 좋겠니? 내가 누구냐?"

"기집애, 눈치가 백 단이야."

사실 박용준에게 관심이 없기도 하지만, 유미는 지완에게 일부러 똑 부러지게 말했다.

"난 걔랑 아무 상관도, 관심도 없어."

"그래? 귀엽긴 하더라."

처음엔 반색하더니, 나중엔 무관심한 척 시큰둥하게 지완이 말했다. 유미는 지완의 그 모습, 아니 속마음의 모양까지도 눈앞에 잡힐 듯해서 웃음이 나왔다. 그래, 둘이 만난 게 분명하고, 지완의 잔잔한 가슴에는 이미 파문이 일었을 거다. 왜 그러지 않겠는가. 여자도 암컷이라는 이름의 짐승이다. 화려한 둥지에 살고 있지만, 지완은 아마도 오래 굶었을 것이다. 유미에게 스토커처럼 구는 애송이 같은 박용준과 굶주린 왕비를 연결해 주는 일이 나쁜 일은 아니지 않은가. 유미로서는 왠지 모르게 홀가분하기도 했다.

"둘이 만나서 뭐했어?"

"응, 그냥. 사는 동네가 멀지 않더라고. 동네에서 만나 차 한잔 마셨어."

"걔, 너한테 꽂혔지?"

유미의 그 말을 기다려 왔을까? 지완이 극구 부인했다.

"어우! 아냐, 얘. 그 젊은 애가 한참이나 나이 많은 나 같은 여자한테 뭐 땜에? 그런데…… 립 서비스 정신은 훌륭하더라. 나보고 너무 우아하고 교양 있고 지적으로 보인다나. 나야 뭐 그런 얘기 가끔 듣으니까 별 감동도 없지만……."

으이그, 저 왕비 암(癌)!

"걔 껄떡쇠나 혹시 작업의 선수는 아니지? 나야 집 안에만 있어서 너무 뭘 모르잖니. 그냥 립 서비스겠지, 뭐. 근데, 걔 눈빛은 순수해 보이더라."

어이구, 저 내숭!

"걔 그런 애 아냐. 진심이었을 거야. 언감생심, 너 정도 여자면 걔, 아마 뿅 맞은 거 같았을 거야."

"그럴까? 그래, 바쁜데 나중에 통화하자. 나도 나가 봐야 해. 우리 그이, 요즘 너무 일이 많아 힘들어해서 보약이나 한 재 지으러 갈 참이었거든."

보약이라……? 얘, 네 남편은 그런 거 안 먹어도 돼. 유미는 막 그렇게 충고해 주고 싶어진다. 황인규는 건강한 남자다. 정력도 좋다. 언젠가 인규가 유미에게 말했다. 결혼 생활 10년 넘으니까 아내가 꼭 어머니처럼 느껴진다나. 좋은 여자지. 하지만 엄마랑 어떻게 섹스를 하냐! 10년을 넘게 살아도 부부는 서로를 모르는 걸까? 아니, 어쩌면 영원히 이해할 수 없는 금성인과 화성인인 걸까? 유미는 휴대폰을 내려놓고 다시 노트북의 쓰던 원고로 눈을 돌렸다.

지완을 어머니처럼 느끼는 인규는 어느 날, 유미를 만나고는 정신없이 빠져들었다. 물론 유미가 매력적이기도 했지만 유미가 '새여자'였기 때문이다. 남자들은 늘 새로운 여자를 꿈꾼다. 안 그래도 마침 그와 비슷한 부분에 대해 쓰고 있었다. 남성이 새로운 여성 상대를 만나는 경우에 성적으로 자극을 받는 성향을 가리키는 생물학적 용어가 있다. 바로 '쿨리지 효과(Coolidge effect)'다. 미국의 30대 대통령인 캘빈 쿨리지의 이름에서 유래했다지.

1920년대 어느 날, 당시 미국 대통령이던 캘빈 쿨리지와 영부인이 어느 시범 농장을 방문해 따로따로 안내를 받아 곳곳을 둘러보고 있었다. 쿨리지 여사는 한 마리의 수탉이 여러 마리의 암탉을 거느리고 있는 것을 보고서 "저 녀석은 정력이 무척 좋은 모양이네요."라고 의미심장한 말을 수행원에게 건넸다. 그러면서 안내인에게 나중에 대통령이 오시면 이 이야기를 꼭 해 드리라고 말했다. 잠시 후에 대통령이 같은 장소에 도착하자 안내인은 이렇게 말했다. "영부인께서 이곳에서는 수탉이 하루에도 여러 번 암탉과 관계를 맺는다는 걸 꼭 말씀드려 달라고 부탁하셨습니다." 그러자 대통령은 이렇게 되물었다. "그 수탉이 항상 똑같은 암탉과 그런단 말인가?" "그렇진 않습니다, 각하." "그래? 그러면 영부인께도 그 '사실'을 꼭 알려 드리도록 하게나.

점심시간의 커피빈은 한적했다. 창밖으로는 가을을 재촉하는 가랑비가 내리고 있었다. 실내의 커피 냄새가 더욱 구수하게 스며드는 계절이다. 그러나 그런 것을 느낄 겨를도 없이 여러 일들을 소화해야 하는 유미는 부지런히 키보드를 칠 수밖에 없었다. 유미가 노트북에 원고를 이어서 쓴다.

어떻습니까? 남성분들이 손사래를 치며, 이거 왜 이래? 난 아니야, 그러며 억울해하시는 거 같은데요. 그래요. 어찌 보면 남녀의 이런 욕구 차이는 유전자가 시키는 것인지도 모릅니다. 그런데 남성들뿐 아니라 여성에게도 완벽한 이성의 아이를 낳고 싶다는 근원적 욕구가 있다는 거죠. 조류학자들이 새들의 행태를 연구하다가 고정관념과는 다른 사실을 발견했답니다. 암수 간 금실이 좋은 것으로 알려진 원앙이나 거위, 백조 등이 실은 바람둥이였던 것입니다. 이 새들은 겉으로는 철저하게 '가정'을 유지하는 모습을 보이지만 실제로 그들 사이에 태어난 새끼들은 어미의 배우자 것이 아닌 경우가 적지 않았다는 거죠. 염색체 지도 조사 결과 약 40퍼센트가 불륜에 의해 태어난 것으로 확인됐다고 합니다. 암컷 역시 본능적으로 우수한 유전자를 받으려는 성질이 있다는 추론이 가능해진 것이죠. 좀 슬프죠? 하지만 여러분, 이런 학설은 학설일 뿐! 사랑은 확인이 아니라 확신입니다. 확신, 아셨죠? 지금 바로 곁에 사랑하는 사람이 있다면, 믿으세요!

「사랑은 달빛을 타고」라는 프로그램의 결론은 그렇게 맺어야 한다. 하지만 빗물을 타고 흐르는 쓸쓸함에 유미는 쓴 커피 한 모금을 넘긴다. 원고를 다 써서 박 PD의 메일로 보내자 얼추 강의 시간이 다 되었다.

어제 박 PD가 전화를 해 왔다. 가을 개편 철을 맞아 우리도 한 번 만나야 하지 않겠느냐고. 유미는 조만간 전화를 드리겠노라고 했다. 칼자루를 쥔 박 PD가 슬쩍 칼을 칼집에서 들썩여 보인 것인데……. 그가 멋지게 칼을 뽑을 기회를 주어야 할 텐데. 박 PD 같은 사람은 영악해서 쓸데없는 선물이나 뇌물 같은 증거가 남는 향응은 딱 질색이다. 그도 그럴 것이, 생각나면 몇 년에 한 번씩 연예계 비리 운운하며 PD들을 이 잡듯 잡아들이곤 하니까. 그저 그가 갖고 있는 사소한 권력을 기분 좋게 환기시켜 주면 된다. 바보가 아닌 이상, 증거와 소문을 남길 싹수는 아예 만들지 말아야 한다.

하지만 그렇게까지 해서 방송을 연장해야 하나……. 요즘 유미는 왠지 원고를 쓰는 일에 자주 싫증이 났다. 블로그 관리도 그렇다. 콘텐츠 개발도 그렇고 포스팅 하는 것도 그랬다. 지금까지 1000만 명 이상이 다녀갔고 하루에도 1만 명이 클릭하는 파워 블로그며 현재 유미의 비즈니스에 큰 도움을 주고 있긴 하지만. 그 드넓은 인맥을 생각하면 뿌듯하지 않을 수 없긴 해도, 그 세상에 수많은 이웃과 일촌이 존재해도 유미는 외로웠다. 인터넷은 사람과 사람이 아니라 '이미지'와 '이미지'가 관계 맺는 현상이기 때문일까.

하지만 좋은 점이 없는 것도 아니다. 「베로니카의 이중생활」처럼 유미는 또 다른 '단미'라는 존재로 사는 것이 흥미로웠다. 단미의 존재를 알고 만난 박 PD도 유미를 보고 말했다.

"당신은 참 팔색조 같은 여자야."

"고마워요. 칠면조보단 낫네요."

그렇게 농담으로 받았지만, 듣고 보니 그럴듯했다. 팔색조라……

일곱 가지 색의 아름다운 깃털로 싸인 신비로운 새. 머리의 갈색은 보호색으로, 빨간 바지를 입혀 놓은 듯 가슴과 엉덩이 쪽의 선명한 붉은색은 경계색으로 이용하는 새. 혼자 다니기 좋아하는 고고한 새. 그렇게 보호색과 경계색으로 유미는 자신의 이미지를 이용하곤 했다.

책가방과 노트북을 챙겨 강의실로 올라가는데 박용준이 저만치 보였다. 그런데 평소와 달리 무표정하다. 다른 때 같으면 수줍은 얼굴로 유미의 책가방을 덥석 들어다 줄 텐데, 유미를 모른 척한다. 그동안 박용준에게 경계색을 너무 보여 주었나? 자존심이 상할 법도 했겠다. 게다가 나도 모르는 새 지완과 만났다니. 너도 역시 별수 없는 녀석이구나. 하지만 너 같은 잔챙이에게까지 신경 쓸 여력이 없구나. 다른 물로 가서 놀다가 좀 자라면 오든지.

유미가 강의하는 '예술 경영'이라는 과목은 스무 명의 대학원생이 청강하고 있다. 10분 전에 유미가 강의실에 자리 잡자 남학생 하나가 주스 캔 하나를 건넸다. 유미는 웃으며 눈으로 고맙다는 인사를 보냈다. 용준은 책상에 앉아서 열심히 휴대폰을 들여다보고 있었다. 그때 유미의 휴대폰이 진동했다. 열어 보니 문자가 들어왔다.

— 그러니까 좋으세요?

코앞의 박용준이 보낸 거였다. 용준의 대시에 지완을 방패로 삼은 유미에 대한 섭섭함의 표현일까? 유미는 아무렇지 않은 척 폴더를 닫고 우아한 동작으로 캔을 따서 주스를 마셨다. 혀로 입술을 축이면서 박용준을 살짝 일별했다. 그는 목마른 얼굴로 유미를 바라보았다.

그때 또 휴대폰이 진동했다. 설희였다. 그동안 전화도 안 받더니……. 설희가 먼저 전화를 하는 경우는 드물었다. 유미는 휴대폰을 들고 강의실 밖 복도로 나갔다. 가슴이 벌렁댔다. 수술 받은 날 이후 몇 번 통화를 시도했으나 설희는 전화를 받지 않았다.

"오, 설희야. 잘 있었니? 몸은 좀 어때?"

유미가 한꺼번에 묻자 설희가 신경질적으로 말했다.

"나 지금 오래 통화 못 하거든. 담탱이가 오 마담한테 바로 전화할 거야."

"왜?"

"나 친구들이랑 걸렸어. 어젯밤 클럽 갔다가."

"몸이나 추스르고 있지, 거길 왜 갔어?"

"아이참, 오 마담까지! 나 신 마담 땜에 정말 미치겠어. 담탱이가 꼬치꼬치 캐물으니까 지난번에 수술한 거까지 불어 버린 거 같아. 요즘 담순이가 얼마나 나를 갈구는지. 아무리 선생이지만 말이 안 통해. 시집도 못 간 서른일곱 살짜리 폭탄이 날 막 협박해. 나 학교 때려치울까 봐."

"아니, 그게 무슨 소리야?"

"오 마담이랑 담판을 지어야겠대. 학교로 오라 그럴 거야. 만나서 잘 좀 해 봐."

전화가 끊기자마자 곧 처음 보는 전화번호가 떴다.

"설희 어머니 되시나요?"

여자 목소리다. 설희의 담임인가 보다. 유미는 공손한 목소리로 대답한다.

"예, 그렇습니다. 실례지만……."

"설희 담임입니다. 긴히 상의할 일이 있으니 학교로 좀 와 주셨으면 합니다."

"지금요? 지금은 제가 강의를 시작해야 하는데 끝나면 너무 늦지……."

"아뇨. 끝나면 바로 와 주세요."

단호하게 말하는 여자는 왠지 현진건의 소설 「B 사감과 러브레터의」의 B 사감을 떠올리게 했다.

"예, 알겠습니다."

어쩔 수 없이 얼른 대답을 하고 나자 유미는 은근히 화가 났다. 어떤 경우든 이렇게 저자세로 군 적이 없었는데……. 자식이 무섭긴 무섭구나.

강의를 끝내고 유미는 부랴부랴 설희의 학교로 차를 몰았다. 헐레벌떡 교무실로 갔더니 설희와 설희의 친구들이 마룻바닥에 쭈그려 앉아서 반성문을 쓰고 있었다. 몸에 착 달라붙는 짧은 교복 상의 때문에 아이들의 허리가 반쯤 드러났다. 교복 치마를 미니스커트로 짧게 수선한 탓인지 허연 허벅지가 드러난 긴 머리칼의 계집애들이 고개를 들어 유미를 보았다. 그걸 보자 가장 섹시한 옷이 교복이라고 했던 누군가의 말이 떠올랐다. 고만고만한 계집애들 사이에서 설희의 얼굴이 보였다. 설희의 얼굴에 반가운 눈웃음이 설핏 실렸다. 유미는 그걸 보자 가슴이 찌르르했다. 퇴근 시간인지 교사들이 하나둘씩 빠져나갔다. 남자 교사들이 계집애들과 유미를 번갈아 보았다.

그때 교실에 갔다던 설희의 담임교사가 들어왔다.

"어머나, 설희 어머니세요?"

나가던 교사들의 눈이 유미에게 다시 한 번 쏠렸다. 어떤 남자 교사는 고개를 갸웃거리며 나갔다. 아이들은 담임을 보자 몸가짐을 바로 했다. 그도 그럴 것이 그녀의 몸집은 다소 위압적이었다.

"야! 너희들은 이제 반성문 제출하고 일단 집으로 귀가해. 똑바로 해! 이것들아~."

아이들에게 일갈하고 그녀가 유미에게 돌아섰다. 과연, 그녀는……. 설희가 왜 그녀를 폭탄이라 부르는지, 처음으로 딸의 의견에 동의하는 순간이었다. 남자들이 보면 분명 '뒷담화'를 할 외모였다. 여자는 유미 또래지만, 도수 높은 굵은 뿔테 안경 때문인지 1970년대에서 튀어나온 것 같은 분위기다. 머리 스타일과 패션이 대체로 촌스러웠다. 아니, 미장원에서 여성 잡지나 패션 잡지 한두 권도 보지 않았는지 요즘 젊은 여성들의 모습과는 어딘지 달라 보였다. 저런 옷을 어디서 사 입었을까. 마치 1970년대 어느 양장점에서나 맞춰 입었을 거 같은 유행 지난 디자인의 옷차림이 눈길을 끌었다. 하지만 유미는 직업적인 혜안으로 여자의 모습에서 매력을 찾아보려 했다. 외모에 무신경한 여자치고는 타고난 피부가 건강하며 눈빛이 진지했다. 이 여자는 곧은 성격의 순정파다.

"안녕하세요? 설희 담임 안지혜라고 합니다. 도덕 과목을 맡고 있어요."

역시 고지식한 도덕 과목이다.

"설희가 엄마를 많이 닮았네요. 오늘에서야 설희한테 집안 사정을 들었어요. 그것도 모르고 집에 계신 어머니에게 만날 설교를 늘어놓았네요."

"제가 면목이 없습니다, 선생님."

"강의를 하신다니, 대학교수세요?"

여자가 유미의 아래위를 훑더니 의외라는 표정으로 물었다.

"예, 뭐 아직 강사입니다."

"이런 말씀드리기 뭐하지만, 교육자께서 어떻게 아이를 저렇게⋯⋯. 참 이해가 안 가요."

여자가 두툼한 손으로 이마를 짚더니 당장 설교를 할 태세로 몸을 앞으로 들이민다. 여자가 주위를 한 번 둘러보더니 유미의 얼굴로 바짝 다가들어 말한다. 살짝 구취가 났지만 유미는 예의상 경청하는 태도를 보인다.

"정말 남부끄러워 크게 말도 못 하겠네요. 보름 전에 설희가 아프다며 3일 결석했을 때 진단서를 떼 오라고 했는데 끝내 무시하더라고요. 그런데 그때 그게 그러니까⋯⋯ 그 수술을 한 거였다면서요. 저는 정말 충격이었어요. 교사 생활 13년에 그런 일은 처음이거든요. 아이들 순결 교육만큼은 제가 확실히 시키거든요. 학기 초엔 순결 각서도 쓰게 합니다. 가만, 설희 것도 어디 있을 거예요."

유미의 눈살이 찌푸려졌다.

"순결 각서요?"

"예, 순결 각서요. 게다가 수술 후 이제 겨우 보름이나 지났을까. 애가 정신을 못 차리고 어젯밤 여자애들 넷이서 사복 입고 화장하고 홍대 앞 클럽에 가서 놀았어요. 소지품 검사를 했더니 책상 안에 하이힐이 들어 있더라고요."

"정말 면목이 없습니다. 아이가 너무 어릴 때 헤어져서 제가 아이를 충분히 돌보고 사랑해 주지 못해 사춘기가 되면서 좀 비뚤어진 거 같아요. 그 부분에 늘 자책과 부끄러움을 느끼고 있어요."

유미는 슬슬 진땀이 났다.

"그런데 제가 어머니를 뵙자고 한 것은, 바로 어머니가 문제이기 때문이에요."

"제가요?"

"네, 어머니의 사고방식이 너무도 위험해서요. 애가 그러더군요. 어머니가 콘돔을 줬는데 그 콘돔이 어딘가 샜는지 임신이 됐다고요. 그러면서 아니, 그런데도 애를 낳아야 된단 말이에요? 하고 따져 묻더라고요. 기가 막혀서!"

여자는 성난 하마처럼 푸푸거렸다. 그럴수록 유미는 목소리를 깔며 미소를 지었다.

"요즘 콘돔에도 불량이 있나 보네요."

담임이 기가 막히다는 듯 쳐다보더니 다시 자신의 본분을 확인했다.

"어머니, 아이에게 콘돔 주신 거 맞습니까?"

"예, 제가 줬어요."

"세상에, 어머니! 정말 교수 맞아요?"

아, 이 여자…… 정말 밉상으로 말하네. 유미도 지지 않고 말했다.

"아니, 그럼 선생님은 피임 안 하세요?"

"예? 뭐라고 하셨어요?"

여자의 얼굴이 칠면조처럼 붉으락푸르락해졌다. 갑자기 여자가 할 말을 잃은 듯했다. 그 틈에 유미가 자분자분 말했다.

"예, 선생님. 도덕적으로는 다 이치에 안 맞습니다. 그러나 세상은 도덕 교과서가 아니잖아요. 아이들도 성숙도가 다 다르고요. 게다가 우리 애는 방황하고 있어요. 학교에서고 집에서고 따뜻함을 못 느껴요……. 아이가 남자 친구를 사귀고 있는 걸 알았어요. 요즘 아이들, 우리 세대랑 너무 달라요. 순결, 중요하죠. 교육, 해야 됩니다. 순결 서약서, 지금이 기사 서약 하는 중세도 아니고 이런 거 쓴다고 순결이 지켜지는 거 아닙니다. 그런데 이미 그런 교육이 먹혀들지 않는 상황이고 세상이라면 현실적으로 무엇이 필요하겠어요? 모든 게 섹스를 권하는 사회에 살고 있는 아이들이 다치지 않으려면 피하는 수밖에 없잖아요? 만약 정말 섹스를 피할 수 없으면 안전하게 잘해야 한다고 저는 말해 줬어요. 여자로서 최소한의 방패를 갖춰야 하는 거 아니겠어요? 우리 아이, 그렇게 되지 않았으면 더 좋았겠지요. 어떤 부모인들 아이가 곱게 자라기를 바라지 않겠어요? 이렇게 된 부분은 저의 잘못과 책임도 큽니다. 하지만 상황 윤리라는 것도 있지 않습니까, 선생님? 이런 상황에서는 그게 차선책이었다는 생각이 드네요."

유미의 설득이 먹혀든 것일까? 푸푸거리며 침을 튀기던 담임은 기가 막혔는지 꺾였는지 멍하니 유미를 바라보았다.

"제가 무리한 주장을 펼쳤나요? 아니면 무례했나요? 제가 좀 직설적으로 표현했다면…… 죄송합니다."

안지혜가 생각난 듯 마지막 카드를 내밀었다.

"어쨌든 설희는 학생의 본분을 어겼어요."

유미도 한 발 물러섰다.

"죄송합니다. 제가 앞으로는 잘 지도하겠습니다. 교칙을 위반한 부분은 처벌하시더라도 학교에서도 모르고 지나간 보름 전의 그 일은…… 선생님도 여자니 아이의 앞날을 생각해 주세요. 불완전한 인간은 실수를 통해서 배우게 되니……."

결국 엄마 된 죄인으로 머리를 조아릴 수밖에 없었다. 안지혜가 정말로 답답하다는 표정으로 말했다.

"어머니의 간곡한 말씀의 뜻은 잘 알겠어요. 하지만 교육자 이전에 여자로서 이해가 잘 안 가요. 어떻게……."

유미야말로 동년배의 고지식한 안지혜가 답답하게 여겨졌다. 이 여자는 여자로서 자신을 얼마나 많이 생각해 보았을까. 극도로 깊이 아니면 전혀. 둘 중 하나일 것이다. 유미는 망설이다 물었다.

"선생님, 혹시…… 미혼이시죠?"

"예? 그런데요……."

안지혜가 얼굴이 붉어지며 마지못해 대답했다. 유미는 그런 안지혜의 눈을 바라보며 작은 소리로 물었다.

"진하게 연애하신 적 없죠?"

"무슨 뜻이죠?"

너무 당돌한 질문이라 생각되었는지 안지혜의 눈썹이 꿈틀 올라갔다. 유미는 이 여자가 여포족이라는 걸 직감으로 깨닫는다. 여포족. 여자임을 스스로 포기한 족속.

유미가 고개를 숙이며 목소리 톤을 바꿔 진지하게 말했다.

"무례했다면 용서하세요. 그냥 선생님이 아직 때 묻지 않은 순수한 영혼의 소유자일 것 같은 생각이 들어서 말이죠. 인생에서 혁명을 치러 보신 분 같지 않아서요. 사랑은 혁명이죠. 쿠데타예요. 열병이고요. 존재를 뒤흔들죠. 아직 어리고 철없는 설희는 면역력이 없는, 어쩌면 신종 플루 환자나 마찬가지예요. 너 왜 걸렸느냐고 묻지 말고 일단 먼저 치료해 줘야죠."

"……?"

유미가 쓸쓸한 미소를 머금으며 천천히 말했다.

"사랑이란 우리에게 상처를 입히지 않고는 존재할 수 없어요."

안지혜의 얼굴에 복잡하고 묘한 마음의 동요가 떠올랐다. 유미가 고백하듯 말했다.

"이래 봬도 저도 상처투성이예요. 인생에 많은 대가를 치르고 살았어요. 하지만 상처를 치료하는 것도 사랑이란 묘약이랍니다."

기본 감성이 순정파인 안지혜의 얼굴에 묘한 연민과 친근감이 잠깐 어리는 걸 유미는 보았다. 어쨌거나 담임과 대면 이후에 설희 문제는 좀 잠잠해졌다.

그런데 며칠 후 유미는 자신의 블로그 이웃으로부터 한 통의 이메일을 받았다. 아이디는 릴리(lily). 그러고 보니 유미의 블로그에 자주 들러 댓글도 많이 남긴 익숙한 아이디였다.

단미님, 안녕하세요? 저는 단미님의 블로그에 단골로 들르는 이웃이랍니다. 저는 서른일곱 살의 여교사예요. 지금 저는 한 이틀 몹시 우울한 나날을 보내고 있습니다. 사랑을 하고 사랑을 받고 싶은 건 인간의 본능이겠죠. 사랑이란 무엇일까요? 그것 없이 인간은 정말 살 수가 없는 걸까요? 저는 남자와의 사랑 없이 살 수 있다고 저 자신을 무수히 세뇌해 왔어요. 천분이라 생각하는 저의 일이 있고, 저는 세상에서 가장 멋진 남자를 사랑하니까요. 그가 누구냐고요? 지저스 크라이스트. 하지만 인간의 여자로서 전들 왜 사랑을 하고 사랑을 받고 싶지 않겠어요? 아무에게도 저의 진심을 말해 본 적 없지만, 단미님께는 솔직하고 싶네요. 하지만 솔직히 두려워요. 사랑을 한다는 것이……

저희 반에 행실이 얌전하지 못한, 소위 말하는 '발랑 까진' 여자애가 있어요. 그 애는 어리지만 사랑받는 여자로서의 자부심이 얼굴에 가득한 것처럼 보이죠. 임신까지 했던 그 애를 보면 너무 화가 나서 미칠 거 같아요. 정말 세상이 말세예요. 하지만 가만히 분석해 보니 제가 무의식적으로 그 애를 부러워하고 질투를 하는 건 아닌지 모르겠어요.

그 애의 어머니가 학교로 찾아왔을 때도 마찬가지였어요. 그 여자의 당당한 언변과 미모에 사실 기가 죽더군요. 저는 그런 여자들이 제일 무서워요. 게다가 그녀는 저의 속까지 빤히 꿰뚫는 거 같더군요. 제가 진짜 연애를 한 번도 해 보지 않았다는 걸 간파하더라고요. 그러면서 사랑은 열병 같은 것이며, 상처를 입히지 않고는 존재할 수 없으며, 그걸 고치고 치료하는 것도 사랑이라고 말하더군요. 아마도 그 여자 역시 단미님의 블로그를 뻔질나게 드나든 거 같더군요. 하지만 그 여자도 무언가 내면에 깊은 상처가 있는 게 아닐까

하는 생각이 잠깐 들었어요. 저의 착각일까요? 세상은 그렇게 예쁘고 잘난 사람들에게는 너무도 편할 텐데 그런 여자에게 무슨 고통이 있겠어요. 하지만 왠지 사석에서 만난다면 깊은 이야기를 하고 싶다는 생각이 들더군요. 좀 특이한 학부모였어요.

하지만 단미님, 저도 이제 더 이상 나이 들기 전에 제 평생에 딱 한 번만이라도 사랑을 하고 또 사랑의 결실인 결혼도 하고 싶어요. 저의 진실한 속마음입니다. 그러나 저는 아직도 사랑의 상처를 극복하지 못하고 있어요. 대학에 들어가 처음으로 좋아하게 된 과의 남자 친구에게 저는 정말 잘해 주었어요. 밥도 사고 술도 사고 노트도 빌려 주고 대리 출석도 해 주고 심지어는 커닝 페이퍼까지 만들어 주었어요. 그러나 어느 날 그 친구가 그러더군요. 그런데 그 말이 제게 평생 비수가 되었답니다.

넌 그렇게도 뭘 모르냐. 난 네가 창피해.

저는 솔직히 아름다운 여자는 아닙니다. 그런데 왜 모두 사랑을 눈으로 하려고만 하지요? 저는 그때부터 마음의 문을 닫았습니다. 스트레스성 폭식으로 몸까지 비대해졌습니다. 사람들은 사랑을 얻기 위해 다이어트와 성형의 처방을 제게 말합니다. 그러나 저는 그러고 싶지 않습니다. 하지만 이제는 제 마음속의 상처를 치료하고 싶어요. 새로운 사랑의 백신으로 면역이 생기면 얼마나 좋을까요?

그런데 마침 요즘 제 마음의 빗장이 달그락거리며 조금씩 열리려 합니다. 제가 사랑하고픈 남성을 발견했답니다. 하지만 어찌해야 할지 답답해서 메일을 드립니다.

구구절절한 사연을 보낸 순결의 꽃, 릴리. 바로 그녀는 설희의 담임 안지혜라는 확신이 들었다. 블로그에 들어가 확인해 보니 그녀는 단미의 열혈 팬이었다. 세상은 참 좁다. 설희의 담임이 유미의 블로그 이웃이라니.

유미는 안지혜 같은 유형을 많이 보아 왔다. 겉으로는 초연한 듯하지만, 의외로 마음이 약하고 상처를 많이 받는 족속이다. 늘 욕구가 억압되다 보니 아주 사소한 자극에도 폭발력이 강한 미사일이 된다. 설희 보고 이해할 수 없다고 했지만, 사랑이란 플루에 제대로 걸리면 안지혜 같은 스타일이 어떻게 변할지는 더욱 흥미진진하다. 서른일곱인 자신도 못 해 본 짓을 스무 살이나 어린 설희가 하다니 그녀로서는 이해할 수 없었을 것이다. 나이는 설희보다 두 배는 더 많아도 어쩌면 그녀는 숫처녀일지도 모른다. 알고 보면 세상은 참 불공평한 곳이다. 유미는 어떻게 하면 멋진 답장을 해 줄 수 있을까 고민했다. 그 여자에게서 여성으로서의 자신감을 회복시켜야 한다. 다시 사랑할 수 있는 용기와 희망을, 그리고 사랑에 대한 열정을 불어넣어 주어야 한다. 유미는 화장기 없는 자신 없는 얼굴과, 그 열패감을 숨기려고 더욱더 고지식하고 엄격하게 구는 설희의 담임 안지혜의 모습에 연민이 일었다. 유미는 릴리에게 답장 메일을 썼다.

순결한 영혼의 릴리님. 릴리님에게 지금 필요한 것은 자신감입니다. 그리고 누군가를 사랑하기에 앞서 스스로를 먼저 사랑하는 마음가짐입니다. 나를 사랑할 수 있어야 남을 사랑할 수 있지요. 그런데 마음의 빗장을 열고 싶은 분이 생겼다니 정말 축하합니다. 나는 아름답다고 하루에 수십 번씩 스스로에게 알려 주세요. 그리고 그 분에 대해 끊임없이 생각하고 간절히 원하시기 바랍니다. 간절히 원하는 것은 이루어지게 되어 있습니다. 『시크릿』이란 책을 보면, 우주에는 '끌어당김의 법칙'이 분명 존재한다고 합니다. 성공한 사람들은 무엇이든 자신이 원하는 것에 적극적으로 집중했다고 합니다. 힘내세요!

릴리, 아니 안지혜에게 답을 보내고 나자 박 PD에게서 전화가 왔다. 떡 본 김에 제사 지낸다고, 유미는 그를 집으로 불렀다. 남자를 집으로 부르는 것은 보안에 신경 써야 하는 경우다. 박 PD는 소심한 신중파다. 그래도 남자라고 박 PD가 처음에 방송을 전제로 미끼를 던졌다.

그때 유미는 분명히 선을 그었다.

"절 유혹하시는 거예요? 아니면 제가 유혹해야 하는 건가요? 하지만 전 그런 관계로 가는 게 싫어요. 약간의 권력을 갖고 저를 갖고 놀겠다고 생각하신다면 저를 노예로 보시는 거예요. 노예랑 한판 하는 게 낫겠어요? 황후랑 한판 하는 게 낫겠어요? 저는 제가 황후라 생각하면 상대에게 황제처럼 해 드릴 수 있어요. 어때요? 우리 그런 먹고 먹히는 관계가 아니라 순수하게 즐겨요. 그런 의미에서 박 PD님도 저를 즐겁게 해 주셔야 해요. 다만 이건 약속해요. 비즈니스와 섹스를 섞는 건 싫어요. 박 PD님도 유부남이신 데다 유능한 PD님이시니까 소문나는 거 별로일 거예요. 저도 단미의 이미지로 봐서는 데미지가 크고요. 그러니까 연간 네 번, 분기별로 정해 놓고 하기로 해요. 그 이상은 안 돼요. 그리고 안전하게 제 집에서 하기로 해요. 저는 집에 남자를 끌어들이는 여자는 아니지만 박 PD님의 사정을 고려해서 정말 특별 대우하는 거예요. 이런 약속이 싫으시면 당장 그만두셔도 돼요. 저도 값싼 여자는 되기 싫어요. 방송, 하면 좋지만 안 해도 그만이에요."

남자는 이상한 동물이라서 새침한 여자에게 더 끌리며 뿌리치는 여자를 더 붙잡고 싶어 한다. 다행히 그는 쿨한 사람이었다. 판단력도 있고, 부담스럽지 않은 향수나 화장품 정도를 선물하는 센스도 있는 남자였다.

오늘도 큐 사인을 기다렸던 연기자처럼 박 PD는 '눈썹이 휘날리도록' 달려올 것이다. 이럴 때는 유미가 PD다. 식당에서 저녁밥을 사 먹고 들어오는 시간도 아까워서 박 PD는 음식도 집에서 먹자고 했다. 라면을 먹어도 좋다고 했지만, 유미는 수산 시장에 들러 활어 회를 준비했다. 그는 오랫동안 라디오 심야 음악 프로를 담당했지만, 정작 섹스를 할 때는 모든 음악을 꺼야만 했다. 집중이 안 된다는 것이다. 분기별로 하는 섹스. 유미가 보기에 그는 40대 초반의 평범한 남자다. 아니, 속물이다. 그는 명문 대학을 졸업하고 언론 고시라 불리는 방송사 공채에 합격했다. 그 자신은 나름대로 중산층의 문화를 주도하는 지식인이라 생각할지 모른다. 하지만 유미가 사랑에 빠질 만한 환상적인 인물은 아니다. 이런 관계의 만남일수록 자괴감과 처연함에 빠질 수 있다. 그럴수록 유미 스스로도 분위기를 좀 띄워야 한다. 확실한 이벤트를 보여 주면 상대도 감동한다.

이번엔 어떤 분위기로 갈까, 유미는 살짝 고민했다. 생선회를 홀

딱 벗은 온몸에 장식해서 올려놓는다? 마치 인어(人魚) 회처럼 유미 자체가 회가 되어 그에게 입으로만 먹게 한다? 그러나 그건 이미 영화에서 본 장면이다.

30분 후면 도착한다는 문자 메시지가 왔다. 유미는 식탁의 화병에서 일곱 송이의 붉은 장미를 빼냈다. 그리고 욕실로 가서 옷을 벗었다. 꽃뱀의 허물처럼 옷가지가 몸에서 떨어져 나가자 희디흰 나신이 드러났다. 장미꽃에 코를 묻고 향을 맡다가 부드러운 장미 꽃송이로 젖가슴을 살살 간질여 본다. 유두가 산딸기처럼 단단하고 붉어졌다. 욕조에 받아 놓은 목욕물에 싱싱한 일곱 송이 장미 꽃잎을 따서 흩뿌렸다.

은은한 장미 향이 스며 있는 욕조에 유미는 잠깐 몸만 담그고 나와 물기를 닦지 않고 그대로 둔다. 장미 향이 자연스레 피부에 스며들 동안 얼굴에 '쌩얼' 느낌이 드는 자연스러운 화장을 한다. 그리고 몸의 물기가 다 마르자 곱게 다려 둔 흰색 린넨 에이프런을 벗은 몸에 두른다. 그것은 앞은 미니 원피스처럼 보이지만 뒤는 유미의 나신을 그대로 드러낸다. 잘록한 허리를 리본으로 묶은 끈만 보이는 묘하게 섹시한 옷이 된다. 드러난 등과 엉덩이의 볼륨을 살려 주는 뒤태는 유미가 보아도 섹시 미의 절정이다. 에이프런은 얼마 전에 식탁보와 세트로 장만한 것이다. 게다가 고급스럽고 깨끗한 흰색 식탁보와 에이프런에는 유미가 직접 수놓은 P라는 이니셜이 새겨져 있다. 박 PD의 P. 너만을 위해 장만한 거야. 말하지 않아도 알파벳 하나만으로도 모든 의미가 다 전달된다. 이쯤 되면 박 PD는 감동하겠지. 그러면 유미는 이렇게 말하리라. 제 몸에 새기고 싶었는데 아쉬워요.

그리고 아침에 새로 간 흰 침대 시트와 흰 이불을 구김 없이 펼쳐 놓는다. 이상하게 남자들은 순결한 느낌이 드는 흰색에 매료된다. 고급 호텔의 침구도 모두 흰색이다. 흰색 침대에 파묻혀 있는 동안 구름 위에서 천상의 섹스를 하고 있다는 착각이 드는 걸까. 하긴 운우지정(雲雨之情)이란 말도 있지 않은가.

박 PD가 도착할 시간이 거의 다 됐다. 유미는 거울을 한 번 보고 그가 좋아하는 향수 샤넬 넘버 5를 꺼내 귓불과 에이프런에 살짝 뿌린다. 냉장고에서 꺼낸 쌈 야채와 밑반찬을 식탁에 차릴 때 벨이 울렸다. 유미는 문을 열었다. 박 PD가 어색하게 웃었다. 유미도 살짝 미소를 지었다. 그가 들어서자 유미는 매정하게 돌아서서 부엌의 싱크대로 향했다. 유미의 뒤태에 침을 삼키는 그의 모습이 보일 듯하다. 그러나 3개월 만에 집에서 만난 두 사람은 조금 어색하다.

그때 유미가 까치발로 서서 싱크대 수납장 위쪽에 있는 와인 잔을 꺼내기 위해 애를 쓰는 모습을 보며 그가 다가온다.

"맨 위에 있는 와인 잔 좀 꺼내 줄래요?"

와인 잔을 꺼내는 박 PD의 숨결이 이미 거칠다.

"아이참, 이럴 땐 역시 남자의 손이 필요하다니까."

샤넬 향기를 맡은 그가 뒤에서 유미의 귀에 살짝 키스한다. 어느새 두 손은 유미의 엉덩이를 더듬고 있다.

"아이, 아직요. 참 술은 리슬링 품종의 화이트 와인으로 준비했는데 괜찮죠? 맞은편 식탁 의자에 앉아서 와인 좀 따 줄래요?"

소믈리에 인규에게 추천받은 와인을 냉장고에서 꺼내 박 PD에게 건네준다. 그는 와인을 스크류로 돌리면서도 섹시한 뒤태를 보이며 일하고 있는 유미에게 넋이 빠져 있다. 냉장고에서 회 접시를 꺼내 올려놓으면서 유미는 생긋 웃는다.

"어머, 손 조심하세요."

드디어 와인의 코르크를 따자 두 사람은 건배했다. 유미는 회를 한 점 싸서 박 PD의 입에 넣어 주었다. 싱싱한 회와 달콤하고 상큼한 과일 향이 도는 알자스산 화이트 와인은 잘 어울렸다. 술이 두 잔째 되자 유미는 박 PD의 손을 잡고 자신의 가슴께에 새겨진 P 자를 따라 더듬게 했다. 마치 어린아이에게 P라는 알파벳을 각인시키기라도 하듯이.

"이 이니셜, 모두 다 당신을 위한 거예요. 오늘 밤, 내 몸에도 깊이 새겨 줘요. 알겠죠?"

박 PD는 그 말을 듣는 순간, P 자가 새겨진 유미의 가슴께를 움켜쥐었다. 유미가 바르르 떨며 고양이 같은 비명을 터뜨렸다. 그가 숨찬 목소리로 말했다.

"단미, 넌 정말 날 미치게 해."

급해진 그는 에이프런의 끈을 푸는 것마저도 생각나지 않는지 거의 쥐어뜯다시피 벗겨 냈다.

"아직 미치면 안 돼요. 천천히, 천천히 음미하면서 해요, 우리."

유미는 아이를 달래듯이 속삭이며 그의 옷을 벗겨 냈다. 알몸이 된 그를 유미가 이끌고 욕조로 향했다. 그의 성기는 권총의 총신처럼 위협적으로 보였다. 유미는 짐짓 그걸 무시했다.

"눈을 감아요. 씻겨 줄게요."

장미 향 가득한 욕조에 함께 들어간 유미가 그의 벗은 몸을 부드럽게 문지르자 그가 참지 못하고 유미를 껴안았다. 물이 첨벙거릴 때마다 장미 향이 더 진해졌다.

"서두르지 마요. 이 밤이 지나면 석 달 후나 돼야 만나잖아요."

"그 약속 다시 하면 안 될까? 한 달에 한 번만이라도 만날 수 있으려면 내가 뭘 걸면 될까?"

"약속은 약속이에요. 전 이대로가 좋은 걸요. 매번 최선을 다 하고 있는 이 상황이 좋아요. 일상이 되는 건 싫어."

그러자 박 PD는 끙, 하고 눈을 감았다. 유미는 보디 클렌저 거품을 내서 그의 온몸을 부드럽게 쓰다듬었다. 그가 지그시 흥분을 누르고 있나 보다. 아마도 어금니를 물고 있는 것 같았다. 유미가 성기를 닦아 주자 그는 흥분해서 유미에게 다시 달려들었다. 비누 거품으로 미끈거리는 그의 몸이 닿자 간지러웠다. 온몸의 세포가 까르르, 웃음을 터트리듯 깨어났다.

알몸이 된 두 사람이 침대로 들어갔다. 그의 몸에서도 은은하게 좋은 향이 났다. 이제는 유미가 눈을 감았다. 그는 오래 굶은 사람처럼 유미의 백도 같은 젖가슴을 탐식했다. 유미도 모든 잡념을 떨쳐 내고 순수한 몰아의 경지로 자신을 몰아갔다. 언제부턴가 눈을 감으면 모든 섹스가 다 비슷하게 느껴졌다. 마치 하나 둘 셋, 하고 둘이 껴안고 뛰어내리는 번지점프처럼. 땅에서 발을 떼어 내는 순간, 이미 내 몸은 내 것이 아니었다. 내 의지와 상관없는 중력의 힘으로 곤두박질치면서 느끼는 찰나의 환희. 그랬다. 유미는 언제부턴가 그걸 터득했다. 어떤 남자든 눈을 감고 마음만 먹으면 번지점프 같은 오르가슴에 오를 수 있었다. 그것은 자아를 버리는 것이면서도 자아에 몰두하는 어떤 지점이었다. 오르가슴의 순간, 타자는 없다. 다만 찰나에서 영원으로 이어지는 시공간으로의 순간적인 여행이 있을 뿐이다.

박 PD의 섹스는 FM대로 성실한 편이다. 마치 나름대로 쾌적한 열차 여행을 하는 거 같다. 그는 이제 제 페이스를 찾은 듯 강약과 완급을 조절하면서 몇 가지 체위를 구사했다. 유미는 몇 번인가 간이역에 도착하듯 오르가슴을 느꼈다. 그럴 때마다 기적을 울리듯 유미의 교성이 높아졌다. 다만 누가 PD 아니랄까 봐 그는 이렇게 묻곤 한다.

"굿? 오케이? 이대로 갈까?"

그게 거슬리긴 했지만 NG를 낼 정도는 아니었다. 유미는 끝없는 늪 속으로 빠져드는 청룡열차를 탄 것 같았다. 자신의 몸속에 쇠도 녹일 수 있는 뜨거운 용광로가 있는 거 같았다. 땀과 체액이 뒤범벅된 아래가 흐물흐물 녹아나는 느낌이 그랬다.

유미는 다시 또 절정으로 치닫기 전에 잠깐 눈을 떠 보았다. 박 PD는 용변을 참는 아이처럼 온 얼굴에 인상을 쓰고 있었다.

"간다!"

그가 통고하고 항복하듯 엎어졌다.

그 순간, 몸 안에서 그의 물건이 터질 듯 팽창하는 걸 느꼈다. 유미의 터널 속으로 질주하던 무쇠 기관차가 처박혀 장렬하게 폭발하는 거 같았다. 그 순간, 두 사람은 단말마 같은 비명을 동시에 질러 댔다. 유미는 그의 허리를 꼭 껴안았다. 충만감과 텅 빈 공허감이 동시에 몰려왔다. 잠시 눈을 감고 한동안 이어지는 여진을 조용히 음미하고 있었다. 그때 그가 또 물었다.

"좋았어?"

유미는 눈을 감은 채 수줍게 고개를 끄덕였다. 왜 남자들은 꼭 확인을 하고 싶어 할까? 칭찬 받고 싶어 하는 어린애와 다름없다. 유미는 칭찬의 말 대신에 박 PD의 목을 껴안고 키스를 했다. 그런데 그가 살짝 외면했다.

"나 좀 봐. 우리 너무 세게 했나 봐."

박 PD가 혀를 내밀었다. 그의 혀끝이 빨갛게 부풀어 있었다.

"어머, 내가 물었나? 그런 거예요?"

"아니, 몇 번인가 고비를 넘기느라고 혀를 깨물며 버텼더니. 아아, 쓰라리네."

유미는 그가 안쓰러워 그의 머리를 껴안고 다독거렸다.

"아이참, 바보처럼……."

"아니, 그래도 너무 좋았어. 혀까지 깨물고 죽을 만큼 행복했어. 유미 씨, 정말 고마워."

남자라는 짐승이 불쌍하게 여겨졌다. 어떻게 보면 인간만이, 아니 인간의 여자만이 섹스의 쾌락을 온전히 즐기는 게 아닐까? 쾌락의 절정에서도 방심하지 못하는 남자. 섹스 하는 시간에 연연하고, 사이즈에 울고 웃으며 여자를 정복했다고 생각하는 남자들은 사실은 여자를 행복하게 해 주기 위한 존재다. 여자들은 남자의 그런 피나는 노력에 감사해야 한다.

"아, 나 너무 행복해. 여자로 태어나서. 닭도 개도 아닌 인간, 그중에 여자로 태어나서."

유미는 진심으로 말했다.

"난 사실 유미 씨를 만나 섹스를 할 땐 정말 잘되는 거 같아. 당신은 나를 가장 남자답게 만들어 주는 여자야."

박 PD가 한없이 사랑스럽다는 눈빛으로 유미의 볼을 쓰다듬었다.

"아니에요. 박 PD님은 정말 멋진 남자인걸요. 능력 있죠. 분위기 있는 외모에, 성격 온화하죠. 게다가 섹스도 너무 잘하고."

유미는 마무리로 그를 칭찬해 준다. 뭐 약간의 뻥은 애교다.

"아, 내가 유부남만 아니면 말이야……."

됐네요. 유미는 속으로 픽 웃는다.

"그러게요. 그럼 저도 팔자 고쳤을 텐데요."

유미는 속으로 농담은 여기까지라고 선을 긋는다. 어쨌거나 오늘 밤의 회동은 성공적이다. 유미는 벗은 몸으로 일어나 냉장고에서 차가운 맥주 두 병을 갖고 침대로 돌아온다. 마침 갈증을 느끼던 박 PD는 반갑게 맥주를 들이켰다. 어떤 목적으로 섹스를 하든 섹스는 인간과 인간의 결합이다. 사랑이 있든 없든 그 순간만큼은 서로의 존재감을 확인시켜 주는 고귀한 행동이다. 일단 섹스를 하면 서로가 최선을 다해야 한다. 다만 섹스 좋다고 남용 말고 섹스 모르고 오용 말자는 게 유미의 신조다.

나흘 후에 박 PD가 전화했다. 오랜만에 늦잠을 자고 커피를 한 잔 만들어 먹으려 할 때였다. 오후에 대학원 강의만 있는 날이었다. 어제와 그제는 두 군데 기업체에서 특강을 했다.

"잘 있었지? 오늘 점심 같이할까? 아니면 저녁?"

"글쎄요. 시간이 여의치 않을 거 같은데…… 어쩌죠?"

사실 박 PD와 얼굴을 자주 볼 일은 없다. 유미는 라디오 방송 원고를 이메일로 보내며, 간혹 몇 달에 한 번 회의를 할 때만 방송사에 가기 때문이다. 그런데 박 PD가 이런 전화를 하는 건, 그가 지난번 황홀한 만남에 미련이 남아 있기 때문일 것이다. 그렇지 않다면 새로운 미끼를 물고 오는 경우일 것이다.

"무슨 하실 말씀이라도…… 일단 전화로 말씀하시면 안 돼요? 제가 스케줄을 좀 봐야 할 거 같아서요."

"할 수 없지. 유미 씨 혹시 광고 출연 같은 거 안 해 볼래?"

"네에?"

유미는 풋, 하고 웃었다.

"무슨 광고요?"

"글쎄, 광고야 여러 가지 있지. 내가 광고기획사에 얘기 한번 해 볼까? 나야 그런 데 많이 알고 있으니까."

이건, 현실성이 없는 얘기다. 박 PD가 자신의 하찮은 권력을 이용해 유미의 환심을 얻으려고 하는 것일 게다.

"아이, 제가 무슨 연예인도 아니고."

"연예인에 크게 뒤지지 않지."

"아, 그렇게 봐주시니 황공해요. 기회가 닿아서 하고 싶은 광고가 있다면 모르겠지만, 전 아직 그런 거 생각해 보지 않았어요. 박 PD 님이 얼마나 절 생각해 주시는지 그 성의는 제가 잘 간직할게요."

"유미 씨는 비주얼이 되잖아. 라디오 방송 원고 백날 쓰는 거보다 광고 한번 뜨는 게……."

"예, 저 좀 띄워 주세요. 박 PD님이 방송사의 유능한 PD님이시니까 뭐 그럴 날이 있겠지요. 어쨌든 든든해요. 구체적인 얘기가 있게 되면 밥 한번 먹어요, 우리."

이쯤 얘기하면 박 PD도 알아들었을 것이다. 그쪽 계통의 일은 돼야 되는 일이다. 엎어지는 게 예사다. 게다가 박 PD는 상을 차리기는커녕 아직 뒤주에서 쌀도 푸지 않은 상태다. 그래도 모든 일의 여지는 남겨 두어야 하므로 유미는 상냥하게 통화를 하고 전화를 끊었다.

그런데 잠시 후에 또 전화벨이 울렸다. 커피 잔에 입술을 대려고 하는 순간이었다. 모르는 전화번호였다.

"오유미 선생?"

50대 남자의 중후한 목소리다. 누굴까?

"예, 그런데요."

"나 김성환입니다."

유미는 얼른 커피 잔을 내려놓고 반색을 했다.

"어머, 김 교수님! 어쩐 일이세요?"

그는 유미가 강의를 나가는 대학의 교수다. 대학원장이라는 보직도 함께 맡고 있다.

"긴히 할 얘기가 있어서 말입니다."

"무슨……?"

"오늘 내 방으로 좀 와 주시겠습니까?"

"예, 그렇게 할게요. 안 그래도 오늘 강의가 있는 날이라……."

"예, 잘됐네요."

"근데 대학원장님이 불러 주시니 막 떨리는 거 있죠. 무슨 일일까 궁금하고……."

강의가 시작되기 한 시간 전에 유미는 김성환 교수의 방에 갔다. 김 교수는 전에도 회식 자리에서 본 적이 있지만, 개인적인 일로 보기는 처음이었다. 그는 점잖은 인상의 50대 후반 남자다. 노크를 하자 반갑게 유미를 맞아 주는 그의 얼굴은 약간 상기되어 있었다.

"오유미 선생님, 학생들에게도 인기가 아주 좋으시더군요. 나는 잘 몰랐는데, 알고 보면 유명하신 분이라 하더군요."

"과찬의 말씀입니다."

유미가 고개를 숙여 답례를 했다.

"알음알음 업체나 기관에서 특강도 많이 하신다더군요. 명강사라고 소문이 자자합디다."

아마도 연애학 블로그를 운영하며 업체에서 특강을 하거나 라디오 방송 작가이기도 한 유미의 다른 모습을 두고 하는 말인 거 같았다. 아닌 게 아니라 업체의 직원 연수나 결혼 정보 회사의 단체 미팅, 심지어는 와인 동호회 같은 데서도 특강 의뢰가 들어온다. 하지만 대학에서는 몇 년째 시간강사 신세를 면치 못하고 있지 않은가.

"아이, 전공과 좀 다른 강의라서……."

"아니, 그게 왜 다릅니까? 21세기는 문화 혼종의 시대입니다. 연애는 예술이고, 인생의 예술은 바로 연애입니다. 고로 인생은 연애. 인생을 경영하는 게 선생님 전공인 예술 경영과 다 일맥상통하는 겁니다. 허허."

아니, 이 근엄한 학자의 입에서 이런 말이 나오다니.

"그래, 요즘 많이 바쁘십니까?"

"아, 바쁘다면……?"

안 바쁜 사람이 어디 있겠는가.

"새벽에 말입니다."

도대체 이 노교수는 무슨 말을 하고 싶은 걸까.

"좀 갑작스러운 부탁인지는 모르지만, 우리 대학의 최고 경영자 과정 강의를 맡아서 좀 해 주셨으면 하고요. 이 최고위 과정의 면면들을 보면 정계, 재계의 VIP, CEO, 기업의 임원, 심지어 청와대의 사무관, 비서관 등 다양합니다. 정말 바쁜 분들이라 새벽에 조찬 모임을 겸한 강의를 하는 거지요. 강사료도 훨씬 나을 테고, 특히 인맥 관리 면에서 큰 도움이 될 겁니다. 좀 색다른 인간 경영학을 원하는 분들이라 오 선생이 잘 맞을 거 같다는 생각이 들었습니다. 어떻습니까?"

최고위 과정이라…… 교수가 되는 거보다야 못하지만 그런 사람들에게 정규 강의를 하는 게 나쁘진 않을 거 같다. 사이버 세상의 검증되지 않은 인맥보다 현실의 검증된 인맥이 훨씬 낫지 않겠는가. 현실의 레드 카펫에 한 발 올려놓는 일인지도 모른다.

"오 선생, 우리도 아무한테나 이런 강의를 맡기는 건 아닙니다. 오 선생의 역량을 발휘할 좋은 기회 아닙니까? 우리 대학도 스타교수, 이런 사람들 나와야 합니다. 제가 총장님께 역설했어요."

김 교수가 은근히 공치사를 했다.

"예, 정말 감사합니다. 맡겨 주시면 열심히 해 보겠습니다."

"이거야말로 지름길이죠."

김 교수가 노회한 눈빛으로 웃으며 유미를 바라보았다.

지름길? 유미는 김 교수의 방을 나오며, 정말로 자신이 원하는 길이 무엇일까 생각했다. 교수라는 사회적 지위? 명성? 돈? 결혼? 내 욕망의 실체는 무엇일까?

칼과 칼집

벌써 세 번째다. 흥분한 인규는 더 이상 참을 수 없었다. 묻지도 따지지도 않고 콱, 박아 버렸다. 인규는 나이프를 스테이크에 콱 꽂았다. 그리고 나이프에 꿴 고기를 들고 경고하듯 말했다.

"당신 같은 사람들한테는 내 음식 팔지 않겠습니다. 저 옆 블록의 연탄 돼지갈빗집과 그 옆의 칼국숫집을 추천해 드리죠."

바쁜 점심시간에 스파게티 면이 덜 삶아졌다고 한 차례 물리더니 스테이크가 제대로 안 구워졌다고 거만하게 두 번을 물린 손님들이다. 보아하니 교수들인지 공무원들인지 꽉 막히고 깐깐해 보이는 인상의 40대 남자들이었다. 차라리 졸부들이라면 자기들의 무식이 탄로날까 봐 조용히 먹는다.

오늘따라 아침부터 조찬 모임에, 오후에는 와인 스쿨, 내일 결혼 정보 회사에서 열리는 월례 파티 준비까지…… 신경이 곤두서 있는 날이다. 그런데 하필 셰프 조가 결근한 날이라 인규는 홀과 주방까지 신경을 쓰느라 정신이 없었다. 셰프 조는 거취 문제로 인규의 신경을 긁고 있는 중이다.

그들은 일부러 주인인 인규를 불러 주문했다. 무식함과 속물기가 잔뜩 밴 목소리로 "알덴테, 아시죠? 그렇게 해 주세요." 잘난 척하면서 스파게티를 주문했다. 알덴테는 약간 덜 삶아 스파게티 면의 속심이 가늘게 박힌 상태다. 이탈리아 사람들이 가장 좋아하는 상태다. 그러나 한국 사람들은 좀 더 삶은 걸 좋아한다.

"약간 덜 삶은 느낌이 들 텐데요."

"이 사람이! 우릴 뭐로 보고."

하지만 그렇게 삶은 스파게티를 내놓자 불평을 하며 접시를 물렸다.

"이게 철사도 아니고, 이빨 빠지면 이 집에서 물어 주나?"

아무 소리 하지 않고 면을 다시 삶아 요리하게 했다. 그러나 그다음에 나온 스테이크가 너무 구워졌다며, 핏물이 나오네 안 나오네 하며 트집을 잡았다. 새 고기로 다시 구워 오게 했다. 그러나 이번에는 덜 구워졌다며 또 물렸다. 접시가 다시 주방으로 갔다 왔다. 그걸 참고 바라보고 있으려니 웨이터 송이 다가와, 저 사람들 가끔 와서 상습적으로 저런다고 귀띔을 했다. 이제는 더 이상 못 참겠다 싶을 때 그 일행 중 한 사람이 큰 소리로 손님들 들으라는 듯이 말했다.

"이거 스테이크 하나도 제대로 못 굽고. 이게 뭐야. 개나 가져다 줘야지. 이 집도 이제 문 닫을 때 됐어. 옆에 새로 생긴 라꼼마로 가자고."

부주방장과 웨이터들이 말렸지만, 그들의 입에서 '개' 소리가 나오자 참을 수 없었다.

"개? 이건 당신 같은 사람들이 먹을 음식이 못 됩니다. 개만도 못한 사람들에겐 과분하죠."

'개' 소리를 듣고 흥분하는 건 그들도 마찬가지였다. 그들도, "이게 무슨 개소리야?" 삿대질을 하며 일어섰다. 직원들이 말려서 사태가 겨우 진정됐다. 화가 난 인규는 자신의 사무실로 문을 쾅 닫고 들어왔다.

아버지가 만든 중소기업에서 나온 지 어언 7년. 사양산업인 스테인리스 식기 사업에 평생 매달리고 싶지 않았다. 자신이 선택한 이 외식 사업이야말로 호기심과 창의력을 발휘할 수 있는 즐거운 일이라 생각했다. 그러나 남에게 서비스하는 것이 점점 더 어려워지는 세상이다. 차라리 도를 닦는 게 더 쉬울지 모른다. 피곤했다. 그는 유미에게 문자를 보냈다.

―박고 싶다.

유미에게서는 답이 없다. 불안하다. 인규가 따로 사 준 프라다 폰은 일종의 핫라인인 셈인데…… 유미는 이 시간에 도대체 무얼 할까? 누구와 점심을 먹고 있는 걸까? 서운하다. 마흔이 되면서 마음이 약해진 걸까? 남자 나이 마흔이면 모든 게 생각과 조금씩 어긋나기 시작하는 나이다. 몸도 마음도……. 그래도 유미가 있어서 다행이었다. 잘 맞는 섹스 대상이기도 했지만, 날것 그대로의 삭이지 못한 감정과 음탕한 말도 재치 있게 잘 받아 주는 여자다. 그런데…… 펑퐁 게임처럼 탄력 있고 경쾌한 관계가 언젠가부터 좀 불안했다. 불안감을 비웃기라도 하듯 휴대폰이 온몸으로 요동치며 울어 댔다. 그럼 그렇지. 유미다.

"왜 무슨 일 있어?"

"아, 재수 없어. 정말 짜증 나는 날이다."

인규는 유미에게 좀 전의 일을 다 일러바친다. 그리고 아무래도 이탈리아에서 스카우트해 온 셰프 조가 조만간 배신을 때릴 것 같다는 불안도 미리 이야기한다. 모르긴 몰라도 그는 몇 군데 경쟁 외식 업체에서 스카우트 유혹을 받고 있는 눈치다.

"아이, 좀 참지 그랬어. 또 그 다혈질, 성질 나왔구나. 박긴 뭘 박아? 맨땅에 머리나 박고 반성하셔."

"야, 너까지 이럴 거야?"

"하하하. 오늘은 쇠고기 안심에 콱 박은 걸로 넘어가. 오늘은 좀 그래."

"야, 오늘은 묻지도 따지지도 말고 그냥 하면 안 되냐?"

"자기가 이순재 아저씨도 아니고……"

"나, 너의 대박 보험 아니었어? 다 책임지고 보상해 줄게."

"오늘은 내 상태가 '레어'야."

"뭔 소리야?"

"오늘은 정말 자기 머리가 구동력이 떨어지는구나."

아하! 한 달에 한 번…… 피 보는 날.

"에이, 그럼 밥이나 먹을까?"

"요 며칠은 나 밥 먹을 틈도 없어. 참, 당장 모레부터는 조찬 강의를 시작해. 강의 준비도 좀 해야 하고……"

"뭘 찼다고?"

"조찬!"

"큭! '조찬' 강의? 그런 건 남자가 해야 하는 거 아냐?"

"어유, 저질!"

"보고 싶은데……."

"숨 좀 돌리면 바로 콜 할게. 그리움 저축해 둬. 이자 많이 붙게."

유미가 전화를 끊었다. 그러고 보니 이 실장의 조찬 스케줄 브리핑에서 유미의 대학 이름을 들은 것도 같다. 설마 유미가 그 강좌를 맡은 걸까? 나날이 유미의 사교 무대가 넓어지는 게 싫다. 만인의 여자가 되는 게 싫다. 유미에게는 뭔가 특별한 것이 있다. 그 특별함을 공유하는 게 탐탁지 않다. 그 특별함이 무엇일까? 시쳇말로 유미는 쿨하다? 들러붙지 않으면서도 묘한 자력이 있는 여자. 한마디로 리모컨이다. 유미는 묘하게 거리를 유지하면서도 인규를 지배하고 있다. 지금도 어린애처럼 보챈 건 인규다. 가끔 그게 화가 난다.

그러나 유미가 그에게서 벗어날 수는 없을 거라는 게 인규의 믿음이다. 그가 유미의 과거의 한 편린을 알고 있는 한. 하지만 그래도 불안한 건 불안한 거다.

그때 또 전화가 왔다. 아내 지완이다.

"점심 먹었어? 별일 없어?"

"별일 있으면 좋겠냐?"

"왜 심통이야? 참 당신 트렁크 팬티, 괜찮지? 세일 기간이라 백화점 왔는데 속옷도 세일하네."

헐렁한 사각팬티는 유미도 딱 질색하는 아이템이다. 짜증 제대로 난다.

"나 노인네 같은 사각팬티 싫다고 했잖아. 내가 알아서 할 테니 신경 좀 쓰지 마."

"어머, 당신 요즘 이상해. 왜 내가 사 주는 옷마다 트집이야? 암튼 요즘 배도 살짝 나왔잖아. 통풍도 잘되고 편한 게 좋지."

결혼하면서 잔소리꾼 엄마를 벗어났는데, 결혼하니 새엄마가 버티고 있는 꼴이라니. 하지만 엄마 같은 지완에게 제대로 졸라야 할 일이 있다.

"참 장인어른한테 얘기해 봤어?"

"그게…… 여보, 다시 한 번 생각해 봐. 요즘 경기도 안 좋은데 왜 그렇게 무리를 하려고 해?"

"당신, 아주 남편을 우습게 안다. 내가 그렇게 우스워?"

"웃기지 않아. 아니, 썰렁해. 물가에 내놓은 어린애 같아."

"나를 당신 아들 현수, 진수 취급하지 마. 우리 아버지 양은 냄비 회사에서 나와서 맨손으로 이렇게 베네치아를 만들었으면 대단한 거 아냐?"

"그래, 거기까진. 그러니 그거 하나라도 잘 건사해."

"현수 에미야. 아니 어머님, 예? 베네치아는 원래 물의 도시야. 양평 강변에 분점을 근사하게 지으면 얼마나 멋지냐. 거기다 난 곤돌라도 띄울 거라고. 그게 애초에 내가 계획한 그림이었어. 이 강남 바닥에 쎄고 쎈 이탈리아 식당 중 하나로 내 꿈을 접긴 그렇지."

"아유, 몰라! 요새 아버지 건강도 안 좋고 오빠 눈치도 보여. 나 전화 받기 힘들어."

지완이 전화를 툭, 끊어 버린다. 이 나이에 마누라 좋다는 게 뭔가. 어차피 사랑에 눈이 어두워 한 결혼은 아니었다. 지금은 찌그러졌지만, 부친이 젊어서 양은솥으로 시작한 회사는 스테인리스 스틸 그릇 사업으로 한때 꽤 돈을 만진 중소기업이었다. 지완의 집은 돈보다는 권력 쪽이었다. 이를테면 두 집안을 아는 중매쟁이가 돈과 권력을 이어 준 것이다. 지완의 아버지는 정계 고위직으로 퇴직해 아직까지 영향력이 꽤 있는 노인네다. 게다가 손위 처남인 지완의 오빠는 행정고시 출신으로 정부 부처 요직에 있는 고위급 공무원이다.

인규의 꿈은 외식 업체 재벌이다. 재벌까지는 아니더라도 자신의 사업체인 이탈리아 정통 레스토랑인 베네치아를 명소로 만드는 것이다. 그것은 물의 도시인 베네치아에서의 잊을 수 없는 추억 때문이다. 양평 남한강 변의 어느 부지를 보고 와서는 계속 눈에 삼삼했다. 문제는 토지 변경과 지가(地價) 때문에 처가의 도움을 좀 받아야 할 일이 있다는 것이다.

그때 이 실장이 손님이 찾아왔다고 전했다. 고등학교 선배인 강이었다. 사무실에서 레스토랑으로 나갔다. 밤무대 가수처럼 차려입은 강 선배가 손을 흔들었다. 점심시간이 이미 지나서 손님은 거의 없었다.

"선배, 웬일이세요?"

"오늘 와인 스쿨 있는 날이잖아."

아, 그러고 보니 오늘은 오후에 인규가 강의하는 와인 스쿨이 열리는 날이다. 매주 한 번씩 와인 시음을 곁들이는 강연이다. 강은 말하자면 자원 조교이자 자칭 얼굴마담이다. 왕년의 카사노바인 강은 지금은 돈이 바닥난 백수다. 한마디로 왕빈대다.

강에게 부정기적인 직업은 있다. 여러 종류의 사교댄스를 섭렵한 사람이라 간간이 댄스 강사를 하고 있다고 한다. 돈은 없지만 시간은 철철 넘친다. 게다가 호기심과 정력은 식을 줄 모른다. 물 좋은 여자가 있는 곳이면 꼭 나타난다.

만만한 게 인규의 와인 스쿨이다. 미리 와서 공짜 밥도 챙겨 먹고 식후에 비싼 와인도 시음하니 일석이조다. 시간당 10만 원 꼴인 와인 강좌와 음식까지, 그의 행차 한 번에 출혈이 크다.

"선배, 하여간 그런 거는 칼같이 지켜."

"와인의 품격에 맞는 이 정도 조교를 자원봉사로 어디서 구해?"

"아, 알았어요. 식사하셨어요?"

"물론, 아니! 고급 와인으로 혀를 호사시키는데 식은 밥에 김치 쪼가리 먹을 순 없잖아. 격식을 맞춰 줘야지. 이 집 연어 스테이크 괜찮대. 오늘 마침 화이트 와인 강의가 있는 날이잖아."

"그래요. 저도 오늘 아직 점심도 못 먹었어요. 함께 먹어요."

점심 식사가 나오자 강은 이탈리아 신사처럼 우아한 손놀림으로 포크와 나이프를 움직였다.

"얼굴이 좀 안 좋아 보여. 요즘 무슨 고민 있어?"

혈색이 도는 만족스러운 얼굴로 식사를 하던 강이 부드럽게 물었다. 강 선배는 고등학교 서클 선배지만 어린 시절 '싸부' 같은 존재이기도 했다. 여자에 관한 한 그의 조언을 금과옥조로 삼은 시절이 있었다. 인규는 자신의 포부와 뜻대로 안 되는 사업 이야기를 했다.

"그래. 내가 지금껏 살아 보니 인생사 딱 두 가지 문제로 집약돼.

돈과 섹스. 결국 지금 자네 문제는 돈이잖아. 나도 요즘 같은 딜레마에 빠져 있지."

"선배도 무슨 사업 벌이셨어요?"

"나? 나야 평생 사업이 있잖아. 연애 사업. 그런데 그게 만만치 않아."

"선배 나이도 있으시니 정력도 이젠 좀 거시기하죠……."

"그게 아냐. 그런 건 아직 아무 문제없네. 문제는…… 고객이 문제야."

"고객이 문제?"

"요즘 나이 든 여자들은 말이야. 아래는 벌려 줘도 돈은 절대 안 줘."

인규는 그 소리를 듣자 무릎을 쳤다. 여자에게 빌붙어 지내는 이 몰락한 카사노바의 말에 공감이 갔다.

"아, 절륜하십니다!"

역시 왕년의 카사노바다운 통찰이다. 강 선배의 통탄이 이어졌다.

"마누라든 여자든 돈 얘기가 씨가 먹히지 않아. 여자들이 정조보다 돈을 더 귀하게 여기는 시대가 도래했어. 말세야, 말세."

인규는 자신의 부탁을 몇 번이나 묵살한 지완이 생각났다. 마누라도 나이 들더니 약아져서 돈 얘기는 섞으려 하지 않는다.

고객인 여자들이 그러하니 강 선배의 연애 사업이 날이 갈수록 번창할 리가 있겠는가. 강 선배를 볼 때마다 그 인물에 참 안됐다는 생각이 든다. 역시 남자는 돈이 있어야 한다. 여자들도 바지춤에서 물건을 꺼내는 남자보다는, 가슴팍에서 멋들어진 두꺼운 돈지갑을 꺼내는 남자를 더 좋아한다.

쿨한 남자가 되고 싶다. 사랑에도 돈에도 권력에도 명예에도 쿨한 남자. 한데 쿨하려면, 결국 그걸 다 가진 남자만이 쿨할 수 있다. 그중에 제일은 돈이라……

"어머, 사장님! 오늘 점심 식사가 늦으시네요."

강 선배와 디저트를 먹고 있는데 누군가 다가와 알은체한다. 성미림이다.

"아아, 성 매니저님! 이거 오랜만인데. 웬일로?"

"내일 밤, 저희 회사 10주년 기념 매칭 파티가 있잖아요. 3층 행사장의 설치 진행 좀 체크하려고요."

"아, 그렇지. 깜빡 잊고 있었네요."

인규의 레스토랑이 있는 4층 건물은 그의 소유다. 1층은 레스토랑, 2층은 와인 바. 3층은 인규의 사무실과 직원 사무실, 파티 행사 등으로 쓸 수 있는 연회장이 있다. 4층은 사무실로 임대해 주고 있다.

"커피 한잔하고 가요."

"잠깐 올라갔다 지시만 해 놓고 내려올게요."

함께 온 업자를 가리키며 미림이 말했다.

강이 먹이를 발견한 하이에나 같은 눈빛이 되었다.

"저 여자, 나 좀 소개해 줘."

"왜요? 성 매니저에게 관심 있어요?"

"성 매니저? 뭐야 성을 관리해 주는 매니저냐?"

"흐흐, 결혼 정보 회사 커플 매니저예요. 근데 저 여자 유부녀예요."

"저 여자에게 관심 있는 게 아냐. 파티를 한다며?"

"10주년이면, 댄스 파티를 하면 좋잖아. 내가 댄스의 황제 아니냐. 그리고 결혼 정보 회사라면 나 같은 사람 필요 없나?"

"왜요? 또 결혼하시려고? 나이도 그렇고 돈도 그렇고 참으셔야지. 착한 형수님은 어쩌시려고."

"재혼남 디스플레이용으로는 괜찮지 않냐?"

"디스플레이요?"

"그래, 상스럽지만 쉽게 표현하면 미끼라고나 할까. 사진발 좋겠다. 인물발 좋겠다. 신랑 후보로 선보는 데 내가 몇 번 나가 주면 물이 달라지지."

그때 미림이 나타났다. 인규는 강 선배에게 미림을 소개했다. 미림에게 백수 강 선배를 어떻게 소개할까 머뭇거리는데 강이 우아하게 명함을 꺼냈다.

"엔터테인먼트 회사를 경영하고 있습니다. 잠깐 황 사장에게 이야길 들었는데 좋은 사업 파트너가 될 수 있을 거 같군요."

강이 신뢰감이 묻어나는 바리톤 음성으로 말하자 성 매니저의 눈빛도 진지해졌다. 그때 셰프 조에게서 전화가 왔다. 집안일이 있어서 일주일간 미국에 좀 다녀와야겠다고 했다. 인규는 거짓말임이 빤한 그의 전화에 화가 나서 소리를 질렀다. 인규는 두 사람을 식탁에 남겨 두고 사무실로 올라갔다. 협상이 필요한 통화였다. 통화를 끝내고 와인 스쿨 강의 준비까지 하고 1층으로 내려오니 두 사람은 여전히 식탁에 앉아 있었다. 30분 정도 시간이 흘렀을 뿐인데 두 사람 사이에 마법의 시간이 흐른 거 같았다. 공기가 달콤하고 끈적끈적했다. 역시 강 선배의 내공이다.

"와인과 연애의 공통점 아십니까?"

"으음, 글쎄요…… 오랜 시간 기다려야 한다?"

"연애는 무조건 기다린다고 다 좋은 게 아니죠. 오히려 처음이 가장 짜릿짜릿하니까요. 와인도 첫 모금이 그렇죠. 그리고 또 새것은 새것대로, 묵은 건 묵은 것대로 맛이 있다는 거죠. 에, 또 그리고……."

성미림은 어머, 정말! 맞아요, 어쩌고 하면서 추임새를 넣고 있다. 둘이 잘 논다! 서당 개 3년이면 풍월을 읊는다더니, 소믈리에 조수 몇 달에 인규가 써먹던 수법을 잘도 쓰고 있다.

그날 와인 스쿨이 끝나자 강이 싱긋 웃는 얼굴로 말했다.

"내일 밤 댄스 파티를 내가 주도하기로 했네."

*

정말 피곤한 하루였다. 조찬 강의로 시작된 유미의 하루 스케줄은 김 교수와의 저녁 식사로 마침표를 찍었다. 오후에 잠깐 틈이 나자 백화점으로 달려가 넥타이를 샀다. 삼청동 한식집으로 가는 길에서 유미는 노랗게 물든 은행나무 가로수를 보았다. 신라 금관처럼 잎이 흩날리고 있는 은행나무를 보고 있자니 갑자기 우울한 기분이 들었다. 어느새 가을이 성큼 가고 있었다. 가을 단풍이 우거진 숲으로 드라이브 한번 못 가 본 지 몇 년째다. 도시의 명멸하는 불빛 속에서만 부유하고 있는 삶이라니.

최고위 과정을 맡아 수업을 한 지도 2주가 지나고 있다. 유미는 감사의 표시로 김 교수를 저녁 식사에 초대했다. 어쨌거나 그 스스로가 공치사를 할 때는, 어떤 식으로든 섭섭하지 않게 해 줘야 한다. 내키지 않는 일일수록 후딱 해치우는 게 수다. 알 듯 말 듯 노회한 김 교수의 의중을 간파하기가 쉽지는 않았다. 그럴수록 예를 다해야만 한다. 저녁 식사와 넥타이 선에서 고마움을 전할 수 있는 관계는 차라리 다행이다. 아니, 그 선에서 모든 관계를 정리해야 편하다. 돈으로 해결되는 관계야말로 가장 쉬운 처세다.

"아니, 정말 이럴 필요 없는데……."

10년은 젊어 보일 황금색 에르메스 넥타이를 보며 그는 손사래를 쳤다. 그의 얼굴에는 기쁨과 약간의 체념이 뒤섞여 있었다.

"제게 배려해 주신 거에 비하면 아무것도 아니에요. 교수님 품위에 맞는 젊은 감각의 선물을 사려니 너무 힘들었어요."

"뭐하러 그렇게 힘들여요? 가끔 이렇게 만나면 되지. 오 선생 얼굴이 선물인데……."

이럴 줄 알았다. 그럴 수야 없지. 내가 얼굴 내밀 데가 얼마나 많은데……. 얼굴 보면 뭣도 보고 싶다고 할 노인네.

"어머, 교수님. 제 얼굴은 뭐 공짜처럼 말하시네요. 얼마나 비싼데……."

토라지는 척 말하자 김 교수가 호탕하게 웃으며 말했다.

"어이쿠, 미안. 오 선생은 얼굴도 예쁜데 참 예절도 발라. 그 얘길하고 싶은 거였는데."

나이 든 남자는 섭섭함을 잘 탄다.

"예, 알아요. 그렇게 봐주시니 제가 더 감사해요, 교수님."

식사를 마치고 주차장으로 걸으며 방심하고 있는데 김 교수가 갑자기 물었다.

"근데 왜 아직 혼자요? 애인 있어요?"

"그건 교수님이 더 잘 아실 거 같은데요. 이번 강좌의 강사로 저를 택하셨다면……."

유미는 묘한 여운을 남기면서도 공손하게 작별 인사를 하고 돌아섰다. 세상을 살다 보니 쓸데없는 인연은 없었다. 차포(車包) 떼고 하는 장기는 얼마나 막막한가. 졸(卒)이라도 버릴 게 없는 게 세상사다. 화투 패도 많을수록 든든하다.

그런데 아파트에 도착해 집으로 들어오는데 이상한 느낌이 들었다.

무언가 그림자가 휙, 지나치는 느낌이라고나 할까? 엘리베이터를 타기 전에 고개를 숙여 우편함을 열 때였다. 우편물을 들고 엘리베이터에 올라탔다. 엘리베이터가 상승하면서 현기증이 났다. 너무 피곤했다.

피곤할수록 더 외롭다. 외로울수록 더 서글프다. 유미는 어두운 집 안으로 들어서 불이란 불은 모두 켰다. 우편물을 탁자에 팽개치고 소파에 널브러진다. 전투에서 돌아와 갑옷을 벗은 여린 살을 누군가가 보듬어 주었으면 좋겠다.

유미는 일어나서 욕조에 뜨거운 물을 받았다. 오디오에 CD를 걸었다. 영화 「냉정과 열정 사이」의 OST 피아노 곡이 잔잔히 흘러나왔다. 유미는 커다란 와인 잔에 와인을 풍성하게 따랐다. 며칠 전에 인규가 가져온 것이다. 샤토 마고의 세컨드 와인 파피용 루주. 파피용 루주는 '빨간 나비'라는 뜻이다. 에쿠니 가오리의 소설 『냉정과 열정 사이』에서 여주인공이 목욕하면서 마시던 와인. 전에 그걸 읽고 인규에게 말했는데 마침 그가 구해 온 와인이다. 와인은 무르익은 흑자줏빛이다. 와인을 한 모금 마시며 입안에서 굴려 본다. 부드럽고 농염한 향미가 느껴진다.

유미는 옷을 벗었다. 와인 잔을 들고 욕조에 들어간다. 반신욕 테이블을 욕조에 덮고 나서 그 위에 와인 잔을 올려놓는다. 와인을 한 모금 마시고 나른한 몸을 욕조에 누인다. 유미는 와인을 또 한 모금 마시며 여주인공 아오이처럼 눈을 감는다. 냉정과 열정 사이에는 무엇이 있을까. 어쨌든 그 두 가지를 잘 배합해야 멋진 연애의 칵테일이 되는 건 분명하다.

여주인공 아오이는 일과가 끝나면 귀가해 와인을 마시며 목욕을 즐기는 것을 최고의 기쁨으로 여긴다. 그의 지극한 동거남은 와인을 마시고 있는 그녀의 어깨와 목을 다정하게 마사지해 준다. 지난번에 인규가 왔을 때, 그 얘길 해 주자 인규가 재연해 보자고 했다.

그러나 그런 것도 아무나 하는 건 아닌가 보았다. 마사지를 한다고 설치던 인규가 와인 잔을 건드리는 바람에 유미의 입 주위에 검붉은 와인이 쏟아져 흘러내렸다. 유미가 눈을 흘겼다.

"하하하. 야, 너 「월하의 공동묘지」 찍는 거 같다."

장난꾸러기 같은 인규가 유미의 입술에 키스하며 목을 물어뜯는 시늉을 했다.

"크아아! 나는 드라큘라 백작이다."

가슴골로 흘러내리는 와인이 꼭 피처럼 보였다. 피를 보면 인간은 묘하게 흥분한다. 그날 '빨간 나비'라는 레드 와인 덕에 인규는 몹시 즐거워했다.

인규는 욕망에 솔직하며 상상력이 풍부하다. 인규는 지완 앞에서와는 다른 본연의 모습을 보일 수 있어서 유미를 사랑한다고 했다. 외설스럽고 음탕한 자신의 기질을 유미가 아닌 다른 여자들은 받아들일 수 없을 거라며. 유미 또한 그런 점에서 통쾌한 기분을 느끼고 있다. 그러나 그것은 따스함이나 편안함과는 또 다른 감정이다.

하지만 인규는 유미에게서 편안함 이상의 안도감을 느꼈다. 자물통에 꼭 맞는 열쇠를 찾은 사람처럼. 섹스를 하면서 두 사람이 정말로 잘 맞는 짝이라는 말을 자주 했다.

"이렇게 잘 맞을 수가 있냐. 이건 신이 내린 맞춤형 성기야."

그러면 유미가 응수했다.

"정말 그래. 어쩌면 세상에! 칼과 칼집처럼 꼭 들어맞아."

과연 그럴까? 잘 맞는다는 건, 칼보다는 칼집의 문제 아닐까. 칼집 나름이지. 칼과 칼집이라……. 자신이 생각해도 멋진 비유다. 서서히 취기가 올라왔다. 칼이 그리운 밤이다. 잠깐 요리사처럼 몇 개의 칼을 떠올려 본다. 그때 현관 벨 소리가 들려왔다.

10시가 넘었는데 누구일까? 도어 뷰에 나타난 인물은 뜻하지 않게 박용준이었다.

"어머, 박용준 씨! 웬일이에요?"

"잠깐 뭐 전해 줄 게 있어서요. 잠깐이면 돼요."

유미는 목욕 가운을 걸치고 현관 문을 열고 빼꼼, 고개를 내밀었다. 밖에는 그새 비가 내렸는지 용준의 머리가 살짝 젖어 있고 안경에는 김이 서려 있다. 알코올 냄새도 풍겼다. 밖은 가을비 때문에 기온이 뚝 떨어져 있었다.

"우리 집은 어떻게 알았어요?"

"실은 아까부터 기다리고 있었어요."

유미는 못 들은 척 용건을 물었다.

"전할 게 뭔데요?"

"제가 지난번에 리포트를 못 냈잖아요."

용준은 리포트를 건넸다. 유미가 그걸 받아 들자 용준이 한 발을 앞으로 내밀었다. 유미가 주춤하자 그가 등 뒤에 숨겨 놓았던 꽃다발을 내밀었다. 흑장미 다발이었다.

"교수님을 닮은 꽃이라 샀어요."

유미는 잠깐 어떻게 해야 할지 망설였다. 찬 공기 때문에 젖은 머리에 목욕 가운만 걸친 몸이 떨려 왔다. 부옇게 김이 서린 안경 너머 용준의 눈이 유미의 어디를 보고 있는지 알 수 없었다. 그러나 유미는 목욕 가운의 앞섶을 움켜쥐며 단호하게 말했다.

"제때 못 낸 리포트를 낸답시고 10시도 넘은 시각에, 그것도 사전 연락도 없이 왔으니 감점 이유가 충분해요. 꽃은 받지 않겠어요. 그리고 이 꽃 배달은 동네가 잘못된 거 같네요. 집에 가다가 들러 친한 동네 아주머니께 드려야 할 거 같은데요?"

친한 동네 아주머니라면 지완을 겨냥한 비아냥거림이다.

용준의 얼굴이 순간 붉어졌다.

"어쨌거나 리포트는 잘 받을게요. 그럼 시간도 늦었고…… 잘 가요."

유미가 현관문을 닫았다. 용준이 뭐라고 말하려다 입을 다물었다. 집 안으로 들어온 유미는 우편물이 쌓인 탁자에 용준의 리포트를 던지고 소파에 앉았다. 좀 야박하긴 하지만 제자와 스캔들이 나서 대학에 퍼지면 안 된다. 아무리 배고프더라도 똥인지 된장인지 가려 먹어야 한다. 리포트는 핑계다. 한눈에 봐도 엉성했다.

밑에 깔린 우편물을 대충 정리하고 곧 잘 생각이었다. 그런데 이상한 우편물이 보였다. 우편물이라기보다는 봉해진 흰 봉투였다. 발신인도 수신인도 적혀 있지 않았다. 무작위로 보내는 광고물인가? 봉투를 열어 보았다. 컴퓨터로 쳐서 출력한 간단한 편지가 나왔다.

오유미 씨, 나는 당신의 과거를 알고 있습니다.

장난 편지라 치부하기엔 유미의 마음이 편치 않았다. 내 이름을 어떻게 알았을까? 누굴까?

언젠가 들은 뉴스가 생각났다. '나는 당신의 불륜을 알고 있습니다. 내 입을 막으려면 아래의 계좌로 입금하시오.'라는 익명의 메일. 그걸 받은 사람들은 대부분 불안해서 입금했다고 한다. 그런 종류의 편지인 걸까?

나의 과거를 알고 있다? 그래서 뭐 어쩌라고!

유미는 그 편지를 찢어 버리려고 했다. 그러나…… 만약 이것이 장난이 아니라 유미에게 내미는 도전장이나 협박장이라면? 유미의 뇌리에 수많은 남자가 스쳐 지나갔다. 찢는 게 문제가 아니었다. 찢어 버린다고 과거가 없어지는 건 아니다. 그래, 분명히 켕기는 과거가 있지. 그러나 이미 다 지난 일이야. 그럴 리 없어! 유미는 고개를 흔들었다. 술이 확 깼다.

*

유미의 쌀쌀맞은 박대에 물러난 용준은 화가 머리끝까지 났다. 그것은 유미에게라기보다 자신을 향한 것인지도 몰랐다. 바보처럼 두 시간 전부터 꽃다발을 들고 유미의 아파트를 배회했다. 리포트는 핑계고 무슨 수를 쓰든 유미의 집에 들어가 그녀의 몸을, 아니 마음을, 아니 입술만이라도 뺏고 싶었다. 꽃을 든 강도. 그것이 바로 어쩔 수 없는 자신의 모습이다. 그녀가 아무리 교수라 해도 여자로 보이는 것엔 어쩔 도리가 없다. 열다섯 살 소년 시절에 여교사를 짝사랑하던 그 심정이 서른이 된 지금 되살아나고 있다니.

용준은 할 수 없이 버스를 타고 집으로 향했다. 정류장에 내려 근처 편의점에서 맥주 한 캔을 사서 벌컥벌컥 마셨다. 왠지 집에 들어가기가 싫었다. 비를 맞은 흑장미는 이슬을 머금은 듯 더 요염해 보였다. 이 꽃다발을 집으로 들고 가 마음에도 없는 미림에게 주는 게 싫었다. 미림과는 틀어져서 며칠째 말을 않고 있었다.

"어머! 용준 씨!"

어쩐 일일까? 유지완이 용준의 눈앞에서 환하게 웃고 있다.

"아! 웬일이세요?"

용준이 놀라서 물었다.

"집에 들어가는 길에 뭐 좀 살 게 있어서요."

부끄러워하는 그녀의 비닐 봉투 안에 생리대가 살짝 보였다. 어딜 갔다 오는지 예쁘게 화장하고 한껏 차려입었다. 용준은 갑자기 기분이 좋아졌다. 지완이 말했다.

"타세요. 이슬비가 내리고 있어요. 집까지 모셔다 드릴게요."

그녀의 빨간색 딱정벌레가 편의점 앞 길가에서 윙크를 하고 있었다. 용준은 차 안에 들어가자 왠지 금방 내리고 싶지 않았다.

"한동네 사니까 정말 좋네요. 사실 저도 지완 씨 생각하고 있었는데……."

"어머, 정말요? 타이밍 끝내주네요. 그런데 어디 갔다 오세요? 저 꽃은?"

"갑자기 지완 씨 생각이 나서 샀는데, 드리려니 너무 늦은 거 아닌가 싶어서 망설이고 있던 중이었어요. 그래도 맥주 한 캔 마시고 용기를 내서 드리려던 참이었는데……."

아아, 이 애드리브! 용준이 지완에게 두 손으로 장미 꽃다발을 바쳤다. 운전을 하던 지완이 한쪽에 차를 세웠다. 지완이 감동한 얼굴로 장미 향을 맡았다.

"세상에. 그런데 이렇게 우연히 딱 만나다니! 저, 장미 중에 흑장미 제일 좋아해요."

아, 결국 유미의 악담대로 동네 아주머니에게 꽃을 주는구나. 하지만 예쁜 동네 아주머니와 동네 한 바퀴만 돌기에는 너무 감질난다.

"저 오늘 기분이 꿀꿀했어요."

"어머, 그랬어요? 난 오늘 탱고 강습 있는 날이었어요. 난 아직도 탱고 리듬이 몸에 흐르는 거처럼 기분이 좋은데. 어쩌나, 이 기분을 나눠 줄 수도 없고."

"이 차 좋네요. 기분 전환 삼아 북악 스카이웨이나 한 바퀴 돌고 갈 수 있어요?"

북악 스카이웨이는 동네에서 멀지 않다.

"아, 그럴까? 좋은 생각이네요."

지완은 북악 스카이웨이로 차를 몰아갔다. 인적은 물론 차도 뜸한 구불구불한 단풍 든 숲길을 차로 돌면서 지완은 음악을 틀었다. 탱고 음악이었다. 용준은 기분이 훨씬 좋아졌다. 운전을 하는 지완의 옆모습이 무척 아름답게 느껴졌다. 취기가 살짝 올라왔다.

"아름다우세요."

용준이 운전하는 지완의 뺨을 살짝 만졌다. 지완이 움찔했다.

"잠깐, 차를 좀 세울까요……?"

용준이 갈라지는 목소리로 말했다. 지완도 마음의 동요를 느끼는지 커브를 도는 게 아까보다 불안정했다. 지완이 한적한 길에 차를 세웠다. 지완은 앞만 바라보며 딱딱하게 긴장하고 있었다. 용준이 지완의 오른손을 잡았다. 지완은 뿌리치지 않았다. 용기를 얻은 용준은 몸을 기울여 지완의 몸을 끌어당겼다.

"이러지 마요, 용준 씨."

용준은 거칠게 지완의 얼굴을 끌어당겨 키스했다. 지완의 목이 뻣뻣하게 저항하는 듯했다. 그러나 이내 지완의 고개가 뒤로 늘어졌다. 눈을 감고 자신도 모르게 가느다란 신음 소리를 흘렸다. 용준은 지완의 부드러워진 입속으로 혀를 집어넣으며 유미를 떠올렸다. 꿩 대신 닭인가? 하지만 닭도 나쁘지 않아. 아까 유미의 집을 찾아 갔을 때 목욕 가운만 걸치고 나와 살짝 벌어진 틈으로 보이던 그녀의 가슴이 떠올랐다. 그녀의 풍만한 가슴골을 부연 안경 너머로 집요하게 보려고 하자 유미는 암팡지게 가슴 앞섶을 가렸다.

용준은 한 손으로 지완의 가슴을 움켜쥐었다. 용준의 손이 더욱 집요하게 옷 속으로 들어갔다. 몰캉하고 따스했다. 지완이 놀라 버둥거렸다. 그 통에 그녀가 클랙슨을 눌러 버리고 말았다. 그런데 그 경적 소리를 듣자마자 지완이 정신을 차리고 몸을 바로 했다. 마치 축구 경기의 종료를 알리는 휘슬 같은 그 소리가 용준은 얄미웠다.

"저, 지완 씨 정말 좋아해요. 지완 씨는 보드랍고 포근하고, 기분이 좋아요."

용준이 아쉬운 듯 말했다.

"우리, 이제 가요. 밤이 너무 늦었어요."

"그럼, 낮에는 보고 싶을 때 볼 수 있겠죠?"

"저도 보고 싶은 경우라야죠."

지완이 새침하게 말했다.

"그러면, 만지고 싶으면 만질 수도 있겠죠?"

"용준 씨는 단지 제 몸을 만지고 싶어서 만나는 건가요? 전 아직 잘 모르겠어요. 감정의 확신이 아직…… 용준 씨에게 좋은 느낌을 갖고 있지만, 절 함부로 여기는 건 싫어요."

지완이 고지식한 소녀처럼 용준을 보며 말했다.

"함부로 여기다니요. 그런 적 없어요. 제가 지완 씨를 좋아하지 않는다면 이러지 않아요. 몸은 정직한 거거든요."

용준의 바지춤이 불룩했다. 지완은 모른 척하며 다시 시동을 걸었다. 두 사람은 말이 없었다. 지완은 용준의 집 앞에 차를 세워 용준을 내려 주었다.

용준이 현관 앞에서 번호 키를 누르는데 마침 미림이 문을 열어 주었다. 미림이 용준을 보며 살짝 미소로 맞아 주려 하다 얼굴이 굳어 버렸다. 용준은 피곤하다는 표정을 지으며 미림 앞을 가로질러 방으로 들어갔다. 요즘 두 사람은 각방을 쓰고 있다.

오늘 밤엔 용준과 화해하리라 벼르고 있던 미림은 목욕을 마치고 식탁에 술상을 봐 놓고 기다리고 있었다. 오랜만에 어깨가 드러나는 잠옷을 입었다. 용준은 언제부턴가 미림에게 트집을 잡았다. 그중에 제일 큰 게 잠자리 문제였다. 쫑의 정체를 알고 난 후부터였다. 미림은 그러는 용준을 이해했다. 마음속에서 이제 남편의 모습을 박박 지워 내리라, 내심 결심에 결심을 했다.

그런데 미림은 용준을 보자 분노가 치밀었다. 용준의 얼굴, 특히 입술 주위가 여자의 붉은 립스틱으로 범벅이 돼 있었기 때문이다. 저렇게 부주의하다니. 아니, 일부러 내게 시위하는 건가? 그렇다면 모른 척해야 하는 걸까? 그러나 미림은 자신도 모르게 용준의 방으로 뛰어들었다.

"당장 내 집에서 나가!"

미림이 자려고 누운 용준에게 베개를 집어 던졌다. 용준은 뜬금없는 미림의 포악이 이해되지 않았다.

"뭐야? 나 피곤해."

"지금껏 뭘 하고 왔기에 피곤해? 누구랑 붙어 있었던 거야?"

"누구랑 붙어 있어? 무슨 말버릇이 그래? 도서관에서 리포트 쓰고 왔는데."

"리포트 좋아하네. 무슨 킨제이 보고서라도 쓰고 왔니? 술 냄새도 펑펑 나는데. 거울 좀 보고 얘기해."

그제야 용준이 놀라 거울을 보았다. 헉! 아뿔싸! 이를 어째. 지완의 립스틱이 벌겋게 묻은 주둥이로 무슨 말을 할 수 있단 말인가.

용준은 금방 개처럼 꼬리를 내렸다. 그 틈을 타서 미림이 소리를 질렀다.

"입이라도 닦고 오는 게 같이 사는 여자에 대한 예의 아니니? 나, 힘들게 돈 벌어서 너 부양 못 해."

"그럼, 난 이 집에서 공밥을 먹었단 말이야? 나를 착취한 게 누군데?"

"착취? 누가 착취야? 낮엔 돈 벌러 나가고 밤엔 너한테 당하고."

"당해? 길을 막고 물어 봐. 낮엔 하인처럼 일하고 밤엔 아홉 살 더 먹은 할망구한테 내가 야간 봉사한 거지. 그리고 넌 날 모욕했잖아. 죽은 남편의 유령보다 못하게 날 취급했잖아."

"뭐? 할망구? 너 말 다했니? 당장 나가! 이 거지 같은 놈."

"뭐? 거지?"

할망구와 거지라는 단어는 두 사람에게 치명적인 단어였다. 용준은 용수철이 튕기듯 일어났다. 할망구라 불린 미림은 분해서 어쩔 줄 몰랐다. 용준은 대충 옷가지를 챙겨 미림의 집을 나와 버렸다.

집을 나오니 막막했다. 여전히 이슬비가 내렸다. 용준의 입술에는, 30분 전까지만 해도 지완의 입술 감촉이 생생하게 살아 있었다. 손으로 거칠게 입술을 닦아 냈다. 용준은 지나가는 택시를 세웠다. 일주일에 두 번 나가 입시생을 지도하는 선배의 화실에서 임시로라도 기거할 수밖에.

*

비슷한 시간에 지완도 집으로 들어섰다. 현관문을 열고 안으로 들어서니 거실에서 인규가 텔레비전을 보다 힐끗 돌아본다.

"도대체 지금이 몇 신데 이제야 들어와?"

"지금? 11시 40분이네. 오늘 탱고 강습 회원 중에 생일인 분이 있어서……."

"그러다 춤바람 날라. 그런데 그 꽃은 또 뭐야?"

"응, 집이 좀 썰렁해서 꽂으려고 샀어. 예쁘잖아?"

"요란한 리본 달고 있는 걸 보면 집에다 꽂으려고 산 거 같지는 않은데? 누가 준 거야?"

"으응, 생일 맞은 분이 꽃다발이 많이 들어왔다며 줬어."

"아깐 당신이 샀다며?"

이크, 그랬나?

"아이, 뭘 자꾸 좀스럽게 그래? 나이 드니까 좁쌀영감이 되는 거야, 응?"

지완이 일부러 먼저 성질을 내자 인규가 입을 다물었다.

"알았어, 알았어. 당신이 인기가 좋으면 나도 좋지, 뭐."

한껏 누그러진 인규가 능치며 한 발 물러난다. 그런데 일보 전진을 위한 일보 후퇴인 걸까? 인규가 텔레비전에 시선을 고정한 채 못을 박는다.

"그나저나 장인어른께 그것 좀 얘기하라니까!"

지완은 남편 인규의 속셈이 얄미웠다. 그래도 지금은 토를 달지 않는 게 좋다. 겉으로야 태연한 척했지만, 지완의 가슴은 아까부터 계속 벌렁댔다. 인규를 무시하고 얼른 안방으로 갔다. 드레스룸으로 가서 옷을 벗고 거울을 바라본다. 헉! 붉게 칠한 립스틱이 뭉개져 있다. 오늘따라 탱고 댄서처럼 흑장밋빛 립스틱을 발랐는데……. 세상에, 인규가 이걸 보지 않은 게 다행이다. 인규의 시선이 잠깐 꽃다발에 집중되었기에 망정이지.

드디어 용준과 첫 키스를 하게 되다니……. 그런 격렬한 키스는 결혼 전, 인규와의 데이트 이후 10년도 훨씬 넘었다. 남편에게 살짝 죄책감이 들었다. 그러나 그만큼 느낌이 더욱 달콤했다. 오늘 밤 생리가 시작되지만 않았어도 어쩌면 문호를 개방했을지도 모른다. 지완은 자신이 어쩌면 베를린장벽처럼 어느 날 무너져 버릴지도 모른다는 생각이 들었다. 자유와 개방의 의지를 억지로 벽돌로 누르고 있던 장벽처럼.

그런데 두 몸이 합쳐지는 통일의 날은 생각보다 빨리 왔다.

며칠 후 낮에 용준에게서 연락이 왔다. 카페 러브홀릭에서 만나자고 했더니, 홍대 앞으로 나오란다. 홍대 앞 선배 화실에 있단다. 점심을 먹고 커피를 마실 때 그가 말했다.

"저, 집에서 나왔어요."

"어머, 왜요?"

"그날…… 걸렸어요."

"……?"

"지완 씨 립스틱이 범벅이 된 걸 보고는……."

지완은 단번에 이해가 되었다.

"어머, 어떡해요. 정말 미안해요."

"아니에요. 다만 선배 화실에서 지내는 게 불편해서요."

"작업실이 없어요?"

"……예, 제가 아직 형편이…… 이런 얘기 그만해요. 저 술 좀 사 주실래요?"

지완은 용준에게 술을 사 주었다. 용준은 급하게 폭음을 했다.

"저 형편없는 놈이죠. 지완 씨랑은 어울리지 않죠. 알아요. 하지만 제 마음을 어쩔 수 없어요."

술에 취한 용준은 자괴감에 젖어 말했다. 운전 때문에 술을 거의 마시지 않은 지완은 그런 용준에게 연민이 일었다. 두 사람이 밖으로 나왔을 때는 짧은 늦가을 해가 이미 저물어 버렸다. 일단 취한 용준을 차에 태웠다.

"지완 씨, 나 머리가 너무 아파요. 지완 씨 곁에서 조금만 잤으면……."

이게 무슨 소리야? 어디 가서 쉬려면 모텔에 가야 하는데. 그런 데는 한 번도 가 본 적이 없는데……. 더군다나 내 발로 맨 정신으로는 절대 못 가지. 그러자 유미의 집이 여기서 그리 멀지 않다는 게 생각났다.

"유미 집에 여분의 방이 있으니, 일단 우리 거기 가서 잠깐 쉬면 어떨까……."

"오유미 씨 집요? 아, 그래요. 좋아요."

"전화를 해야 할 텐데."

"운전하세요. 제가 문자 보낼게요."

"그럼, 그러세요."

어느새 유미의 아파트에 다다랐다. 용준은 더 이상 흐물거리지 않고 조용히 앉아 눈을 감고 있었다. 지완이 아파트 주차장에 차를 세우려는데 저쪽에 눈에 익은 차가 보였다. 이 차가 왜 여기에 와 있을까? 그것은 놀랍게도 인규의 차였다. 그때 용준이 눈을 떴다.

"내려야죠."

용준이 혀 꼬부라진 소리로 말했다. 지완은 순간 머릿속이 뒤죽 박죽되었다. 지완이 용준의 팔을 잡았다.

"잠깐만요."

"왜요?"

"유미한테 문자 답 왔어요?"

"아, 맞다. 답이 안 왔네. 전화해 볼게요."

용준이 전화를 하려 하자 지완이 급히 말렸다.

"제가 해 볼게요."

이 상황을 어떻게 이해해야 할까? 남편 인규가 유미의 아파트에 찾아왔다. 두 사람이 안면 없는 사이는 아니다. 하지만 왜? 여기에? 일단 지완은 유미의 휴대폰으로 전화를 걸었다. 받지 않는다. 이번에는 숨을 깊이 쉬고 인규의 휴대폰으로 전화를 걸었다. 역시 받지 않는다. 두 사람이 이 아파트 안에 함께 있는 걸까? 다짜고짜 쳐들어간다? 그러나 지완 곁에도 또한 술 취한 외간 남자가 달려 있지 않은가. 정말 웃기는 자장면 같은 상황이다.

"전화 안 받아요?"

"네……."

용준이 아쉽다는 듯 말했다.

"집에 안 붙어 있고 어딜 가셨나……."

오늘은 작전상 후퇴할 수밖에 없다. 지완은 차를 돌려 아파트를 빠져나왔다. 지완의 가슴이 벌렁댔다. 술을 마시든 무얼 하든 이 불안에서 놓여나고 싶다.

"괜찮아요? 얼굴이……."

용준이 지완의 얼굴을 보며 물었다.

"용준 씨, 나와 함께 있고 싶다고 했나요?"

용준이 고개를 끄덕였다.

"그래요. 이럴 때 날 사랑하느냐고 물으면 촌스러운 거죠?"

"예, 촌스러워요. 당연한 거 아니에요?"

용준이 운전하는 지완의 허벅지를 쓸었다. 그 말에 용기를 얻었을까. 지완은 속도를 내서 달렸다. 저만치 호텔 간판이 보였다.

룸에 들어서자 지완은 달려드는 용준을 밀어냈다. 냉장고를 뒤져 맥주부터 벌컥벌컥 마셔 댔다. 속의 열이 좀 식었다. 용준이 그러는 지완을 가만히 내버려 두었다. 내심 처음이니 부끄럽고 두려워서 저러는구나 싶었다. 급히 마신 맥주 때문에 지완의 얼굴이 후

끈 달아올랐다.

"예뻐요. 빨간 모란꽃 같아요."

마치 기다렸다는 듯 용준이 지완을 침대로 무너뜨렸다. 용준의 입에서도 알코올 냄새가 났다. 용준의 입술과 손길이 지완의 입술과 목덜미에 닿았다. 용준의 손길이 급하고 거칠게 지완의 옷을 벗겨 냈다. 지완은 낯설고 부끄러워 다리를 오므리고 두 손으로 가슴을 감쌌다. 침대 시트를 걷어 몸을 감쌌다. 그 틈에 용준이 옷을 벗었다. 용준의 벗은 몸을 보자 지완은 시트를 머리끝까지 올리고 몸을 동그랗게 말았다.

"하하, 애벌레 같아요."

용준이 웃으며 지완을 껴안았다.

"이럴 때 보면 나이만 나보다 좀 많았지 완전 소녀 같아, 당신."

용준은 이불 틈새로 손을 넣어 지완의 몸을 공략했다. 그녀의 긴장한 딱딱한 등에 자신의 몸을 갖다 붙이고 두 손으로 풍만하고 몰캉한 젖가슴을 만졌다. 지완은 낯선 남자의 손길이 구석구석 스칠 때마다 뜨거운 인두가 지나치는 것 같았다. 그리고 그 자리는 맥없이 허물어졌다. 용준의 뜨거운 애무는 지완의 장벽을 서서히 허물어 갔다. 새로운 체취. 새로운 근육, 새로운 리듬이 지완의 몸에 실렸다. 그동안 익숙했던 몸의 기억이 모조리 전복되는 순간이었다.

아아, 이렇게 내 몸에 새로운 기념비가 세워지는구나. 시원섭섭한 느낌이 들었다. 그때 휴대폰 벨이 울렸다.

"받지 마요!"

용준이 거칠게 숨을 쉬며 저지했다. 용준의 몸이 아프도록 강력하게 밀고 들어왔다. 전화벨 소리에 신경이 쓰여 지완은 집중이 잘 안 되었다. 인규의 전화 아닐까? 그러자 마치 남편이 보고 있기라도 한 듯 서서히 흥분이 가시기 시작했다. 갑자기 복잡한 심사가 되었다. 용준은 그러거나 말거나 고삐 풀린 말처럼 절정으로 치닫고 있었다. 지완은 말에서 떨어지지 않으려 안간힘을 썼다. 마침내 용준이 지완의 몸 위로 엎어졌다.

숨 고르기를 하던 용준의 숨결이 고요해졌다. 내게 무슨 일이 일어난 걸까. 지완은 불도 끄지 않은 채 일을 치른 방의 휘황한 조명등을 바라보았다. 용준의 숨소리가 새근새근 들려왔다. 그는 지완의 가슴 위에서 잠이 들어 버렸다. 땀에 젖은 머리칼이 이마에 붙어 있고 콧등 양옆에 안경 자국이 나 있는 이 남자. 아직 해사한 청년의 피부 결을 간직하고 있는 젊은 남자. 그가 아기처럼 잠들어 있다.

다시 전화벨이 울렸다. 인규였다. 지완은 용준에게서 빠져나왔다. 화장실로 들어가 통화 버튼을 눌렀다. 평상시 인규의 목소리가 튀어나왔다.

"당신 어디야?"

"그러는 당신은?"

지완도 심상한 톤으로 물었다.

"나? 집이지. 좀 전에 전화했더니 안 받더라. 아까 당신 친구 오유미 씨 집에 갔거든."

"그래? 걔네 집엔 왜?"

"그 집에 오늘 VIP 모임이 있었나 봐. 오유미 씨가 급히 고급 와인을 구해 달라고 해서 말이야. 그중 한 VVIP가 오퍼스 원이라는 미국 와인을 찾는다기에 그거 갖고 잠깐 갔다 왔지. 하여간 속물들. 그때 전화했나 봐. 그나저나 당신은 지금 어디 있는데?"

갑자기 마이크를 넘겨받은 출연자처럼 당황스러웠다. 지완은 갑자기 떠오른 핑계를 댔다.

"응? 나? 난…… 지금 오랜만에 동창 모임."

"요즘 밤 외출이 너무 잦은 거 아냐? 알았어. 재미있게 놀다 와. 참! 차 가져갔어? 아니면 내가 데리러 갈게."

"아, 아냐. 차 갖고 왔어. 많이 안 마실 거야."

통화를 끝내자 지완은 왠지 비긴 것 같은 기분이다. 쌤쌤이다. 핑계라고 생각하면 그렇지만, 인규의 말을 들으니 또 그럴듯하기도 하다. 그럴듯하게 핑계를 댄 자신도 떳떳하지 못한 건 마찬가지다. 침대로 돌아오니 용준은 아직도 잠이 들어 있다. 낯선 용준의 나신을 보니 어쨌든 지금으로선 인규가 자신을 의심하지 않고 그냥 넘어가길 바랄 뿐이다.

그 시각, 지완과 통화를 끝낸 인규는 유미에게 문자를 보냈다.

―마마, 시키는 대로 하였사옵니다. 급히 침소에서 물러난 소인, 근간에 후일을 기약하며 못다 한 운우지정을 학수고대하나이다. 충성!

문자를 받은 유미는 흡족한 미소를 지었다. 그리고 인규에게 답을 했다.

―참는 자에게 복이 있나니라. 아멘. ^^

그러고는 아까 받았던 용준의 문자를 다시 열어 보았다. 그때는 인규와 둘이 침대에 들어가 예열을 하는 중이었다.

—오 선생님, 저 지금 유지완 씨랑 함께 선생님 댁으로 가고 있어요. 이번엔 내쫓지 마세요.

　유미는 답 문자를 보냈다.

　—손님 초대 저녁 모임 중. 죄송. ㅠ.ㅠ

　용준과 개통식을 한 이후로 지완의 삶은 좀 달라졌다. 삶이 풍부, 또는 복잡다단해졌다. 적어도 권태롭진 않았다. 약간의 조증(躁症) 같은 상태라고나 할까. 뭐든지 처음이 문제다. 그날 황당한 상황에서 갖게 된 첫 섹스에 대한 어색함과 미련이 지완에게는 있었다. 그러나 그것 또한 환경의 문제였다. 만약 무인도였다면 지완 역시 그렇게 주눅이 들진 않았으리라. 우선 모텔이나 호텔에 들어가는 것부터가 싫었다. 사람들의 시선 때문일까. 불륜을 하고 있다는 자격지심 때문일까. 그래서 지완이 한 일은 용준에게 월세 원룸 오피스텔을 얻어 준 것이다. 보증금 1000만 원에 월 50만 원짜리 14평형 오피스텔이었다. 둘만의 공간이 있다는 게 그렇게 좋았다.

　지완은 시내에 나가면 그곳엘 들렀다. 그러면 솜씨 좋은 용준이 된장찌개나 제육 고추장 볶음 같은 반찬이나 안주를 만들어 놓았다. 그와 함께 반주를 마시며 소주가 그렇게 맛있는지 처음 알았다. 술이 살짝 취하면 흥분이 더 잘된다는 것도. 늦가을 햇빛이 스며드는 한낮의 섹스도 좋았다. 곯아떨어져 달게 자는 낮잠도 시간이 많은 애인과 함께 누릴 수 있는 호사였다. 그날도 용준의 팔베개를 하고 잠이 들었다 깨어났다.

　"오유미 씨와는 언제부터 친구였지?"

용준은 이제 지완에게 자연스레 반말을 했다.

"그러니까, 같은 대학을 나왔어. 물론 과는 다르지만."

"그땐 어땠어?"

"그때도 물론 이쁘긴 했지. 지금과는 많이 다르긴 하지만. 걔는 학교 앞 카페에서 알바를 했어."

"남학생들한테 인기 많았겠네."

"집이 어려웠나 봐. 걔 자취방엘 가 본 적 있는데…… 가난했어."

"화려해 보이는데."

"그렇지. 유미가 내게 먼저 말을 붙였는데 어디서 많이 본 것 같은 인상이었어. 혹시 동창인가 하고 유치원서부터 맞춰 봤는데 아니었어."

지완은 그 옛날, 어스름 녘에 캠퍼스에서 만난 유미의 모습을 떠올렸다. 너 유지완 맞지? 유미는 마치 지완을 알고 있는 것처럼 말을 붙였다. 그러며 웃었는데 화사한 그 웃음이 꼭 어스름 녘의 복사꽃처럼 요요해 보였다. 화려하고도 섬뜩한 아름다움이었다. 그 웃음이 어딘지 낯익다는 생각이 들었다.

"그런데 2학년 겨울방학에 아이를 낳았다는 소문이 돌았어. 들리는 말로는 시댁에 들어가 산다고도 했고. 그때부터 좀 뜸하게 만나긴 했어. 걔 그때 낳은 딸이 지금 여고생쯤 됐을걸?"

"뭐라고? 정말?"

"겨울에 낳았다고 설희라고 이름 지었다고 했어. 이거 괜히 말했나 보다. 모른 척해."

"완전 처녀 같은데. 그럼 뭐야, 지금? 유부녀? 돌싱? 미혼모?"

"졸업하고 이혼했다는 거 같아. 근데 왜 그렇게 유미에게 관심이 많아?"

지완이 용준을 꼿꼿하게 쳐다보았다.

"아냐, 그런 거 없어. 내겐 당신이 소중해."

"이혼한 후로는 걔가 소식을 끊었어. 걔가 어떻게 살았는지 난 몰라. 이상한 소문이 들리기도 했고…… 한 7년 만에 유미가 나타났어. 그게 요즘에 아는 유미야. 그동안 유미가 어디서 무얼 했는지 모르지만, 왠지 난 걔가 딴사람이 된 거처럼 느껴졌어. 그냥 내 느낌이야. 여자들은 잘 변해."

"여자의 변신은 무죄라는 말도 있지."

"그래. 남편한테 와인 공부를 하고 싶다고 했어. 내 남편 소믈리에거든. 내가 소개해 줬지."

그러고 보니 묘하다. 몇 년 전에 유미를 남편에게 소개한 것은 지완이었다. 그리고 얼마 전에 지완에게 용준을 소개한 것은 유미다. 와인 붐이 일기 시작하면서, 비즈니스를 알려면 골프와 와인을 알아야 한다고 사람들은 생각했다. 유미가 무슨 사업을 하는지는 몰랐지만, 유미도 그렇게 말했다. 유미와 인규의 인연은 그렇게 시작되었으리라. 거기까지라고 생각했다. 그러나 세상에 모르는 비밀은 먼지처럼 많은 법. 갑자기 이상한 기분이 들었다. 인규의 거동에 관심을 좀 기울여 봐야겠다.

유미는 화통한 거 같아도 비밀이 많았다. 아니, 가끔은 자신의 모습을 여러 가지로 연기하는 배우 같았다. 그런 점에서 유미는 무서운 여자다. 대학 시절, 그 가난했던 자취방의 창백하고 파리했던

한 처녀가 지금은 몇 단계로 변신한 걸까. 지금도 대단하게 가진 것은 없어도, 자체 발광하는 유미의 자신감은 어디에서 오는 걸까. 가진 걸로 치면 부족한 게 없는 지완이 왠지 주눅이 드는 그 느낌은 무엇일까.

"오유미 씨는 참 분위기가 묘하지? 성녀와 악녀가 함께 있는 분위기야."

"남자들은 그런 거에 끌리나? 말해 봐. 걔랑 무슨 일 있었어?"

"어휴, 왜 이래? 사제지간이지. 섹시해 보여도 절대 틈을 안 보이는 여자야."

"치이, 그거 다 수법이지. 예전에 걔, 걸레라는 소문도 많이 났는데, 뭐……."

"친구를 그렇게 말해야겠어?"

"난 유미한테 질투 안 해. 걔, 젖은 바가지에 참깨 달라붙듯 남자 많이 붙을 거야. 그거 얼마나 골치 아프겠어?"

젖은 바가지에 참깨 달라붙듯……? 그러나 용준은 유미를 헤프고 자유분방한 여자로만 보진 않았다. 그녀를 처음 보았을 때 용준의 느낌은 달랐다. 유미는 용준의 첫사랑을 닮았다. 묘하게 슬프면서도 달콤한 느낌. 그러면서도 왠지 불안하고 두려웠다. 영원히 갖지 못하고 잃어버릴 운명의 사랑…… 그러나 그녀와 쉽게 헤어질 수 없을 것 같은 막연한 예감…….

그런데 용준은 요즘 유미의 신변에서 이상한 점을 발견했다. 언젠가 우연히 대학 강의실 유리창에서 유미를 보았다. 그녀는 캠퍼스 주차장에 차를 세우는 중이었다. 그런데 그녀의 차를 따라 검은색 세단이 미끄러져 왔다. 그리고 검은 옷을 입고 선글라스를 낀 한 사내가 차에서 내려 강의실로 향하는 유미의 뒤를 쫓았다. 그냥 별일 아니겠지 생각했다. 하지만 강의를 끝낸 유미의 차가 빠져나갈 때 주차장에 세워져 있던 그 차도 그녀의 차를 곧 뒤따라 나갔다. 마치 유미가 미행을 당하고 있는 모습처럼 보였다.

"그나저나 자긴 어쩔 거야?"

"뭘?"

"이제 곧 크리스마스가 다가오는데…… 계약 말이야."

미림에게서는 간혹 연락이 왔다. 모든 걸 용서할 테니 집으로 들어오라고 했다. 크리스마스 이후로도 안 들어가면 동거 계약은 자동 취소된다고 했다.

"지완 씨는 내가 어쩌면 좋겠어?"

"으음…… 나야 용준 씨가 이렇게 자유의 몸이면 좋지. 하지만……"

만약 용준이 자유의 몸이 되면 좋긴 하지만 대가를 치러야 할 것이다. 용준은 총각인 데다 자신은 유부녀. 골치 아픈 삼각관계가 된다. 지완만 바라볼 용준의 고통과 질투가 지완으로서도 편하진 않을 것이다. 그것이 지완의 결혼을 흔든다면……? 어떤 식의 대가를 치러야 할까? 아아, 지금은 아무 생각도 하고 싶지 않아. 지완은 다시 용준의 품을 파고들었다.

홀리데이 컬렉션

똑똑똑…… 잠결에 노크 소리를 들었다. 꿈인가? 눈을 떠 보았다. 낯선 정경이 눈에 들어왔다. 집이 아니다. 순간, 정신이 멍해진다. 술이 덜 깼나 보다. 호텔 방의 침대 안이다.

유미는 가운을 걸치고 방문 앞으로 갔다.

"누구세요?"

"예, 아침 식사입니다. 어제 밤 룸서비스를 해 달라고 전화 주셔서……."

그제야 생각이 난다.

"고마워요. 방문 앞에 두고 가세요."

입안이 깔깔해서 지금은 아무것도 먹고 싶지 않다. 다시 침대로 든다. 그때 휴대폰이 울린다. 발신 번호가 뜨지 않는다.

"여보세요?"

"……."

"여보세요. 말씀하세요."

"……."

여전히 침묵. 폴더를 닫아 버린다. 누굴까? 그일까……? 인규일까? 인규는 가족을 데리고 연말연시 해외여행을 떠났을 텐데……. 전화 때문에 잠이 깬 유미는 커튼을 열어젖힌다. 도시의 빌딩 스카이라인에서 백열등처럼 흐릿하게 빛나는 해가 한 뼘쯤 떨어져 있다. 새해 첫날이다.

새해 첫날의 태양이라고 뭐가 다를까? 시간 개념을 창조한 인간은 새것, 특히 첫 번째라는 것에 특별한 의미를 부여한다. 새해, 새 가방, 새색시, 새신랑, 게다가 첫 키스, 첫사랑, 첫 섹스……. 모든 새것이 처음 것들은 아닐 테지만, 인간은 '첫'이나 '새'라는 접두어를 붙임으로써 자신의 경험에 특별한 의미를 부여한다.

엄마의 말이 떠오른다. 엄마는 늘 이렇게 말하는 사람이었다. 처음이 중요하단다. 첫 단추를 잘못 끼우면 다 어그러져. 엄마는 '첫 단추'를 잘못 끼운 사람이었다. 그것이 엄마의 불행의 시작이었다. 게다가 인생을 도미노 게임으로 생각했던 것 또한 엄마의 불행의 끝이었다. 그 말의 의미를 잘 몰랐던 어린 시절에 유미는 외투의 단추를 채울 때 늘 밑에부터 채웠다.

"엄마, 그럼 이렇게 채우면 되지?"

그러면 엄마는 유미의 엉뚱한 발상에 약간 못마땅한 표정이었지만 웃어 주었다.

그런 엄마 밑에서 자란 유미 또한 자라서 '첫 단추'를 잘못 끼우게 되었다. 하지만 유미는 모든 것은 끝이 좋아야 좋은 법이라고 생각한다. 최후에 웃는 자가 이기는 자라는 독일 속담을 좋아한다. 유미는 새것과 처음 것이 늘 좋은 거라는 생각을 이제는 하지 않는다. 생각이 인생을 바꾼다. 지금 현재 행하는 경험 자체가 새로운 것이다. 섹스도 그랬다. 모든 섹스가 유미에게는 새롭다.

연말연시는 싱글 독신녀가 지내기에는 불편한 시간이다. 언제부턴가 유미는 그 시간을 자신만을 위해 즐기기로 했다. 보통은 큰맘 먹고 해외나 국내의 한적한 곳으로 여행을 가곤 했다. 그러나 올해는 연말의 여러 행사 때문에 시내 특급 호텔 투숙으로 만족하기로 했다. 유미의 수입으로 볼 때 적은 돈이 아니지만, 1년간 애쓴 자신의 몸과 정신에 대한 위로라면 아깝지 않았다.

어젯밤 그동안의 다이어리를 저녁 내내 정리하다가 조식 룸서비스를 예약하고 가볍게 칵테일이나 한잔하려고 바에 내려갔다. 그때 바의 희미한 조명 속에서 한 남자의 집요한 눈길이 느껴졌다.

손님이 별로 없는 바에는 재즈 음악이 흐르고 있었다. 유미는 카운터에 앉아 바텐더에게 마르가리타 한 잔을 주문했다. 그사이에 실내를 둘러보던 유미의 눈과 그 남자의 눈이 마주쳤다. 그가 싱긋, 미소를 지었다.

"어머! 윤 이사님, 웬일이세요?"

그는 최고위 과정을 수강한 기업체의 젊은 임원이었다.

"방해가 안 된다면 옆에 앉아도 되겠습니까?"

그가 유미의 대답을 듣기 전에 유미의 옆자리로 다가앉았다. 그는 마티니를 마시고 있었다.

"반갑네요. 새해 첫날부터……."

"예. 그러네요. 이사님은 웬일로……?"

"오랜만에 쉬고 있어요. 이 호텔 객실에 묵고 있어요. 오 교수님 은?"

"어머! 저도요."

그때 마르가리타가 나왔다. 어색한 침묵이 이어졌다. 그러다 두 사람이 동시에 물었다.

"그런데 왜……?"

왜 새해 첫날부터 혼자서 호텔에 청승맞게 묵고 있냐, 그런 질 문일 텐데……. 두 사람이 멋쩍게 웃었다. 그 웃음이 대답이 되었 다. 윤동진이란 이 남자는 재벌 그룹 서열 30위권 내 YB건설 창업 주의 차남으로 경영 수업을 받고 있는 것으로 유미는 알고 있다. 잘 다듬어진 몸과 큰 키에 윤곽이 뚜렷한 얼굴의 소유자다. 외모도 그 럴싸하지만 패션 감각도 꽤 있다. 아르마니나 휴고 보스 같은 옷이 잘 어울리는 남자다. 국내에서 일류대학을 나오고 미국에서 정통 MBA 코스를 밟았다 한다.

유미는 속으로 쾌재를 불렀다. 새해 첫날부터 운수 대통이네. 홀 리데이 컬렉션으로는 꽤 괜찮은 물건이다. 보통 외국에 나가면 현지 의 외국인이나 출장 온 남자와 원 나이트 스탠드를 했다. 연례행사 로 해외파와 한 번씩 그렇게 물갈이를 해 주는 것도 나쁘진 않았다. 그런데 이 남자야말로 껍데기는 물론 머릿속에 든 것 대부분이 해 외에서 온 것 아닌가.

크리스마스와 연말연시 휴가를 맞이해 명품 화장품 회사에서는 '홀리데이 컬렉션'이라는 스페셜 에디션을 출시한다. 이때 사지 않으면 1년을 기다려야 한다. 인규가 크리스마스 선물로 크리스찬 디올 제품을 선물했다. 장식도 예쁘고 무엇보다 여행을 가더라도 그거 하나만 있으면 색조 화장은 완벽하게 할 수 있다. 그러니까 윤동진 은 홀리데이 컬렉션 같은 존재다.

"그동안 강의 정말 멋졌어요. 여성들을 위한 감성 마케팅에 큰 도움이 될 거 같아요."

"아파트 많이 짓는 회사잖아요. 사실 집은 여성들의 감성을 무시 하면 안 되죠. 끊임없이 여자에 대해 알아야 해요."

"그런데 오 교수님의 결론 말입니다. 여성들이 결국 성적으로 든 뭐든 진화를 선도해 나갈 거라는 말씀은 이해가 좀 가기도 하지 만…… 결혼 제도가 몇십 년 이내로 정말 무너질까요?"

"결혼, 어떻게 생각하세요?"

"미친 짓이죠. 그런데 '결론'도 미친 짓이에요."

그가 냉소적으로 말했다.

"세상에 미치지 않고 온전하게 진화로 나가는 길은 없을걸요. 진 화는 그런 과정을 거쳐야 하니까요."

"오늘 우리도 진화해 볼까요? 그런 의미에서 한 잔 더?"

"당근이죠."

유미가 웃으며 고개를 끄덕였다.

유미는 거푸 석 잔을 마셨다. 그도 두 잔을 더 시켜 마셨다. 취기 가 재빨리 돌았다. 무슨 말을 주고받았는지 제대로 기억이 나지 않 았다.

다만 취하기 전에 이런 대화와 장면이, 편집이 엉망인 영화처럼 기억이 났다.

"오 교수님, 전 여성의 블루 오션을 연구하려고 합니다."

"바로 그게 포인트죠. 근데 이사님은 여자의 푸른 바다에 빠져서 허우적댄 적 있어요?"

"어휴, 썰렁해요."

그가 냉소적으로 비아냥거렸다. 이 남자 얼굴이 왜 이리 딱딱하냐. 취한 유미는 그게 맘에 안 들었다.

"윤 이사님, 좀 웃어요. 얼굴이 왜 그렇게 뻣뻣해요? 잘 웃지도 않고. 내가 웃긴 얘기 하나 해 줄까요?"

유미가 혀 꼬부라진 소리로 말했다.

"어떤 남자가요. 의사가 처방해 준 비아그라를 먹었대요. 그런데 아래는 커지지 않고 자꾸 얼굴이 빵빵하게 커졌대요. 그래서 그 남자가 의사한테 따지러 갔어요. 왜 아래는 그대론데 얼굴이 커지냐고! 의사가 뭐라 그랬게요?"

"모르겠는데……."

"야, 네 얼굴이……."

갑자기 유미가 웃음을 터트렸다.

"아, 어떡해. 입에 담을 수 없는 단어인데. 야, 네 얼굴이……."

유미가 웃음이 복받쳐 말을 못 이었다. 그러다 뱉어 버렸다.

"네 얼굴이 좆같이 생겨서 그렇다! 윤 이사님도 혹시 비아그라 먹은 거 아니죠?"

그의 얼굴이 더욱 굳어졌다.

그러곤 기억나지 않는다. 아침에 유미의 룸 침대 밑에는 옷가지가 흩어져 있고 유미는 알몸인 채 침대에 들어 있었다. 그건 꿈이었을까? 꿈이 아니라면 그와 이 방에서 무엇을 했을까?

자신이 알몸인 게 기분 나쁘다. 그러나 만약 아무 일도 없었다면 그것 또한 자존심 상하고 기분 나쁘다. 입질조차 하지 않았다면, 내가 출신 성분도 다르고 저질이라 생각한 걸까? 취해서 정신 줄을 잠시 놓은 게 잘못이다.

유미는 식은 커피와 빵 조각으로 아침을 먹고 기분을 달래기 위해 수영복을 챙겨 실내 풀장으로 나갔다. 오랜만에 온몸에 닿는 물은 유미의 개운하지 못한 기분을 씻어 주었다. 몇 가족과 서양인 커플이 수영을 하고 있었다. 레인에서 한 남자가 물개처럼 멋지게 자유형으로 나가고 있었다. 수영모와 물안경을 쓴 남자의 어깨와 상체 근육이 멋졌다. 유미는 천천히 배영과 평영을 하며 마음을 가라앉혔다. 그런데 그 남자가 유미를 보더니 V 자를 그린다. 내 몸매가 죽인다는 뜻인가? 그 남자가 유미가 있는 쪽으로 왔다.

"잘 잤어요?"

남자가 물안경을 올리며 웃고 있다. 윤 이사였다.

"수영, 좀 하시네요."

"그쪽도 한 몸매 하십니다."

"꽤 자신만만하신가 봐요."

유미가 오늘 아침의 치욕이 생각나서 말했다.

"난, 비아그라 같은 거 안 먹거든요."

그가 유미로서는 잊고 싶은 어젯밤의 취중 음담을 일부러 빗대어 말했다. 유미는 속으로 어쭈, 하면서도 얼굴이 화끈거렸다.

"저도 취했지만 윤 이사님도 많이 취했죠?"

"별로. 술이 별로 세지 않으시던데…… 뭘 믿고 그렇게 취했어요?"

"믿을 만한 사람, 아니 긴장감 없는 남자 앞에선 그렇게 되네요."

"그럼 오늘 저녁이나 합시다. 긴장하지 말고 편안하게."

그렇게 해서 그와 저녁을 먹게 되었다. 그리고 그날 밤……

결론부터 말하자면, 유미는 또 한 번 치욕의 밤을 보냈다. 그와 호텔 안의 프렌치 레스토랑에서 보르도 와인을 곁들인 우아한 식사를 한 것까지는 좋았다. 대화를 하면서 알게 된 그의 신상은 현재 싱글남. 그런데도 그는 끈적거림이 전혀 없는 단정한 타입이었다. 게다가 사업에 대한 애정과 자신감이 넘쳐 났다. 남자가 일에 열정을 보이는 것, 그거야말로 수컷의 가장 큰 매력이 아닐까. 게다가 그는 섬세한 감성의 소유자로 예술에도 해박한 지식이 있었다. 유미의 전공인 예술 경영에 대한 대화도 막힘없었다. 게다가 기업의 문화 서비스 차원으로 미술관 운영을 제대로 하고 싶다고 했다. 앞으로 유미의 조언이 많이 필요할 거라는 말도 했다. 예절 바른 매너로 브리핑을 하듯 명확하고 간결하게 말하는 그. 유미는 그를 잘 알지도 못하면서 어젯밤 취해서 자신이 좀 싸구려처럼 군 것 같아 후회가 됐다. 무심한 듯한 눈길로 유미를 가끔 바라보는 그의 모습에 오히려 유미의 가슴이 살살 타기 시작했다. 이런 종류의 남자는 유미를 좀 긴장시킨다.

식사를 마치고 객실로 향하는 엘리베이터에 함께 탔다. 그는 10층, 유미는 12층. 버튼을 각각 누르고, 엘리베이터는 상승했다. 유미는 그가 10층의 몇 호실인지 모른다. 묻지 않기로 한다. 10층. 엘리베이터 문이 열리자 그가 주춤거렸다. 그는 엘리베이터가 올라가지 않도록 버튼을 누른 채 말했다. 아주 진지했다.

"유미 씨를 더 알고 싶어요."

그럼 그렇지. 함께 내리자는 이야긴가? 그러나 그는 한마디를 남기고 내렸다.

"굿 나이트."

엘리베이터 문은 매정하게 닫혔다. 객실로 돌아온 유미는 침대에 벌렁 누웠다. KO 패한 복서처럼 참담한 기분이 들었다. 나를 더 알고 싶다? 모든 남자가 유미를 더 알고 싶어 했다. 그것도 육체라는 통로를 통해서 유미라는 존재의 방에 들어오고 싶어 했다. 어떡하든 자신의 열쇠로 자물통을 열고 싶어 했다. 이렇게 입질만 하면서 물지 않는 물고기는 처음이다. 혹시…… 호모인 걸까? 유난히 끈적거림 없는 매너……. 그러나 유미는 그의 눈빛 어딘가에서 강렬한 욕망의 빛을 보았다. 다만 그는 억제하고 있을 뿐이다. 유미는 냉장고의 맥주를 꺼내 벌컥거리며 마셨다. 자존심도 상하고 더워서 옷을 활활 벗는데 호텔 방 전화가 울렸다.

"지금, 뭐 하세요?"

윤 이사였다.

"맥주 마시고 있어요."

"당신을 더 알고 싶다는 말, 진심이에요."

"진심……? 그럼 이리 와서 한잔할래요?"

"…… 됐어요. 시간을 두고 천천히 알아갈 거예요. 그러고 싶어요."

"저는 그렇게 오래 기다리는 여자가 못 돼요."

그가 짧게 웃었다.

"지금 뭐 입고 있어요?"

"속옷을 벗다 말고 전화를 받고 있어요. 그럼, 전 마저 벗고 잘 테니 주무세요."

브래지어를 한쪽 팔에 꿴 채 전화를 받고 있던 유미가 이죽거렸다. 그가 또 웃었다.

"오늘은 준비가 안 돼서……."

뭐가 준비가 안 되었다는 거야? 콘돔? 비아그라? 소심한 남자 같으니.

"해피 뉴 이어!"

그가 다정하게 속삭였다.

"아, 저기……."

유미는 뭘 말하려 하다가 그만둔다. 줘도 못 먹는 놈을 어쩌겠는가.

"유 투. 해피, 해피 뉴 이어!"

유미도 덕담을 해 주고는 전화를 끊었다. 기분이 울적해서 바에 내려가 한잔 더 하고 올까 하다가 유미는 단념했다. 그리고 가방 안에서 오래된 다이어리를 꺼냈다. 신년마다 하는 유미의 세리머니라할 수 있다. 일명 S 다이어리. 하지만 영화 「S 다이어리」에서처럼 복수를 위해 사용되는 일은 없으리라는 게 유미의 생각이다. 유치하지만 유미에게는 소중한 기록이다. 이런 기록들은 유미의 블로그뿐아니라 생각이나 의식에 영향을 주었다. 어떻든 유미의 인생에 다양한 추억을 제공할 것이다.

소녀기에 쓴 첫 일기에서부터 최근에 드문드문 쓴 일기까지 일기장은 총 여섯 권이나 되었다. 외롭게 자란 유미는 어린 시절부터 취미가 수집이었다. 우표 수집부터 액세서리, 음반, 판화…… 심지어는 한때 남자들의 정액을 모으기도 했다. 일부러 모은 게 아니라 정액이 든 콘돔을 색 리본으로 묶어서 분류하다 보니 나름대로 묘한 재미가 있었다. 한때 취미였을 뿐이다. 호기심과 상상력이 많은 여자의 괴벽이었지만, 그 사실을 아는 남자들의 반응은 둘로 나뉘었다. 엽기적인 여자로 환영하는 경우와 그런 그녀를 정신이 좀 이상한 여자로 취급하는 경우.

다시금 유미가 이 다이어리에 관심을 가지는 건 최근에 무언가 이상한 조짐을 느꼈기 때문이다. "나는 당신의 과거를 알고 있습니다."란 익명의 편지. 누군가가, 어쩌면 과거의 누군가가 그녀의 존재에 어두운 그림자를 드리우는 것 같은 느낌이 들었다. 그렇다면 그는 도대체 누구일까? 유미는 다시 다이어리를 분석해 보았다. 그녀가 잔 남자는 대략 100여 명 선. 그녀의 가슴에 옹이처럼 박힌, 사랑한 남자만 해도 다섯은 되었다. 인간의 삶은 수많은 경험의 집적일 텐데, 그럴 때마다 유미의 삶은 마디가 굵어진 것 같다.

자신이 생각해도 많이 변했다. 그러나 지금 생각해 보면 자신이야말로 '내추럴 본 섹시'다. 의도적이든 본능적이든 유미는 욕망에 자연스레 부합하는 삶을 살려고 했다. 욕망의 과정에서 만난 순수한 쾌락의 세계, 그 세계가 주는 자유로움의 경지. 그런 것들만큼 인생의 새로움과 열정, 창의성을 일깨우는 건 없었다. 그렇게 되기까지 유미에게도 남모를 슬픔과 고통이 따랐다. 다만 그걸 가슴에 무덤처럼 안고 살아갈 뿐이다. 다이어리는, 그러므로 무덤에 순장된 쓸쓸한 경전 같은 것이다.

그때 휴대폰 벨이 울렸다. 박용준이었다. 살짝 반가운 마음이 들었다.

"선생님, 새해 복 많이 받으셨어요?"

"네, 용준 씨도요?"

"저야 뭐……."

"좀 취한 목소린데?"

"술 조금 했어요. 제가 술을 안 마시면 감히 선생님께 전화 못 하죠. 그나저나 이런 날 혼자 외롭지 않으세요?"

지완이 가족과 함께 해외여행 중이니 그도 외로울 것이다.

"글쎄, 동병상련이네요."

겨우 가라앉힌 술 생각이 갑자기 났다.

"한잔할까요? 전에 왔을 때 문전 박대한 것도 미안하고……."

"박용준, 어디든 불러만 주시면 쏜살같이 달려가겠슴다!"

박용준이 신이 나서 병사처럼 말했다. 유미는 호텔 바로 용준을 오라고 했다. 제자와의 스캔들? 뭐, 강의도 끝나고 졸업만 남았을 텐데. 친구의 애인? 친구 지완은 내 애인 인규를 차지하고 있잖은가. 오늘은 욕망이 흐르는 대로 놔둘 것이다. 그게 윤 이사의 반응에 대한 반동적인 감정이라 할지라도. 유미는 다이어리 마지막 페이지에 박용준이라 써넣는다.

용준과 유미는 바에서 제법 취했다. 용준은 전작이 있었던 터라 그랬지만, 유미 또한 이상하게 마음이 허전하고 쓸쓸했던 터였다. 용준은 자신이 유미를 얼마나 숭배하는지, 처음 만났을 때의 설렘을 어떻게 표현할지, 입이 열 개라도 말을 할 수 없다고 했다. 유미는 입이 열 개라도 말을 할 수 없다는 표현을 이런 경우에 써도 되는가, 생각하다가 깔깔대고 웃었다.

"그건 죄 지었을 때나 쓰는 표현이지."

"예, 제가 오 선생님을 보고 감히 사랑하고 싶다는 생각을 한 게 죄지요."

가만히 보니 제법 귀여운 데가 있었다. 아직 말끔한 피부와 안경 너머 호기심에 반짝이는 눈이 소년처럼 느껴졌다. 물론 온갖 잔머리를 굴리는 모습도 유치한 대로 순발력이 있었다. 젊지 않고는 유치하기가 쉽지 않다. 윤 이사는 박용준에게 대면 유치하진 않을지 몰라도 한마디로 재수 없는 남자다. 앗! 그런데 유쾌하게 웃다가 고개를 드니 한쪽 테이블에 누군가 앉아서 두 사람을 보고 있다. 아아, 윤 이사가 테이블에 홀로 앉아 술을 마시고 있었다. 그도 역시 잠을 이루지 못했을까? 바보 같은 놈. 아니, 줘도 못 먹는 놈이니 불쌍한 놈.

유미는 못 본 척 더욱더 다정하게 용준과 대화했다. 용준이 물끄러미 유미를 바라보며 말했다.

"저기…… 이렇게 말하면 촌스럽겠지만, 제 첫사랑과 닮았어요."

"그래? 그 첫사랑이 누구인데?"

"중3 때 음악 선생님……."

"아유, 아유, 너……."

유미가 갑자기 용준의 볼을 꼬집었다. 그러자 용준이 유미의 그 손을 잡았다. 손힘이 셌다. 어쭈! 제법인데? 지완은 이렇게 젊은 애랑 알콩달콩 연애를 하겠구나. 갑자기 마음 한쪽에 지완에게 주긴 아까운 느낌이 들었다. 용준이 갑자기 손을 끌어당겨 유미의 입술에 입술을 살짝 갖다 댔다. 상큼한 키스였다. 입술을 뗀 유미가 용준의 눈을 그윽하게 바라보았다. 용준의 눈이 말하고 있다. 날 잡아먹어요. 단 한 번의 입질로 그는 낚싯바늘을 콱 문 물고기 신세가 되었다. 유미가 일부러 지완을 염두에 두고 물었다.

"죄책감 안 느껴요?"

"전 박애주의자거든요."

"그래?"

"입이 열 개라도 말 안 할게요."

달아오른 용준이 두 눈으로 갈구하고 있었다.

"오 선생님은 어때요……?"

"흐음…… 난 성에 관한 한 공산주의자라고 할 수 있지."

그 말을 어떻게 이해했는지 그가 유미의 긴 머리칼에 한 손을 넣어 끌어당겨 키스를 했다. 깊고 열정적이고 격렬한 키스였다. 젊은 남자의 격렬한 키스는 자극적이고 신선했다. 유미는 살짝 눈을 떠보았다. 테이블에 앉은 윤 이사도 이 광경을 보고 있다는 걸 얼른 일별했다. 윙크라도 해 주고 싶은 마음이었지만 참았다.

"일어나요."

유미가 일어나자 용준이 따라 나왔다. 객실로 향하는 엘리베이터에 타자마자 흥분한 용준이 유미를 벽으로 밀어붙이며 격렬하게 키스했다. 버튼을 누르는 것도 잊은 채 두 사람은 잠시 얽혀 있었다. 잠시 후에 한 남자가 망설이다 엘리베이터에 탔다. 유미는 겨우 용준을 저지하고 그 남자를 보았다. 윤 이사였다. 윤 이사가 10층과 12층을 동시에 눌렀다. 10층에 엘리베이터가 서자 그는 뒷모습을 보인 채 그대로 내렸다. 12층에서 유미는 용준과 함께 내렸다.

*

유미와 새해 첫날 밤을 보낸 용준은 며칠을 공중 부양한 것처럼 보냈다. 몸이 가볍고 마음은 한없이 부푸는 구름이 되었다. 아마 마약을 하면 이렇게 되지 싶었다. 백지영의 「총 맞은 것처럼」이란 노래가 있지만, 할 수만 있다면 「뽕 맞은 것처럼」이란 제목으로 새 노래를 만들고 싶었다. 무엇보다 세상이 만만해 보였다. 갓 서른을 넘긴 주눅 든 인생이 그 덕에 잠깐 세상이 장밋빛으로 보였다. 그만큼 유미라는 여자는 기대 가치가 높은 여자였는데, 역시 기대 이상이었다. 남자라면 입맛 다실, '보암직도 하고 먹음직'도 한 여자를 정복했다는 뿌듯한 만족감 때문이었다.

그녀는 달고, 향기롭고, 부드럽고, 물도 많고, 또 털도 많은 꼭 복숭아 같은 여자였다. 그것도 '천도(天道)'복숭아. 그녀와 결합하는 순간, 용준은 잠깐 하늘의 섭리를 섬광처럼 깨달은 듯했다. 그러나 하늘이 내린 복숭아는 함부로 따 먹을 수 없는 법. 밭에 지천으로 깔린 복숭아와는 다를 터. 그건 바로 선악과다. 대선배 아담도 평생 딱 한 번 맛본 선악과 아닌가.

단 한 번 맛본 선악과의 후유증은 서서히 나타났다. 유미와 일을 치르기 전에 한 약속이 떠올랐다. 그녀는 이 섹스가 처음이자 마지막이 될 것이며, 되어야 한다고 했다. '홀리데이 컬렉션'이라는 단어를 사용하며 연말연시 이벤트용이라는 비유도 썼다. 거칠게 말하면 일회용이라는 말이다. 용준의 눈앞에서 뽀송뽀송하니 희고 눈부신 알몸의 유미가 손가락을 내밀며 약속을 종용했다. 우선 눈앞의 먹이를 놓칠세라 용준은 고개를 주억거렸다.

그러나 입맛이란 놀라웠다. 단 한 번 만찬 식탁에서 최고의 음식을 맛본 촌놈이 보리밥이 시들해지는 이치라고 할까? 여행에서 돌아온 지완이 뜨겁게 용준을 안았을 때도 용준은 지완의 몸 위에 유미의 몸을 덧씌워 놓았다. 아아, 전에는 분명 지완도 우아하고 아름답고 따스한 멋진 여자였는데…….

"용준 씨, 얼마나 보고 싶었는지 몰라. 나 여행 중에도 자기 생각만 잔뜩 했어."

"뭘 그랬겠어? 남편이랑 둘이서 일주일 가까이 딱 붙어 있었으면서…….."

용준의 말에 지완의 표정이 머쓱해진다.

"아아…… 그래서 자기 표정이 별로 안 좋았구나."

"몇 번이나 했어?"

용준은 의중과는 달리 공연히 시비조의 말이 튀어나왔다. 자신이 생각해도 한심한 놈이다. 방귀 뀐 놈이 성 낸다고…….

"그게 그렇게 중요해? 내 마음과 몸을 지배하는 건 한국에 있는 용준 씨였는데······."

지완이 금방 풀이 죽었다.

"그래도 했을 거 아냐! 그래, 남편 있어서 좋겠다. 결국 양다리 걸치는 거 아냐, 응?"

지완은 할 말이 없었다. 용준을 이해할 수 있었다. 이 게임은 용준에겐 잔인한 게임이다.

"미안해. 어쩔 수 없잖아. 내 상황을 이해해 줘."

아아, 이 남자는 사랑에 빠져 질투에 눈이 먼 것이다. 지완은 용준이 애틋하게 느껴졌다. 자신을 독점하기 위해 질투심에 불꽃이 튀는 남자. 여자의 자부심은 이럴 때 충족된다. 지완은 그러는 용준이 싫지 않았다. 내심 이제야말로 이 남자를 손아귀에 쥐었다는 자신감이 들었다. 지완이 용준의 목을 다시 끌어안았다.

"내가 더 잘할게, 응?"

지완이 달콤하게 속삭였다.

미안해하는 지완을 보자 용준도 슬그머니 미안해졌다. 파고드는 지완이 싫지 않았다. 어쩌겠는가. 상황은 급하고, 행복은, 아니 욕망은 성적순이 아니잖아. 유미가 최상급이지만, 사실 이 여자만 해도 자신의 급수에는 과분한 여자다.

가만히 따져 보면 자신이 여자 복이 없는 놈은 아니다. 여복이 넘쳐 여난(女難)이 될 조짐도 보이지 않는가. 어제 미림이 늦은 밤에 전화를 했다. 못 하는 술을 한잔 걸쳤는지 코맹맹이 소리로 징징댔다.

"쭌······."

미림은 용준을 '쭌'이라 불렀다. 술에 취하면 더더욱. 처음엔 혀

짧은 소리로 그렇게 부르는 게 귀여웠는데, '쫑'의 정체를 알고 난 후엔 징그러웠다. 전남편 하민종을 '쫑'이라 부르던 여자였다. 이 여자는 좋아하는 남자의 이름을 경음화하는 버릇이 있다. 아니, 그렇게 부를 수 있는 남자들을 좋아하는 건 아닐까. 만약 장동건이라면 '껀', 정우성이라면 '썽', 비라면 '삐'……. 인간의 버릇은 참 무섭다.

"쭌. 나의 쭌! 보고 싶다. 언제 돌아올 거야? 크리스마스도 지나고 새해도 되었는데…… 계약 기간 이런 거 따지지 말자. 언제든 돌아와. 기다릴게. 그렇다고 날 물로 보진 마. 내게도 아직은 남자들이 꼬인다는 거 잊지 마. 쭌! 쭌! 듣고 있어? 쭌! 우리, 결혼할까?"

헉! 결혼? 술 취한 미림은 생전 입에 담지 않던 말을 뱉었다. 중이 제 머리 못 깎는다고, 결혼 정보 회사의 유능한 커플 매니저인 그녀는 자신의 결혼에는 그다지 관심이 없었다. 그런데 쥐뿔도 없는 자신에게 결혼을 하자고 한다. 용준은 황당했다. 선택의 여지가 많을 때 인간은 오히려 방황한다. 1번 오유미, 2번 유지완, 3번 성미림. 3지선다형의 정답은 무엇일까? 당장 결혼을 한다면 오유미의 조건이 제일 나을 것이다. 하지만 오유미는 그림의 떡이다. 그게 서글프다.

생각이 복잡하다 보니 몰입이 잘 되지 않았다. 대충 끝내고 담배를 한 대 물었다. 지완이 그의 머리칼을 쓰다듬으며 말했다.

"나 생각해 봤는데…… 어쩌지……? 이제 자기 없이 못 살 거 같아."

지완은 유미에 비해 개발이 덜 된 여자랄까. 그렇게 따지면 성미림은 지완에 비해 더욱 황무지라 할 수 있다. 평범한 여자들은 섹스 자체보다는 다정다감하고 따스한 남자와의 정서적 교감을 더 즐기는 거 같다. 일단 한번 마음을 주면, 여자들은 남자에게 감정까지도 의존한다. 그러나 남자라는 동물은 더욱더 육체적인 자극을 원한다. 그날 밤, 유미와의 정사가 은근히 그리웠다. 그날이 처음이자 마지막 밤이라 생각하니 용준의 몸은 괴력을 발휘했다. 하룻밤에 네 번을 발사했다. 그때마다 새롭게 그를 받아 주는 유미가 신기했다.

"젊으니까 리필이 빨리 되네."

칭찬이라 생각되니 더 잘됐다. 이렇게 잘하면 어쩌면 유미가 약속을 무효로 하고 만나자고 할지도 모른다, 그런 생각을 하니 희망이 조금 생겼다. 그러나 그 다음 날 오전, 늦잠을 자고 났더니 유미가 집에 데려다 주겠다고 했다. 자신도 체크아웃하고 나갈 거라고 했다. 호텔 리셉션에서 유미가 체크아웃을 할 때였다. 용준은 소파에서 잠깐 기다리고 있었다. 그런데 그때 한 남자가 유미에게 다가가 묘한 미소를 지으며 인사를 했다. 유미도 그를 보며 묘한 미소를 지었다. 용준의 눈에 쌍심지가 켜졌다. 용준의 눈에, 남자는 신사복 광고에서 방금 빠져나온 모델처럼 멋져 보였다. 순간, 용준은 본능적으로 바로 눈을 내리깔았다. 상대는, 상대가 되지 못할 상대다. 쩝……

*

해가 바뀌었다고 달라진 것은 아무것도 없다. 유미는 「사랑은 달빛을 타고」의 방송 원고를 쓰고, 문화 센터와 기업체나 업소에서 강연을 하고 블로그를 관리했다. 다만 대학이 방학 중이라 강의가 없어서 한결 여유가 있었다.

이 무렵 유미는 안지혜, 즉 릴리로부터 또 한 통의 메일을 받았다.

단미님, 사랑의 바이러스는 제게 기생하지 않습니다. ㅠ.ㅠ 큐피드의 화살은 저만 빗나가는 것 같아요. 오늘도 가슴에 구멍이 뻥 뚫렸습니다. 짝사랑이었으니 실연이랄 것도 없지요. 마음을 접기로 했습니다. 대신에 새해부터는 냉철하게 행동하기로 했습니다. 승률이 높은 쪽을 택하기로 했어요. 드디어 오늘 결혼 정보 회사에 등록을 했습니다. 어쨌든 그 바닥에서 저는 골드 미스니까요…….

총 맞은 것처럼 안지혜의 가슴에 실연으로 또 구멍이 났나 보다. 세상에는 두 종류의 여자가 있다. 총을 가슴에 맞는 여자와 아랫도리에 맞는 여자. 어쨌든 안지혜의 결정은 현명해 보였다. 그녀의 말대로 그녀는 골드 미스다. 결혼 정보 업체에서 최상급으로 쳐주는 여성이다. 만약 결혼에 골인하려면 그게 지름길인지도 모른다. 골드 미스란 안정된 직장과 경제력을 바탕으로 자기 계발과 취미 생활에 투자하고 독신을 즐기는 연봉 4000만 원 이상의 30~40대 고학력, 고소득 미혼 여성을 일컫는다.

간혹 결혼 정보 업체 같은 데서 강연 요청이 들어오기도 한다. 이번에도 한 결혼 업체에서 자기들이 관리하는 골드 미스들이 주축이 된 노블레스 회원을 위한 특강을 부탁해 왔다. 하지만 매니저들의 이야기를 들어보면, 아무리 경제적으로 조건 좋은 여자라도 미모가 달리면 결혼 시장에서 잘 안 팔린다고 한다. 아무튼 안지혜가 부디 제 짝을 찾기 바랄 수밖에.

윤 이사로부터는 한동안 전화가 없었다. 아직 마음의 준비가 덜 되었는지……? 그의 세련된 용모로 보건대, 경험 부족에서 오는 소심함은 아닐 테고. 도대체 무슨 준비가 안 되었다는 말인지. 아니면 오유미라는 여자에 대해 어떤 검증을 하려는 걸까? 있는 것들은 늘 까다로우니까. 윤 이사 정도의 조건이라면, 게다가 싱글남이라니, 기왕이면 팔자까지 고쳐 보려고 대드는 여자들도 꽤 많을 것이다. 아무리 그렇다 쳐도 여태까지 윤 이사와 같은 헷갈리는 반응은 유미의 사전에, 아니 다이어리에도 없었다. 간발의 차이는 있을지언정 유미의 낚시에 모두 다 걸려들었다. 하긴 대어일수록 신중하며, 그러기에 느긋하게 기다리는 손맛이 각별하긴 하다. 하긴 고기가 없나, 뭐.

그때 전화가 왔다.

"오유미 씨죠? YB건설 윤동진 이사님이 찾으십니다. 잠깐 기다리세요."

여비서인가 보다. 곧 윤 이사의 목소리가 들렸다.

"잘 지내셨어요? 한번 뵙고 싶은데 괜찮겠습니까?"

명백한 입질이다.

"저야 누구와는 달리 늘 준비되어 있죠."

유미가 뼈 있는 농담을 던졌으나 그는 사무적으로 받았다.

"괜찮으시면 시간과 장소를 우선 말씀해 보시죠."

"용건이 뭐죠?"

"비즈니스입니다."

"그럼, 모레 점심 12시. 조찬 수업하던 베네치아, 어때요?"

"좋습니다."

베네치아의 별실. 윤동진은 디저트가 들어올 때가 돼서야 본론을 꺼냈다. 그동안에는 의례적인 안부 인사와 사업 이야기, 그림 이야기만 했다.

"그래서 본론은 제가 오 선생님에게 뭐 한 가지 제안하려고 합니다."

"……?"

"저를 좀 도와주셔야겠습니다."

"저처럼 힘없는 여자가 뭘 도울 수 있겠어요?"

"오유미 씨는 강력한 무기를 갖고 있습니다."

"저야 뭐 무기라곤 얼굴밖에 없는데. 호호……."

유미가 농반진반으로 말했다. 그동안의 진지한 사업 이야기에 진력이 나려던 참이었다.

"바로 그겁니다. 미모와 재능을 무기로 하는 일입니다. 저희 회사에서 미술관을 운영하는 거 아시지요?"

"네……."

"그게 한 몇 년 답보 상태에 머물러 있습니다. 돌아가신 어머니가 애정을 갖고 만든 건데 그 유지가 무색해졌지요. 그걸 맡아서 되살려 달라는 겁니다."

"예? 제가요?"

"오 선생님이라면 할 수 있습니다. 전공이기도 하고 또 가공할 무기를 갖고 있으니까요. 그걸 공익사업에 쓰는 것도 보람 있겠지요.

물론 보수는 후하게 드리겠습니다."

"글쎄요…… 저는 여러 가지 일을 하고 있어서……."

"상근하지 않으셔도 됩니다. 필요한 직원과 인턴사원 등은 아낌없이 지원하겠습니다. 새로 뽑으셔도 되고요. 운영 문제에 관한 한 최대한 오 선생님의 방침을 존중하겠습니다. 오 선생님의 독립적인 사업체라 생각하면 될 겁니다."

뜻하지 않은 굉장한 제안이었다. 유미는 며칠 더 생각해 보겠다고 약간 뺐다. 그날 점심을 먹고 윤동진이 떠나자 인규가 불안한 눈길로 다가왔다. 그러나 쿨한 척 티를 내지 않으려는 게 역력했다. 유미가 윤 이사의 제안을 설명했다.

"제안을 수락하기 전에 나도 저쪽을 좀 알아봐야 할 거 같아. 인규 씨가 좀 알아봐 줘."

이틀 뒤 인규가 전화를 했다.

"윤동진. 만 37세. 그룹의 두 아들 중 차남이지만 실세. 업계에선 스라소니라는 별명이 있다고 해. 날렵하고 민첩하게 뜻한 바를 집요하게 물고 늘어져 결국 성취한다고. 회사 내에서도 카리스마가 장난이 아니라고 하네. 그룹의 윤조미술관은 모친 조 여사의 유지 사업인데 윤동진의 전처가 운영을 했다고 해. 3년 전 이혼한 후에는 유명무실한 기관이 되어 버렸어. 슬하에 자녀는 없고. 취미는 각종 스포츠. 골프, 승마, 자동차 경주. 헬스 등. 여자관계는 큰 소문이 없고. 근데 할 거야?"

"돈 많이 주면 해야지."

"그 돈 내가 주면 안 될까?"

"그럴래? 인규 씨가 하라는 대로 하지, 뭐."

유미가 웃으며 선선히 말했다. 그러나 다음 날, 윤동진이 제안한 연봉을 이야기하자 인규의 반응은 달라졌다.

"어쩔까? 그 돈 인규 씨가 줄래?"

"해라, 해. 돈이 문제가 아니라 그 아까운 재능 썩히면 뭐하냐?"

"역시 자기는 다른 남자들이랑 달라. 해 보지, 뭐."

"근데 윤동진 속셈이 뭘까?"

"자기 좀 불안하구나. 걱정 마. 그 남자, 좀 호모 같아."

"그렇지? 약간 그런 소문도 있어."

윤동진의 속셈이 무엇일까? 유미가 더 궁금했다. 하지만 손해 날 일은 전혀 없었다. 윤조미술관 책임 큐레이터란 자리는 연봉이나 근로 조건부터 파격적이고 매력적이었다. 그는 연애와 사업 중에서 사업이란 미끼로 유미를 유혹했다.

유미는 새해 들어 자신의 운이 서서히 개화하리라는 예감이 강렬하게 들었다. 김 교수 또한 유미에게 전화를 했는데, 3월 전에 있을 대학의 교수 임용 공채에 원서를 내 보라고 했다. 아무것도 가진 것 없는 유미가 이만큼이나 된 것은 생존 본능이 강했기 때문이다. 돈도 '빽'도 없이 오로지 몸 하나로 뚫고 나온 길이었다. 생존 전략이라면, 생에 대한 열정으로 모든 일에 최선을 다하며, 사람의 마음을 읽고 적재적소에 유혹의 기술을 양념처럼 사용한다는 정도다. 사람의 마음을 뺏는 게 제일 힘들다. 돈을 뺏는 것보다, 몸을 뺏는 것보다.

인규의 조사가 아니더라도 윤동진의 마음을 뺏어 보고 싶은 오기가 났다. 그는 왜 이혼을 했을까? 그리고 왜 3년 이상이나 홀로 살고 있을까? 그렇게 굶어도 괜찮은 걸까? 그 스라소니의 힘은 어디에서 오는 걸까?

다음 달부터 미술관 일을 시작하기로 했다. 윤조미술관 건으로 윤동진을 자주 만날 일은 없었다. 다만 임원진과 인사를 할 일이 있어서 그의 회사에 들른 적이 있었다. 비서실에서 잠시 기다리고 있는데 그의 방에서 직원을 혼내는 목소리가 들려왔다. 냉정하고 절도 있고 힘 있는 목소리. 마치 오페라의 대사를 듣고 있는 것 같았다. 방 밖으로 나온 직원은 머리가 희끗희끗한 임원이었다.

비서의 안내로 방으로 들어가자 빈틈없이 단정한 매무새를 자랑하는 그가 매력적인 웃음을 머금고 악수를 청했다. 좀 전의 살벌한 분위기는 온데간데없다. 차를 내온 여비서를 물리자 그는 은은한 목소리로 말했다.

"보고 싶었어요."

"……."

유미는 차를 마시며 미소만 지었다.

"잠깐 후회한 적이 있어요. 여비서로 쓰는 건데…… 하고요."

"그거 성희롱 발언 같은데요?"

"그렇습니다."

그가 피하지 않고 말했다.

"윤 이사님의 여비서는 특별한 업무를 하나 보죠?"

"오해는 마세요. 오유미 씨가 여비서라면 그런 파트를 새로 만들고 싶다는 얘기니까요."

"여비서의 특별 업무라…… 야동 제목 같아요."

유미가 킥킥대자 윤동진이 물끄러미 유미를 바라보았다. 왠지 그 모습이 쓸쓸해 보였다.

"오늘은 임원들과 인사하시고 함께 저녁을 먹도록 해요. 오늘 함께 있고 싶은데 아버님 생신이에요. 내일부터는 미국 지사에 보름간 출장이 잡혀 있어요. 그거 알아요? 안 보면 안 보고 싶은데 보면 자꾸 보고 싶어요. 혹시 MSN 하세요? 제가 아주 외로운 밤에 전화나 채팅해도 되죠?"

"윤 이사님도 외로우세요?"

"아무에게나 마음을 못 줘서 그런 것 같아요."

"마음을 뺏긴 적은 있어요?"

"딱 한 번. 바로 지금."

유미는 그의 강렬한 눈빛을 느꼈다. 유미는 감지했다. 그가 유미를 얼마나 원하는지.

"그날 밤…… 화나시지 않았어요?"

유미는 용준을 끌어들여 잤던 새해 첫날에 대해 조심스레 운을 뗐다.

"그런 거 상관없어요. 난 도발적인 유미 씨가 더 매력적이던데요."

유미가 사무실을 나올 때 그가 또 한 번 악수를 청했다. 유미의 손을 꽉 힘주어 잡았는데 들어올 때의 악수와는 묘하게 느낌이 달랐다. 그가 유미를 강렬히 원한다는 느낌이 순간 전해져 왔다. 갑자기 전류가 통하는 느낌이 들 정도였다.

도발적인 게 더 매력적이라…… 독특한 남자다. 역시 토종 한국 남자와는 좀 다른 데가 있다. 별명이 스라소니인 남자. 한 번 걸리면 빼도 박도 못 할 그런 짐승 같은 남자. 오랜만에 유미는 살짝 흥분이 되었다. 유혹당하고 싶은 이런 순수한 느낌은 정말 오랜만이다. 마음을 빼앗겨도 좋을 거 같았다.

유미는 잠들 때마다 윤동진을 생각하는 자신에게 놀랐다. 호텔 풀장에서 보았던 스포츠로 단련된 그의 탄탄한 초콜릿 식스 팩 복근이 삼삼하게 떠올랐다.

살짝 잠이 들었을까? 휴대폰 벨 소리에 잠이 깼다.

"윤동진입니다. 자요?"

잠이 번쩍 깼다. 그러나 유미는 잠이 덜 깬 섹시한 목소리로 대답했다.

"자다 깼어요. 미국이에요?"

"예, 뉴욕 제 아파트입니다. 방금 조깅 끝내고 들어왔어요. 땀이 많이 나서 샤워하고 전화하는 겁니다."

갑자기 그의 몸이 영화 장면처럼 떠올랐다. 몸속 깊은 곳에서 찌르르한 떨림이 느껴진다. 그때 유미의 마음을 간파했는지 그가 말했다.

"보고 싶네요."

"…… 저도요."

"정말입니까?"

"정말 보고 싶어요."

내숭 떨 필요 없다. 솔직하게 그가 그립다. 오랜만에 이런 알싸한 그리움을 느끼고 있는 자신의 감정이 소중하게 느껴진다.

"잠깐만요. 그럼, 보여 드릴게요."

"……?"

"컴퓨터 부팅할 수 있죠? MSN에 접속하세요."

아닌 밤중에 무슨 홍두깨람. 유미는 속옷만 입은 채 컴퓨터 앞에 앉아 그가 시키는 대로 했다. 그런데 갑자기 컴퓨터 화면에 그가 나타났다. 휴대폰을 귀에 댄 그가 웃으며, "하이~" 하고 손을 들어 인사했다. 샤워를 갓 끝냈는지 젖은 머리칼에 물방울까지 맺혀 있는 그의 탄탄한 상반신이 생생하게 나타났다.

"놀랐죠? 웹 캠 성능이 좋죠? 유미 씨를 볼 수 없어 아쉽지만…… 유미 씨 폰이 영상 통화가 안 되나 봐요. 전에 했던 말 수정할게요."

"무슨 말?"

"보면 더 보고 싶고, 안 보니까 미쳐 버릴 거 같네요. 다음엔 유미 씨에게 화상 폰을 하나 선물해야겠어요. 잠깐! 진짜 선물이 있어요."

그가 컴퓨터에서 물러나 실오라기 하나 걸치지 않은 몸으로 어딘가로 나갔다 돌아왔다. 당당하고 아름다운 남자의 몸. 그게 무기라면, 그도 훌륭한 무기를 갖고 있다. 걸어 다니는 다비드 조각상이 따로 없었다. 컴퓨터 앞으로 다가앉으며 웹 캠 앞에서 그가 손에 든 무언가를 흔들었다. 작은 상자 속에서 꺼낸 것은 아름다운 목걸이였다.

"티파니에서 샀어요. 잘 어울릴 거 같아서."

오옷! 꿈이야, 생시야? 유미는 눈을 크게 떠 보았다. 자다가 웬 떡이야? 아니 웬 목걸이? 유미는 꿈처럼 다가온 이 행운이 믿기지 않았다. 내내 입을 벌리고 있다가 티파니 목걸이를 덥석 무는 물고기처럼 입술을 꼭 깨물었다. 아아, 그의 물고기가 되어도 좋으리.

첫사랑

"거기가, 오유미 씨 전화 맞지요?"

나이 든 여자의 목소리가 유미를 찾고 있다.

"네…… 맞는데요."

알 듯 말 듯 한 목소리다.

"아이고야꼬, 유미 맞나? 내다. 이모다."

"이모……!"

"그래. 야야, 잘 있나?"

"예에, 이모도요?"

"내사 이제 다 산 목숨이라 글타만…… 독한 가시나."

몇 년 만에 이모의 목소리를 듣는다.

"니, 고향 한번 내려와야겠다. 모레가 니 에미 기일이기도 하고, 긴히 할 얘기도 있고…… 내가 이제 니를 얼마나 보겠나."

고향을 등진 지 10년도 훨씬 넘었다. 더군다나 엄마가 죽은 이후로는 거의 찾아가지 않았다.

"긴히 할 얘기라니요……?"

이모는 엄마에게는 부모와 같은 존재였지만, 엄마가 죽고 난 지금, 유미에게 긴히 할 얘기란 무엇일까? 유미는 감을 잡을 수가 없었다. 그래도 오랜만에 고향의 이모가 애걸하다시피 부탁하는 걸 거절할 수는 없었다. 게다가 모레가 엄마의 기일이라니. 유미는 갑자기 가슴이 찌르르, 저려 온다. 그래, 내일 고향에 내려가야겠다. 고향…… 유미는 고향은 물론 이제는 부모도 없는 고아다. 그래도 시간을 거꾸로 돌리면 분명 유미에게도 엄마가 있었고, 숨을 쉬기 시작하면서 바다 냄새 물씬 나는 고향의 공기를 들이켰을 것이다.

그러나 내일 스케줄을 보니, 결혼 정보 업체 백년가약에 특강이 잡혀 있는 날이다. 유미는 백년가약의 성미림 매니저에게 전화를 걸었다. 서로 새해 덕담을 나누고 나서 유미가 본론을 꺼냈다.

"성 매니저님, 어쩌죠? 제가 내일 고향에 급한 일이 생겨서 좀 내려가야 하는데……."

"어머, 오 교수님. 혹시 펑크 낸다는 말씀은 아니시겠죠?"

"백년가약에서 한두 번 한 것도 아닌데 이번만 좀 봐주세요."

"혹시 경쟁 업체에 나가시는 건 아니죠? 워낙 인기가 좋으시니까. 그나저나 어쩌지? 이번에 한 번 봐 드리면 이자 많이 붙어요."

"예, 사채 이자로 드릴게요."

"할 수 없죠, 뭐."

"담보도 이만하면 확실하잖아요?"

성미림이 인정한다는 듯 웃었다.

"그런데 오 교수님…… 요즘 박용준 씨 만난 적 있어요?"

"요즘 방학이라 만난 적은 없지만, 으음…… 조만간 만날 일이 있어요."

"그래요?"

"왜요?"

"아이, 저기…… 모르시겠지만, 요즘 저희가 약간 문제가 있거든요. 용준 씨를 만나서 해결할 일이 있는데 계속 저를 피하는 거 같아서요."

사실 성미림과의 인연은 박용준이 맺어 준 것이다. 유미가 인기 강사인 걸 알고는 용준이 성미림을 연결해 주었다. 미림은 유미에게 백년가약 직원과 멤버를 위한 강의를 제안해 왔다. 용준의 입장에서는 유미에게 접근하기 위한 구실이었다. 자신의 동거 사실을 고백하면서 유미에게 이런저런 상담을 받기 위한 구실. 애인의 마음을 잘 모르겠다고 상담을 청하며 접근해 오는 경우, 대부분 4B 연필보다 더 까만 흑심이 들어 있다는 걸 왜 유미가 모르겠는가. 용준의 잔머리가 구글 어스의 위성 지도만큼 훤히 보였다.

"그래서 말인데요…… 저기…… 제가 용준 씨와 만날 때 합석하셔서 용준 씨에게 조언을 좀 해 주세요."

아니, 이게 무슨 소리야? 나를 미끼로 쓰겠다는 말씀?

"두 분 관계의 문제는 두 분이 알아서 하셔야죠."

"그 사람이 은사님인 오 교수님을 워낙 존경하는 데다가 또 오 교수님은 남녀 관계의 달인이잖아요?"

요즘 오만 가지 달인이 뜬다고는 하지만 남녀 관계의 달인이라……? 유미는 쓴웃음이 나왔다.

"그러니까 솔로몬의 지혜 같은 게 필요하시다는 건가요?"

"어머! 맞아요. 바로 그거예요. 역시 비유도 참 뛰어나세요."

서로 생모라 우기는 두 여인이 데려온 아이를 보며 솔로몬은 말했다. 그럼 이 아이를 똑같이 두 부분으로 자르거라! 그렇다면 솔로몬처럼 잔인해질 수밖에. 제게 껄떡대는 박용준에게 제 친구를 소개했는데, 제가 한 번 맛을 봤답니다. 자자, 그러니 공평하게 박용준을 세 등분으로 자릅시다. 그가 가진 유일한 재산인 그의 물건도 역시 공평하게…… 이러자니 나이브한 성미림이 불쌍하고, 거짓말을 하자니 양심이…… 이럴 땐 성미림을 죽이는 것보다는 양심을 죽이는 게 더 양심적이다.

"그러죠, 뭐. 제가 조만간 한번 연락하죠."

어쨌거나 박용준에게 조만간 연락을 할 참이었다. 다음 달 미술관 일을 시작하기 위해 용준을 계약직으로 채용하기 위해서였다. 말하자면 유미가 편히 일을 하기 위해서는 참모나 비서가 필요했기 때문이다. 그것도 믿을 만하고 충성스럽고 또 만만해야 했다. 말하자면, 여비서의 특수 업무가 아니라 마당쇠의 특수 업무라고나 할까. 용준은 유미의 제자이면서도 전공이 비슷하고 돈에 궁하며 유미에게 갈망을 품고 있다. 유미가 종을 울리면 침을 흘리게 되어 있다. 파블로프의 개든 플랜더스의 개든 유미에게는 충견이 필요했다.

그러나저러나 내일이면 윤동진이 출장에서 돌아오는 날이다. 유미에게 티파니에서 샀다는 목걸이를 보여 준 이후, 그는 가끔 밤에 유미에게 전화했다. 그러면 유미는 집으로 들어가기 바빴다. 인규를 만난 날도 그랬다. 얼른 집으로 들어가서 그의 얼굴과 몸을 모니터로 보며 대화를 하고 싶었다. 그거뿐이라면 모르겠는데, 요즘 두 사람의 대화 수준이 거의 폰섹스 수준이 되었기 때문이다. 아아, 왜 이러지? 나야말로 파블로프의 암캐가 되었나? 그깟 목걸이 때문이 아니었다. 그의 조건? 나 오유미 그런 여자 아냐. 아니, 사실 당연히 영향은 있지. 영양가 있는 먹이에 끌리는 건 본능 아닌가? 인간적인, 지극히 인간적인. 하지만 이상하게 그는 유미의 무언가를 자극했다. 그 미묘하고 섬세한 느낌이 유미를 설레게 하는 것이다.

그의 카리스마가 장난이 아니라 그랬나? 하지만 그건 일할 때고, 연애에 관한 한, 그는 섬세하고 다정다감한 남자가 분명했다. 양날의 칼처럼 그 두 가지를 갖고 있는 그가 점점 더 매력적으로 다가왔다. 그래 그런지 요즘 들어 인규와의 관계가 좀 시들해졌다. 윤동진에 비하면 인규의 칼은 무뎌진 무쇠 칼 같은 거라 해야 할까. 정리해야 될 때가 온 걸까? 이렇게 뜸 들이고 워밍업만 하고 있는 윤동진이 완벽한 준비를 하고 칼을 빼 들 날이 곧 오겠지. 유미는 그 생각을 하면 입안에 레몬 한 조각을 물고 있는 듯 기분 좋은 몸서리를 치게 된다.

윤동진이 귀국하기로 한 날이지만 유미는 작정하고 고향으로 가는 KTX를 탔다. 윤동진을 살짝 감질나게 하는 것도 나쁘지 않다. 그럴수록 스라소니는 맹렬하게 달려들 테니까. 유미의 고향은 부산이다. 유미가 떠나온 시절보다 교통이 좋아져서 훨씬 가까워졌지만, 심리적인 거리는 더욱더 멀어졌다.

이모의 횟집 '갈매기식당'은 여전히 자갈치시장에 있었다. 유미가 태어나기 전에 문을 열었다 하니 40년은 된 식당이다. 예전부터 시장 안에서 제법 큰 식당이었다. 게다가 엄마보다 열 살 위인 이모의 수완으로 한때 식당은 제법 호기를 누렸다. 엄마는 이모를 도와 이곳에서 일하며 유미를 키웠다. 오랜만에 갈매기식당의 간판과 훅 달려드는 비린내를 맡으니 엄마와 지내던 옛날이 갑자기 다가왔다.

엄마…… 엄마는 젊고 예뻤다. 외갓집 식구들은 전쟁 통에 북쪽에서 피란 내려왔는데, 피란길에 외할아버지와 외삼촌이 폭격을 당해 죽었다 한다. 외할머니와 이모, 그리고 어린 이모의 등에 업힌 아기였던 엄마만 살아남아 부산에 정착했다. 외할머니는 자갈치시장에서 생선 광주리를 이고 다니며 장사를 했다. 세 모녀의 신산하고 가난한 삶은 이모가 결혼하면서 식당을 개업하자 안정을 찾아갔다. 갓 스물을 넘긴 엄마의 미모가 워낙 빼어나서 손님이 많았다. 하지만 여고를 졸업하고 식당 일을 돕던 엄마의 꿈은 서울로 올라가 여대생이 되는 거였다. 엄마의 꿈은 음악 선생님이었다. 소녀 시절부터 엄마는 성당의 성가대원이었다. 성가를 부르는 아름다운 처녀를 보기 위해서 시장 근처의 성당은 청년들로 붐볐다고 한다. 흰 레이스 미사보를 쓰고 성가를 부르는 엄마의 모습은 그야말로 성처녀의 모습이었다고 언젠가 이모가 말했다. 그러나 아름답고 순결한 엄마의 모습은 거기까지.

유미가 기억하는 엄마는 모순덩어리였다. 엄마도 유미처럼 어린 나이에 미혼모로 유미를 낳았다. 그러나 첫 단추를 잘못 끼운 두 모녀의 삶은 달랐다. 유미의 삶은, 엄마처럼 살지 않겠다고 엄마로부터 도망쳐 온 삶이었다. 엄마는 욕망을 증오했다. 자신의 욕망은 그렇다 쳐도 자연스레 성숙해 가는 딸의 욕망마저도 뿌리를 뽑으려 했다. 유미는 눈먼 강아지처럼 키워졌다. 그러나 엄마의 전철을 밟는 것도 운명이었을까? 정효수와 단 한 번의 관계로 아이를 가졌을 때 엄마는 그 집에 쳐들어가다시피 해서 결혼 승낙을 받았다. 유미가 기억하기 싫은, 가장 치욕스러운 사건 중 하나다. 아이의 씨가 분명하면 무조건 결혼해야 한다는 거였다.

그도 그럴 것이 유미는 아버지를 모른다. 엄마는 거기에 대해 평생 입을 다물었다. 큰이모의 말로는 스물한 살 되던 어느 날, 엄마는 닷새 동안 자의든 타의든 세 명의 남자와 섹스를 했다고 한다. 그들이 누구인지 함구했지만, 셋 중 한 사람은 유미가 증오하는 인간이다. 엄마에게 남편 행세를 하려 들고 자신이 아버지라 주장하는 남자. 그러나 엄마도 인정하지 않은 남자. 어린 시절, 몇 번이나 그가 죽어 버렸으면 하고 바랐던 남자. 나머지 두 남자는 한 번도 만난 적이 없다. 유미는 어릴 때부터 상상 속의 아버지를 그려 왔다. 상상 속의 아버지는 멋졌다. 상상은 자유니까.

그리고 이곳은 유미의 첫사랑이 있는 곳이다. 얼굴이 희고 곱상하게 생긴 해사한 모습의 소년. 처음으로 금기를 깨는 듯한 두려움과 긴장으로 온몸의 솜털이 정전기를 일으키던 그 시절. 유미는 기억 속의 그를 현실로 불러낸다. 열여섯 살 때처럼 가만히 그의 이름을 입 밖으로 불러 본다.

"수민 오빠……."

수민은 유미보다 한 살이 더 많은 이종사촌 오빠다. 어렸을 때부터 갈매기식당에서 이모네와 함께 살기 시작하면서 오누이처럼 자라났다. 두 사람은 자연스레 함께 있을 기회가 많았다. 밤늦도록 두 엄마들은 정신없이 바빴다. 그리고 두 엄마들은 아침엔 해가 높이 뜰 때까지 잠들어 있었다. 안채 골방에서 무슨 일이 일어나는지 알 겨를이 없었다. 지금 생각하면 대단한 일은 아니었다. 간혹 소년과 소녀는 조금씩 서로의 몸을 탐구했을 뿐이다. 진도가 아주 느린 탐구 생활이었다.

어렸을 때부터 수민은 빼어난 미소년이었다. 유치원에 둘이 함께 다니면 자매인 줄 아는 사람도 많았다. 어릴 땐 언니처럼 살갑고 다정다감한 수민 오빠가 좋았다. 그런데 그런 수민의 몸이 사춘기가 되자 달라지는 게 신기했다. 그건 수민도 마찬가지였을 것이다. 서로의 몸을 조금씩 만져 보고 감탄했다. 가을 소나무 숲의 흙을 뚫고 불쑥 올라온 송이버섯과 갓 잡아 올린 상큼한 조개를 나눠 가진 두 몸이 신비로웠다. 그러나 그때만 해도 유미는 엄마의 억압에 눌려 죄책감에 몸을 떨었다. 두 사람은 더 이상 진도를 못 나가고 서로의 몸을 갈망하기만 했다. 어린 두 사람에게도 금기를 깨고 싶지 않은 준엄한 도덕률이 내재되어 있었는지 모른다. 아니, 지금 생각하면 수민의 탐구심 부족이 문제였을까? 진주조개처럼 앙다문 어린 유미의 몸이 내압을 견디지 못해 그에게 애원의 눈길을 보냈을 때, 그는 결정적으로 유미를 원하지 않았다. 오히려 거부했다. 그때 그의 곤혹스러운 얼굴을 잊을 수 없다. 유미는 생애 처음으로 비참함을 느꼈다. 유미가 부끄러워하는 이브처럼 얼굴을 가리고 울기 시작하자 수민은 유미를 안고 달랬다.

"너를 지켜 주려는 거야."

그의 말이 귀에 들어오지 않았다. 열여섯 살의 유미는 더욱 서럽게 울음이 솟구쳤다. 아아, 그때 누군가가 방문을 휙 열어젖혔다. 엄마였다. 엄마는 거의 발작을 하듯 유미에게 달려들었다.

"이 갈보 같은 년!"

태초의 아담과 이브 같은 모습으로 안고 있던 두 사람은 앞을 가릴 나뭇잎, 아니 천 조각조차도 발견하지 못한 채 혼비백산하여 뛰쳐나갔다. 그 와중에도 수민은 줄행랑을 쳤다. 유미는 머리채를 잡힌 채 엄마에게 온갖 저주와 악담을 들어야 했다.

"내 인생이 이래 망가진 거, 악마 같은 니 년이 내 몸에 들어왔기 때문이다. 앞으로 뭐가 될지, 난 니가 참말로 무섭다."

그 일이 있은 후, 엄마는 유미를 데리고 갈매기식당을 나와 버렸다. 그리고 이를 갈며 미워하던 남자에게 다시 빌붙어 살기 시작했다. 남자는 자신이 친아버지라며, 아버지라 부르라 했지만, 엄마는 아무 말도 하지 않았다. 수민도 그때 이후로 더 이상 유미를 보려 하지 않았다. 소년 소녀의 탐구 생활은 거기서 끝나 버렸다. 유미는 엄마의 바람대로 평범하고 얌전한 소녀로 자라기로 결심했다.

하지만 그 이후 유미가 여자로서 사랑을 하고 섹스를 할 때 수민의 그림자는 한동안 드리워졌다. 따지고 보면, 희미한 옛사랑의 그림자, 아니 첫사랑의 후유증인지 모른다. 성미림의 표현대로 유미가 지금은 남녀 관계의 달인인지 모르지만, 모든 시작은 이렇듯 미미했다. 아니, 비참했다. 게다가 그 일을 떠올리면 엄마의 악담이 먼저 튀어나왔다. 갈보 같은 년. 그 말은 유미의 심중에 깊이 박혔다.

섹스를 할 때마다 그 말이 떠올랐다. 그러나 세월이 이렇게 흘렀고, 그 당시 엄마와 비슷한 나이에 이르자 유미는 엄마를 이해할 것 같았다. 다만 유미가 이해할 수 없는 엄마의 죽음에 관한 기억은 아주 깊은 서랍에 묻어 두고 싶다.

오랜만에 이모를 보니 엄마 생각이 절로 났다. 이모는 그새 많이 늙어 있었다. 이모부가 세상 떠난 지 벌써 10년이 다 되어 간다. 여장부 같은 이모는 평생 골골했던 남편을 대신해서 살림을 꾸렸다. 이제는 여장부 같은 이모도 지병으로 가게를 정리하고 미국에 살고 있는 맏딸인 수진 언니의 집으로 들어간다고 했다. 수진 언니는 수민의 누나, 즉 유미의 이종사촌 언니다. 유미보다 네 살 많다. 하지만 어릴 때부터 유미는 수진 언니보다는 수민과 더 잘 지냈다.

"니를 부른 것은, 이제 내가 미국으로 가면 니를 언제 볼까 싶어서다. 이번에 가게랑 땅이랑 다 정리하면서 너 엄마 몫까지 좀 나눴다. 얼마 안 된다. 월급쟁이 연봉 정도밖엔 안 돼. 애초에 우리 집에서 일하면서 너 엄마랑 약조한 지분이 있거든. 불쌍한 년, 평생 팔자가 안 풀려서 고생만 하다 갔는데 갑자기 죽어 버려 미리 뭘 챙길 수가 있었어야제."

이모가 수표를 내밀었다.

"이모, 저한테까지 뭘 이렇게……."

유미가 선뜻 받지 못하고 있는데 이모가 또 다른 서류를 꺼냈다.

"이게 뭐예요?"

"땅문서다."

"네?"

"니 땅이다."

점점 모를 소리다.

"니를 낳은 후 너 에미가 어딜 다녀오더니 정신 나간 얼굴로 돈 가방을 내밀었다. 그러면서 그 돈에 침을 뱉으며 손대고 싶지 않다 카더라. 그게 무슨 돈인지 내막은 절대 얘기 안 하더라. 다만 너의 장래를 위해 아껴 두고 싶다고 하기에, 마침 그 돈으로 살 만한 땅이 있어 내가 사 줬다. 현금으로 갖고 있으면 그 야차 같은 조가 놈의 아가리에 들어갈 일도 걱정되고…… 그래서 명의를 내 이름으로 해 뒀는데, 이번에 정리하려는데 맞춤한 임자가 없더라. 싸게 팔든 명의 변경을 하든 니가 알아서 하래이. 워낙에 싸게 샀던 땅이지만 더 두면 앞으로 괜찮을 끼다."

갑자기 유미 앞으로 현금과 100여 평의 땅이 선물로 떨어졌다. 지금이야 유미가 그럭저럭 살고 있지만, 한때 유미는 살 길이 너무도 막막했던 적이 한두 번이 아니었다. 부자들을 모조리 총으로 쏘거나 백화점에서 미친 듯 물건을 훔치고 싶었던 적도 있다. 그때, 고향이나 엄마는 아무런 도움도 되지 않는 존재들이었다. 가진 것이라고는 남 다 가지고 있는 몸뚱이 하나밖에 없는 처지를 얼마나 비관했던가. 그러다 남들이 자신의 그 몸뚱이를 훔치고 싶어 한다는 걸 체득한 후부터 유미는 그것을 무기로 세상을 헤쳐 나가야 했다. 그런 유미에게 왜 엄마는 땅 얘기를 일언반구도 하지 않았을까? 하긴 불의의 죽음을 맞은 엄마는 그런 걸 이야기할 틈이 없었을 것이다.

"그게 무슨 돈이기에 엄마가 침을 뱉었어요?"

유미의 물음에 이모는 불편한 내색을 감추지 못했다.

"글쎄 말이다. 무슨 곡절이 있는동. 야야, 그나저나 그 조가 놈이 어디서 홍길동처럼 나타나면 큰일이다. 돈 냄새 맡는 데는 코가 개 코다."

"참, 그 사람은 지금 뭐해요?"

"글쎄, 혹시 빵깐에 있는동, 나와서 배를 타고 처돌아다니고 있는동, 또 어느 년을 틀어쥐고 괴롭히고 있는동……."

유미는 나쁜 기억을 떨쳐 내려는 듯 고개를 흔들었다.

"이모…… 지금은 아무 관심 없지만, 이모도 역시 제 아버지가 누군지 정말 모르세요?"

"너 에미도 모르는 걸 내가 어떻게 아나? 하긴 너 에미가 누구씬 줄 모를 리는 없었을 거야. 그런데 자존심 세고 독불장군인 너 에미가 입을 봉하고 갑자기 죽어 삐렸으니 누가 아나?"

"그런데 엄마는 왜 그 조씨 아저씨에게서 헤어 나오질 못했어요?"

엄마는 마치 거미줄에 걸린 벌레처럼 그 남자 앞에서는 온 신경이 마비되는 것 같았다.

"아, 그놈이 보통 놈이가? 부산 바닥에서 아무도 못 건드리던 놈아이가."

"정말로 그 사람이 제 아빠는 아니겠죠. 그 사람이 아빠라고 부르라 그럴 때마다 저는 화가 나서 미칠 거 같았어요."

"너 어디가 그놈이랑 닮았더나?"

이모가 항변하듯 말했다. 조씨는 걸핏하면 이모의 가게에 와서도 행패를 부렸다.

하지만…… 유미가 어렸을 때 어느 날, 이모와 엄마가 소곤대는 소리를 잠결에 들은 적이 있다.

"신 선생, 이혼했다 카더라. 아직 니를 잊지 못한다 카더라."

"언니, 그래서 내보고 이 꼴로 그 사람과 결혼이라도 하라꼬?"

"여자는 울타리가 있어야 된대이. 또 니도 니지만, 이게 다 유미를 위해서 아이가? 핏줄을 속이면 안 된다."

"그 사람이 유미 아빠라도 된다는 말투네."

"그럼, 아이가?"

"언니, 유미 아빠는…… 내가 지켜 줘야 할 사람이다. 내가 흠집을 내서는 안 되는 아주 멋진 사람이다."

유미는 어린 시절 잠결에 들은 엄마와 이모의 대화를 확인해 보고 싶었다. 이모는 곧 한국을 떠날, 어쩌면 이 세상에 아주 오래 머물지는 못할 사람. 어쩌면 이게 마지막 기회일지도 몰랐다. 이모는 우선 발뺌부터 했다.

"그런 얘길 했다꼬? 니가 꿈꾼 거 아이가?"

어쩌면 꿈이었는지도 모른다. 그러나 그때부터 유미는 세상에서 가장 멋진 아버지의 모습을 상상하기 시작했다. 그래서 조씨 아저씨가 자기를 아빠라고 할 때마다 그를 죽이고 싶었다.

이모가 머뭇거리며 말했다.

"사실은 니 엄마가 결혼을 약속한 첫사랑이 있었다 아이가. 별일이 없었다면 결혼해서 행복했을 낀데……."

"그래요? 그런 소리 처음인데? 그 사람이 누군지 말해 주실래요?"

"그건 뭐할라꼬? "

이모는 마지못해 입을 열었다.

"그때 성당 나가던 청년이었는데 대학생이었대이. 신 선생이라
고…… 지금은 시내 중학교에서 교장으로 있는데, 학교 회식 같은
걸 한다꼬 일부러 가끔 여길 찾아 주기도 한다."

"그런데 왜 결혼하지 않았어요?"

"갑작스레 너 엄마가 죽어도 못 한다고 버텼다. 그 무렵 너 엄마
가 임신을 해 뿌린 기라. 그런데……."

그런데 그 씨가 누구의 씨인 줄 모른다는 이야기다. 유미는 더
이상 묻지 않았다. 유미도 짐작하고 있는 이야기다. 마치 영화「맘
마미아」의 스토리 같다. 그러나 그리스가 아닌 부산이 배경인 이
스토리는 왜 이리 칙칙하고 진부한 걸까?

"어쨌든 내일이 너 엄마 죽은 날이다. 해마다 내가 너 엄마 다니
던 성당에서 연미사를 드렸다. 내랑 같이 내일 성당에 가자."

예전에 엄마의 손에 이끌려 갔던 성당의 무겁고도 압도적인 분
위기가 떠올라서 내키지 않았지만, 어쨌거나 내일은 엄마의 기일이
다. 그러다 유미는 생각난 듯 마음속에서 망설이던 수민의 소식을
이모에게 조심스레 물었다.

수민의 이야기가 나오자 이모의 표정이 복잡하게 변했다.

"가 얘긴 별로 하고 싶지 않다. 오죽하면 내가 미국에 있는 수진
이한테 이 노구를 의탁하려고 하겠나. 아이고, 아무리 자식이라 캐
도……."

이모는 수민의 이야기를 별로 하고 싶어 하는 눈치가 아니다.

"일본에 있다는 이야기를 언뜻 들은 거 같은데……."

"돌아온 지 꽤 된다. 부산에 살고 있다. 내도 얼굴 자주 못 봐."

"얼굴 한번 보고 갈까? 아니면 통화라도 한번 해야겠네."

이모는 마지못해 전화번호를 찾아 주었다. 그러고는 뭐라 말을 하려다가 눈을 꾹 감고 끙, 하고 방바닥에 누웠다. 유미는 텅 빈 가게를 나와 밖으로 나왔다. 항구의 불빛이 꽤 정답게 느껴졌다. 태어나고 자란 곳에 돌아오니 금방 모든 게 익숙하고 정답게 느껴졌다. 수민 오빠는 어떻게 변해 있을까? 유미는 휴대폰을 꺼내 열여섯 살 때처럼 떨리는 마음으로 번호를 눌렀다. 신호가 가자 상대가 전화를 받았다. 음악 소리가 들렸다. 좀 시끄러운 곳인지 새된 남자의 목소리가 나왔다.

"여보세요? 저어…… 오빠……?"

"아아, 전화 잘못 거신 거 같은데요."

"이수민 씨 휴대폰 아닌가요?"

"예, 그런데요."

"오빠, 나 유민데…… 오유미."

"……."

한동안 그도 말이 없었다.

"수민 오빠 맞지?"

"으음…… 오랜만이다, 정말로……."

"나 부산 왔어. 이모네 가게야. 내일 올라가는데…… 보고 싶다."

"그래, 볼까? 이리로 올 수 있나? 아직 일이 안 끝났거든."

"응, 내가 그리로 갈게."

유미는 그의 설명을 듣고 택시를 타고 그곳으로 향했다. 그곳은 시내에 위치한 커다란 라이브 클럽이었다. 손님들은 주로 부산항에 정박한 국내외 선원들일 거라 짐작됐다. 대부분이 남자들인 그곳에서 테이블에 혼자 앉아 있으려니 유미는 온몸이 따끔거렸다. 그런 시선과 상황에 당황하지 않고 유미는 맥주를 시켰다. 맥주를 한 잔 마시면서 수민에게 전화했다. 그러나 수민은 전화를 받지 않았다. 마침 무대에서는 동남아 뮤지션들의 라이브 콘서트가 한창이었다. 흘러간 팝송이나 재즈를 연주하고 있었다.

몇 곡이 끝나자 무대 위로 스포트라이트를 받으며 화장을 짙게 한 늘씬한 미녀 가수가 나타났다. 몇몇 테이블에서 환호성이 터져 나왔다. 스팽글이 많이 달린 블랙 롱 드레스 위로 반쯤 드러난 가슴이 탐스러웠다. 파인 등의 선도 우아하고 아름다웠다. 어느 나라의 가수일까? 동남아 여자라고 하기엔 피부도 희고 뼈대가 길쭉하다. 북방계 미녀처럼 늘씬하고 기품 있다.

그녀는 「어니스티」를 부르기 시작했다. 비욘세처럼 매끄러운 영어 발음과 허스키하면서도 풍부한 가창력이 좋았다. 곡이 끝나자 이번에는 연달아 일본 가요를 불렀다. 일본인 관광객들이 있는지 따라 부르는 소리가 들렸다. 그다음에 그녀가 부른 노래는 조성모의 「투 헤븐」이었다. 완벽한 한국어 발음으로 노래하는 그녀를 왜 외국인이라 착각했을까. 노래를 끝내고 그녀가 무대에서 사라졌다. 유미는 맥주를 마시며 계속 휴대폰을 열어 보았다. 연락도 없이 왜 아직 안 오지? 그러다가 유미는 수민의 휴대폰으로 문자를 보냈다.

─오빠, 나 기다리고 있어.

그때 유미 앞에 누군가가 다가왔다.

그녀였다.

"……?"

유미가 고개를 들고 의아하게 바라보았다. 그녀는 좀 전에 무대에서 노래를 불렀던 미녀 가수다.

"유미 맞지?"

"네에…… 누구시죠?"

그녀가 환하게 웃었다.

"나야, 나. 수민이."

유미가 얼결에 일어나며 큰 소리로 말했다.

"어? 수민 오빠?"

"어머, 얘는!"

그녀가 손가락을 입에 대고는 눈을 흘기며 웃었다.

"엄마가 아무 말도 안 하셨나 보네. 놀랐지? 암튼 나가자. 나 일 끝났어."

얼결에 유미는 그를, 아니 그녀를 따라나섰다.

"오빠, 어떻게 된 거야?"

혼란에 빠진 유미는 수민이 낯설었다. 그러나 수민은 다정한 언니처럼 유미의 팔짱을 꼈다.

"얘, 오빠, 오빠 하지 마. 아유, 징그러. 과거는 흘러갔다, 얘. 그 얘긴 나중에 하고, 너 여기서 잠깐만 기다려. 옷만 갈아입고 금방 나올게. 오늘 우리 집 가서 자자. 마침 나 혼자 있어."

분장실에서 평상복으로 갈아입은 수민이 나왔다. 전혀 의심할

바 없는 여자다. 유미는 수민이 트랜스젠더라는 사실을 꿈에도 생각하지 못했다. 어떻게 이럴 수가 있는 거지? 눈앞에서 사기를 당해도 이렇게 황당하진 않을 것이다. 수민이 다시 유미의 팔짱을 다정하게 끼고 거리로 나와 택시를 잡았다.

택시가 광안대교를 지날 때, 할 말을 잃고 멍하게 있던 유미에게 수민이 속삭였다.

"이제부턴 수민 언니라고 불러."

술에 취하지도 않았는데 점점 멍해졌다. 고향 부산의 야경은 예나 지금이나 변함없이 아름답지만 이제부터 오빠를 오빠로 부르지 못하는 이상한 나라로 들어온 것 같았다. 수민은 시내의 원룸 오피스텔에 살고 있었다. 식탁에 양주와 맥주를 내놓고 수민은 욕실로 들어갔다.

"금방 씻고 올게. 이 가면 같은 화장을 빨리 벗겨 내야지. 답답해."

집 안에 남자의 흔적은 없지만 두 개의 사진틀에 같은 남자의 얼굴이 들어 있었다. 수민과 다정하게 포즈를 취한 사진과 선박에서 찍은 사진이었다.

"아아, 그 사람 내 남자 친구야. 지금은 항해 중이야. 원양어선 기관사거든."

화장을 지우고 샤워를 끝내고 티셔츠와 반바지를 편하게 입고 나타난 그녀에겐, 미소년일 때 수민 오빠의 그 모습이 남아 있었다. 유미보다 더 풍만한 가슴과 엉덩이만 뺀다면.

"넌 여전하구나."

유미를 한참 바라보던 수민이 말했다.

"나야 뭐 원래 생긴 대로 살고 있으니⋯⋯."

수민이 능란하게 양주와 맥주를 섞어 폭탄주를 제조했다.

"술 좀 하지? 20년 전의 젖비린내 나는 오유미는 아니겠지. 보아하니 샘날 정도로 멋진 여자가 된 거 같은데."

수민이 제조한 폭탄주 잔을 유미에게 건넸다.

"자아, 우리 러브 샷 할까? 그래도 우리, 첫사랑이었는데⋯⋯ 자아, 원 샷!"

첫사랑이었는데⋯⋯. 수민의 입에서 나온 과거형의 그 문장이 붉은 동백꽃이 떨어지듯 유미의 쓸쓸한 가슴에 툭, 떨어졌다. 목이 댕강 잘리듯 떨어지는 동백꽃처럼 그 첫사랑 순정은 이렇게 사망하시는구나. 러브 샷을 하며 한 번에 폭탄주를 털어 마시고 나자 가슴에 회오리바람이 올라오듯 슬픔이 잠깐 솟구쳤다.

침대가 하나뿐인 수민의 원룸 오피스텔에서 20년 만에 둘이 누웠다. 유미는 내심 그게 달갑지 않았으나 수민은 스스럼없이 옆에 누웠다. 수민은 기분 좋게 취해 떠들어 댔지만, 유미는 점점 더 긴장됐다. 침대 위에서 위축되는 법이 없는 유미지만, 이상하게 솜털에 정전기가 느껴지는 게 꼭 열여섯 살 숙맥으로 다시 돌아간 것 같았다. 유미가 물었다.

"언제부터 트랜스젠더가 된 거야?"

"정확히 말하면 지금은 트랜스 섹슈얼이라고 해야 해. 난 일본 가서 이미 여자로 성전환 수술을 받았거든. 내 정체성에 혼란을 느낀 건 열대여섯 살 무렵이었어. 막연했지만 점차 두려움에 휩싸였어. 알다시피 난 외아들이잖아."

"여자로 사는 거 후회하지 않아?"

"응, 너무나 자연스럽고 좋아."

"열대여섯이라면…… 왜 그때 난 몰랐지? 오빠가, 아니 언니가 내게 욕망을 느낄 때 아니었나?"

"그때 정말 혼란기였어. 난 분명 남자가 좋은 거 같은데 널 보면 막 만지고 싶고 그랬거든."

"난 언니가 날 정말 좋아한다고 생각했는데……."

"지금도 생각하면 너만큼 좋아한 여자는 없었던 거 같아. 다만……."

"다만, 뭐?"

"지금 생각하면 너한테 미안해."

"왜?"

"너를 좋아했지만, 나는 널 리트머스 시험지로 생각하기도 했거든."

"리트머스 시험지?"

"그래…… 난 내 성 정체성에 혼란을 겪고 있었는데, 곁에 있는 너를, 말하자면 흥분과 성욕의 척도로 삼아 일종의 실험을 했는지도 몰라."

유미가 발딱 일어났다.

"아아, 이건 사기야."

"그 정도는 아니지만, 사실 미안한 마음은 있어. 나중에는 너의 욕망을 내가 감당할 수 없더라."

"그래, 지금 생각해 보니 이상했어. 나를 좋아하는 거 같긴 했는데 미친 거처럼 나를 원하진 않았어. 보통 그 나이 때 남자애라면 그럴 수는 없는 거야."

"어머, 유미야. 화내지 마. 넌 이쁘잖아. 여자든 남자든 이쁜 거 싫어하는 거 봤니? 난 지금도 이쁜 여자 보면 막 만지고 싶어. 인형 같잖아."

"그러니까 오빠는, 아니 언니는 날 인형처럼 갖고 논 거야."

유미는 수민에게 자신의 첫 욕망이 좌절됐던 그때가 떠올랐다. 그 첫 상처가 얼마나 유미의 성생활에 영향을 주었는지 그가 알까? 그런데 지금은 자신이 리트머스 시험지였다는 말을 듣고 있다. 갑자기 술이 확 올라왔다.

"오빠는, 그러니까 나를 두 번 죽이는 거야."

"그래서 화났니? 잊어버려."

"야, 이 나쁜 놈아!"

뱉어 놓고 보니 그게 아니다. 유미는 다시 정정했다.

"에라! 이 나쁜 년아!"

취한 김에 유미는 베개로 오빠의 빵빵한 가슴을 쳤다.

"어머, 그만해. 비싼 가슴 터지겠다. 내가 혼란스러워서 그랬던 거야. 그래서 자연스럽지 못했던 거야. 내 본성이 그게 아니었으니까."

그래…… 인간은 자신의 본성에 따라 살아야 한다. 그건 유미의 삶의 모토이기도 하다.

"그렇게 태어난 나는 얼마나 고통스러웠는지 아니?"

수민의 눈이 촉촉해졌다. 그 모습이 한 떨기 가련한 수선화처럼 보였다.

"그래, 잘했어. 까짓 거 언니가 행복하면 된 거야."

결국 유미는 수민의 손을 꼭 잡고 잠에 곯아떨어졌다.

첫사랑인 수민과 밤을 보내고, 어머니의 연미사에 참석하고 나서 유미는 서울로 올라왔다. 열차를 타고 오는 내내 20여 년 전의 소녀가 떠올랐다. 그 소녀는 지금 어디로 사라진 걸까. 불행한 어머니의 그늘에서 숨죽이고 살던 창백한 소녀. 딸의 몸속에 흐르는 자유롭고 뜨거운 피가 마치 뱀파이어의 피라도 되는 듯 여겼던 어머니. 하지만 욕망은 풍선과 같다. 누르면 누를수록 다른 곳으로 팽창한다. 등잔 밑이 어둡다고, 결국은 가장 가까운 곳에서 풍선이 터지고야 말았다. 처음으로 사랑이란 감정과 육체의 욕구를 느꼈던 이종사촌 오빠 수민. 서로의 몸은 가장 가까이에서 구할 수 있는, 은밀한 욕망의 학습 교재였다. 어쩌면 그것은 순수한 지적 호기심이었다. 남자의 몸을 알고 싶었다. 그건, 세상이라는, 욕망과 유혹의 학교로 진학하기 전에 배워야 할 알파벳 같은 것이었다. 생각해보면 순수하고 아름다웠던 시절이다. 사랑의 밑그림은 그런 시절에 그려진다. 하지만…… 수민은 '사랑의 배신자'였던 셈이다. 유미는 왠지 마음 한편이 쓸쓸했다. 모든 첫사랑은 사랑의 고향 같은 것인데…… 이제 사랑에서마저도 고향을 잃은 느낌이다.

처음으로 열차를 타고 고향을 떠났던 일이 떠올랐다. 고등학교를 졸업하고 서울로 대학 진학을 하기 위해서였다. 유미는 비린내 나는 가난한 고향에서, 모성애라는 이름으로 옥죄는 엄마에게서 늘 도망치고 싶었다. 유미를 세상에 내놓는 걸 두려워한 엄마였지만, 서울로 대학 진학을 하겠다고 했을 때 엄마는 결국 동의했다. 서울로 가서 여대생이 되는 것이 소녀 시절 엄마의 꿈이었기 때문일까.

서울로 떠나는 날 아침, 엄마는 술에 취해 잠들어 있었다. 그런데 엄마가 쓰다 만 일기장이 눈에 들어왔다. 일기장에는 눈물로 얼룩진 몇 개의 문장이 보였다.

유미가 서울로 간다. 아무리 막으려 해도 유미는 큰물에 나가 노닐어야 할 물고기다. 아니면 천륜이 부르는지도 모르겠다. Y의 자식도 대학생이 되었겠지. 아아, Y…… 평생을 그의 숨겨진 여자로 산다 해도 나는 괜찮아…… 하지만 언젠가는…….

일기는 거기서 멈춰 있었다. Y……? Y는 누구일까? 천륜? 조씨, 신씨, 그리고 Y……. 엄마의 남자들 중에서 Y가 자신의 생물학적 아버지일까?

그러나 그때 서울행 무궁화열차 속에서 유미는 다짐했다. 아버지라는 남자, 그런 거 필요 없다. 이제 난 어른 여자가 될 것이다. 아버지라는 남자의 존재가 필요 없는 자유롭고 독립적인 여자…… 어머니의 품을 벗어나, 고향을 벗어나 자유롭고 멋진 서울 여자가 되겠다고 결심했다. 다시는 이곳으로 돌아오지 않을지도 모른다는 막연한 예감이 들었다.

고향을 떠난 유미는 어머니에게 손을 벌리지 않고 살기로 했다. 그리고 자신의 몸에 밴 어머니의 억압의 사슬을 하나씩 풀어 나갔다. 서울 여자가 되기 위해선 억센 부산 사투리마저도 혀에서 뿌리를 뽑아야 했다.

어렸을 때부터 공부도 곧잘 하고 그림에 재주가 있던 유미는 어렵지 않게 여자 대학의 미대에 진학할 수 있었다. 유미는 어머니에게서 입학금과 사글세 보증금만 받고 등록금과 생활비를 벌었다. 그러나 서울에서 촌닭인 갓 스물의 여자가 경제적으로 독립하는 것은 사투나 마찬가지였다. 처음으로 시작한 일이 레스토랑의 서빙 아르바이트였다. 그러다 지도 교수의 제안으로 실기 시간의 모델 일도 함께하게 되었다. 그것은 지도 교수의 눈에 유미가 튀었기 때문이었다. 유미 자신도 모르던 능력과 '끼'를 검증받은 것은 바로 그 사건 때문이었다.

다니던 미술대학의 데생과 크로키 시간에 누드모델로 고용된 젊은 남자가 있었다. 기껏해야 스물다섯 정도나 되었을까? 군대를 다녀와 복학 준비를 하려는 졸업반 학생이라고 했다. 그 남자는 조각 같은 몸을 갖고 있었지만, 입술 또한 대리석 조각처럼 열린 적이 없었다. 어떤 경우도 말뿐 아니라 감정 표현을 하지 않았다. 어찌 보면 프로페셔널한 모델의 소양을 갖추었는지도 모르겠다. 50여 명의 처녀들의 눈길을 받으면서도 어떻게 그렇게 목석같을 수 있는지 신기했다. 그 자신이야말로 처녀들을 목석으로 보는 게 분명했다. 하지만 그럴수록 그 목석에게 관심을 기울이는 것은 여학생들이었다. 이종사촌 오빠 수민과 예습을 해서인지 유미는 남자의 몸이 그리 낯설지 않았다.

그러다 시간이 흘러 학기 말이 다가오자 과의 여자애들은 대담해져서 짓궂은 장난을 계획하기 시작했다. 대리석 같고, 목석같은 그 남자를 들쑤셔 보고 싶었던 것이다. 쥐도 가만히 있으면 죽었나, 살았나 찔러 보고 싶은 게 인간의 심리다. 어느 날 과의 무슨 행사가 끝난 술자리에서 삼수생 출신의 과 대표가 술김에 제안했다.

"얘들아, 있잖아. 목석, 걔 말이야. 한 학기 내내 눈 하나 깜짝 안 했잖아. 너희들은 쪽팔리지도 않냐? 걔가 고자거나 우리가 여자가 아닌 거지."

"걔 물건, 받들어 총 하면 꽤 쓸 만하겠던데."

"근데 끄떡도 안 하잖아."

"아냐. 한 번 꿈틀하는 거 본 적 있는 거 같아."

"네 눈에 뭐가 씌었나 보구나."

"그런가 봐. 배가 너무 고팠나 봐. 프랭크 소시지로 보였거든."

"프랭크 좋아하네. 비엔나 소시지지."

반주를 곁들인 처녀들의 저녁 식사 자리는 질펀한 대화로 계속 이어졌다. 그때 전라도 섬에서 유학 온 나이 든 여학생 하나가 기발한 제안을 했다.

"긍께, 뭐시라? 프랭크? 나 고것은 모르겄고, 거시기, 그 거시기를 거시기 해 보장께."

"거시기? 거세?"

"옴마, 야가 큰일 날 소리. 생해삼맨치로 꼬들꼬들하니 세워 보장께."

좌중이 순간 조용해졌다가 박장대소했다.

"그런데 누가?"

"우리들 중에 누가 고 거시기를 꼴리게 하는 거여."

다들 얼굴을 쳐다보다가 까르르 웃고 말았다. 그때 과 대표가 말했다.

"야, 그거 재밌겠다. 난 세우는 애한테 돈 만 원 건다. 그거 우리 자존심 세우는 거나 마찬가지야."

"그럼 나도 만 원 건다."

"나도 만 원!"

"그럼, 우리 그걸 성공시키는 애한테 돈 만 원씩 걸어 주자. 어때?"

"야, 그거 좋은 생각이다. 50만 원이면 정말 큰돈인데."

"마침 내일이 수업 있는 날이잖아."

"누구 할 사람? 지원자 없니?"

"내가 함 해 볼 참이여."

"그래, 언니가 나이도 많고 해삼도 많이 먹어 봤을 테니까."

"나도 내일 야한 옷 입고 와서 한 방에 보내 버려야지."

몇몇 여자애들이 장난인지, 진심인지 호기롭게 말하며 나섰다.

이상한 열기로 홍안의 처녀 애들이 왁자지껄해졌다. 여자든 남자든 집단의 힘은 무섭다. 어린 처녀들이지만, 남자 모델의 누드를 단체로 일주일에 한 번씩 접하는 자유분방한 처녀들의 수다는 그야말로 「킬러들의 수다」가 되었다. 어쨌든 내일 남자 하나 죽어나게 생겼다.

드디어 크로키 수업 시간이 돌아왔다. '목석'은 원래의 목석답게 표정의 변화 없이 가운을 벗었다. 교실 안의 여자애들은 어젯밤의 호기와는 달리 조용하기만 했다. 몇몇 여자애들은 나름대로 몸에 딱 붙는 옷이나 가슴이 파인 옷을 입고 오긴 했다. 그러나 의기소침하게 앉아 있었다.

은밀한 공모자의 눈길로 교실 안에는 긴장감이 돌았다. 모델이 포즈를 취할 때마다 화첩 넘기는 소리와 연필이 사각거리는 소리만 조용히 공기를 가를 뿐이었다. 수업이 일정 궤도에 접어들자 교수가 잠깐 자리를 비웠다. '바로 이때다!' 하는 신호로 과 대표가 헛기침을 했다. 그걸 신호로 여자애들이 킥킥대며 섬 처녀인 '거시기'를 쳐다보았다. 그러나 거시기는 어젯밤의 음탕한 말과는 달리 얼굴이 빨개져 고개를 숙이고 있었다.

그때 맨 앞에 앉아 있던 여학생이 갑자기 연필을 떨어트렸다.

"어머, 내 연필!"

과에서 좀 논다고 소문난 여자애였다. 그 여자애는 유난히 가슴이 커서 별명이 '애마부인'이었다. 가슴골이 훤히 보이는 티셔츠를 입고 온 애마부인이 한껏 상체를 숙여 목석의 발밑에 떨어진 연필을 찾았다. 여자애들이 숨을 죽였다. 그러나 목석은 허공을 향해 준 눈길에 어떤 동요도 나타내지 않았다. 할 수 없이 연필을 주워 든 애마부인이 말에게 걸어차인 얼굴로 자리에 앉았다.

그때 가운데 줄에 앉아 열심히 연필을 놀려 대던 여학생 하나가 조용히 일어나 앞으로 나갔다. 그녀는 목석의 정면에 서서 한동안 눈싸움을 하듯 그의 눈을 응시했다. 잠시, 쟤 왜 저래? 하고 궁금증이 일 때쯤에 그녀는 옷을 벗기 시작했다. 학생들의 아! 하는 탄성과 동시에 목석의 눈빛도 놀라움으로 커졌다. 그 여자애는 눈 하나 깜빡이지 않고 목석의 눈을 응시하며 입은 옷을 다 벗었다. 올

누드가 된 그녀가 누드모델처럼 거침없이 포즈를 취했다. 여학생들이 넋을 놓고 쳐다보았다.

"다들 안 그리고 뭐해?"

그 말을 신호로 학생들이 연필을 들었다. 그녀는 재빠르게 포즈를 취하더니 나비처럼 우아하게 목석의 어깨에 살짝 손을 얹었다. 목석이 순간, 움찔거렸다. 그 여자애는 그 손의 손톱을 세워 목석의 목에서부터 그림을 그리듯 선을 그어 나갔다. 여자애들의 침 넘어가는 소리와 목석의 거칠어진 숨소리가 들리는 듯했다. 여자애의 손은 그의 배꼽에서 멈췄다. 갑자기 그의 물건이 조금씩 부풀어 오르기 시작했다. 비엔나 소시지가 프랑크 소시지가 되는 순간을 100여 개의 눈은 놓치지 않았다. 당황한 목석의 얼굴이 갑자기 붉어졌다. 드디어 그가 손으로 자신의 그곳을 눌렀다. 그러나 두더지처럼 빼꼼 고개를 내민 거시기를 완전히 감출 수는 없었다. 여자애들이 환호성을 질렀다. 목석은 화가 난 얼굴로 재빨리 옷을 입고는 교실 문을 박차고 나갔다. 여자애들이 발을 구르며 웃었다.

그때 교수가 들어왔다. 그 여자애는 살짝 붉어진 얼굴로 다시 포즈를 취했다. 공모자인 학생들은 순간, 입을 다물고 부지런히 연필을 놀렸다. 마치 남자 누드모델 대신 이번엔 여자 누드모델을 그린다는 듯이……

한동안 교수의 표정은 복잡 미묘했다. 화가 난 것 같기도 했다. 그러다가 어쩔 수 없다는 표정이 되었다. 그녀가 취하는 다양한 포즈에 사뭇 만족한 듯 보이기도 했다. 어쨌거나 수업은 수업이다. 교수는 수업의 흐름을 방해하지 않으려 했다. 다만 수업이 끝나자 모델 여학생에게 한마디 했다.

"오유미, 너 수업 끝나면 내 방으로 와!"

그 여학생이 바로 유미였다. 수업이 끝나자 여자애들이 한마디씩 했다.

"야! 너 몸매 끝내주더라."

"우리 다음 학기 여체 크로키는 유미가 모델하면 되겠다."

"샤론 스톤은 담뱃불 하나로 세웠는데, 쟨 그딴 거 없이도 해냈잖아. 대단하다."

"부러워……."

"그런데 교수님이 화난 거 아닐까?"

"쟤, 퇴학당하면 어떡하니?"

"야, 그럼 우리가 다 나서 줘야지."

그때 과 대표가 나섰다.

"드디어 유미가 해냈다. 자! 약속은 약속이다. 만 원씩들 내셔!"

과 대표는 돈을 걷은 후 봉투도 없이 유미에게 건네주었다. 꼬깃꼬깃한 지전들을 펴서 지갑에 넣으니 오랜만에 지갑이 두툼해졌다. 여자애들이 흩어지고 유미는 홀로 남았다. 창밖으로부터 햇살이 들어왔다. 갑자기 이게 현실인지 비현실인지 몽롱한 기분이 들었다. 자신이 생각해도 어떻게 그럴 수 있었는지 기이했다. 아까 수업 시간 중 뭐가 일어날 듯 일어나지 않는 답답한 긴장감을 못 견뎠던 걸까? 아니면 무언가를 깨고 싶었던 무언의 시위였을까? 그런데 가슴 한편이 뻥 뚫린 것처럼 시원한 느낌도 들었다. 아까 목석의 눈빛을 보면서 염력을 걸었다. 날 원하지, 그렇지? 사촌 오빠 수민에게 하듯 유미는 눈으로 물었다. 목석이 반응했다는 게 유미도 싫지 않았다. 그런데 우울한 기분이 들었다.

사실 무엇보다도 유미가 그렇게 나선 것은 돈 때문이었다. 월세가 석 달치나 밀렸다. 나날이 조여 오는 집주인의 독촉 때문에 괴로웠다. 50만 원이란 돈은 유미에게 큰돈이었다. 두 달치 집세와 아껴 쓰면 생활비도 될 돈이었다.

유미는 돈이 든 백을 챙겨 교수의 방을 노크했다. 교수는 유미를 빤히 쳐다보았다.

"너 보기보다 대담하더라. 왜 그랬니?"

유미가 고개를 숙였다.

"돈이 필요했어요."

"돈? 무슨 돈?"

"월세하고…… 생활비요."

무릎에 올려놓은 값싼 비닐 백에 갑자기 눈물이 톡, 떨어졌다. 교수가 말을 잊고 한동안 유미를 바라보았다.

"너 모델 일은 해 봤니?"

유미는 고개를 저었다.

"누드모델도?"

"아뇨."

"그렇다면 모델 일 좀 해 볼래?"

유미가 고개를 들고 교수를 바라보았다.

"넌 몸도 좋지만 몸을 표현하는 데 순발력과 재능이 있는 거 같다. 선배 원로 화가의 작업 모델로도 소개를 해 줄 순 있다만……

그건 아직 네가 어려서 좀 그렇고. 다른 학교 미술대학에 아는 교수들이 있으니 인체 모델로 내가 소개를 좀 해 보마."

그 교수의 소개로 인근 미술대학에서 모델 아르바이트를 했다. 한동안 카페 아르바이트와 모델 일을 함께했다. '돈 돈' 하며 동동거리던 지긋지긋하게 가난하던 시절이었다.

그때 타 대학 미술대학에서 만난 남자가 바로 정효수였다. 그때까지만 해도 유미는 처녀였다. 아니, 몇 번인가 처녀성을 잃을 뻔하기도 했지만, 기필코 지켜 냈다. 순진한 시절이었다. 엄마의 영향 탓이었을 것이다. 정효수가 생각나자 유미는 고개를 흔들어 생각을 떨쳐 냈다. 이제 과거는 흘러갔고, 유미는 그때의 유미가 아니다.

개와 고양이의 진실

서울로 돌아온 유미는 뉴욕 출장에서 돌아온 윤 이사와의 해후를 기대했다. 그러나 그는 유미에게 아무 연락도 하지 않았다. 그의 휴대폰 전원은 늘 꺼져 있는 상태였다. 벌써 3일째다. MSN으로 접속을 시도해 봤으나 그것도 허사였다. 유미는 은근히 화가 났다. 벌거벗고 티파니 목걸이로 유혹했던 화면 속의 그 남자는 도깨비였나? 아바타였나?

회사 사무실로 전화하자 그의 여비서가 전화를 받았다. 이사님이 바쁜 일정으로 전화를 받을 수 없다며 메시지를 남겨 주겠다고 했다.

"오유미라고 합니다. 윤조미술관 건으로 의논 드릴 일이 있어서요."

어쩔 수 없었다. 비즈니스 핑계를 댔다. 그래도 그에게선 연락이 오지 않았다. 다만 앞으로 실무적으로 직속상관이 될 최 부장이라는 사람으로부터 윤조미술관 재개관에 대한 계획과 프레젠테이션을 준비하라는 지시를 전화로 받았다. 유미는 그때 깨달았다. 윤 이사가 까마득히 높은 그녀의 상관일 뿐이라는 것을. 대감마님의 장난에 쇤네의 마음이 춘삼월 아지랑이처럼 어지러웠습니다……. 그래, 정신 차리자. 눈에는 눈. 이에는 이. 비즈니스엔 비즈니스다. 재개관 일정이 촉박했다.

유미는 박용준에게 전화했다. 유미의 전화를 받은 용준의 목소리는 들떠 있었다.

"어? 오 선생님, 웬일이세요?"

"내일 시간 있어요?"

"낮이나 밤이나 물론 있습니다. 그런데 언제요?"

"점심 어때요?"

"무슨 일인데요?"

"용준 씨한테 좋은 일이면 좋겠는데……."

유미는 시간과 장소를 말한 뒤 전화를 끊었다. 용준의 가슴이 설렜다. 용준에게 좋은 일이라면……. 용준은 새해 첫날 유미와 함께 보낸 밤을 떠올렸다. 유미가 유혹하는 것이라면! 앗싸! 유미의 목소리를 듣고 나니 금세 침을 흘리는 파블로프의 개가 되어 버렸다.

유미는 용준과 통화를 끝내고 성미림에게 전화를 걸었다.

"내일 용준 씨랑 점심 약속을 했어요. 어쩌시겠어요?"

"어쩌나. 내일은 점심 약속이 잡혀 있는데……."

"그럼 알아서 하세요. 전에 용준 씨를 한 번 만나게 해 달라고 부탁하셨잖아요?"

"네, 그랬죠. 저를 요리조리 피하고 안 만나 주니까. 그러면 죄송하지만 점심 식사를 하시고 조금만 더 계시겠어요. 제가 점심 끝내고 바로 그리로 갈게요."

"알겠어요."

이건 내가 뭐 마담뚜도 아니고, 사랑의 전령사도 아니고, 뭐야? 별거 중인 커플 일에 나서다니. 커플을 맺어 주는 건 성미림이 전문 아닌가? 중이 제 머리 못 깎는다더니.

유미는 그들의 선택에는 관심이 없다. 미림은 용준을 물고, 용준은 지완을 물고 있는 이 러브 체인이 제 꼬리를 잡으려고 뱅뱅 도는 강아지처럼 우스꽝스럽다. 다만 우유부단한 용준이 유미의 제안은 두말없이 선택할 것이다. 사실 여자 앞에서 자주 길을 잃는 용준 같은 남자는 오히려 다루기가 좋다. 말은 말 위에 탄 사람이 부리는 것이므로.

그러나 윤동진 같은 남자는……. 일단 그는 훌륭한 채찍과 안장과 박차를 가진 조건 좋은 기수다. 이 경우엔 오히려 유미를 암말로 부리려 할 것이다. 그러나 쉽지 않을 것이다. 말도 말 나름. 살짝 맛이 간 암말을 몰아 보진 않았을 테니.

다음 날, 유미는 용준과 함께 점심 식사를 하며 윤조미술관 재개관 이야기를 했다. 유미가 수석 큐레이터이자 실무자로서 용준에게 자신을 보조해 줄 수 있느냐고 물었다. 업무와 연봉을 이야기하자 용준의 얼굴은 과연 기쁨과 만족으로 빛났다.

"하지만 용준 씨의 인사권은 내가 쥐고 있어요. 그러나 무엇보다 우리는 멋진 팀워크를 이뤄야 해요. 좀 고풍스럽게 말한다면, 여왕을 모시는 기사처럼 기사도 정신을 발휘할 수 있겠죠?"

"그야 물론. 몸과 마음, 충성을 바쳐 일해야죠."

"어떤 경우든 나를 지켜 줄 수 있죠?"

"당근이죠."

용준이 활짝 웃었다. 그때 용준 앞에 성미림이 나타났다.

"어머, 쭌! 여기서 만나다니. 너무 반갑다. 오 선생님도요."

용준의 얼굴이 순간 연탄불 위의 오징어처럼 찌그러졌다.

"어어…… 웬일이야?"

"친구랑 밥 먹고 방금 헤어졌어. 그나저나 도대체 날 왜 그렇게 피하는 거야?"

성미림이 용준 옆에 앉았다.

"뭐, 계약은 자동 만료됐잖아……."

"사람이 정말 왜 그래? 감정이란 건 그런 게 아니잖아?"

미림이 발끈했다. 그때 유미가 일어섰다.

"아, 전 일어나 볼게요. 두 분 사랑싸움에 심판을 맡고 싶진 않네요. 용준 씨, 성 매니저님 감정을 잘 보듬어 주세요. 오뉴월에 서리 맞지 않으려면."

유미는 용준과 미림을 뒤에 남겨 놓은 채 식당을 나왔다. 감정이란 건 그런 게 아니잖아? 미림의 말이 떠올랐다. 인간의 감정만큼 변덕스러운 것은 없다. 윤 이사에게서 일주일이 넘도록 소식이 없자 유미는 그에 대한 감정을 유보하기로 했다. 집착하지 않는 태도야말로 강력한 접착제다. 유미가 그렇게 쿨할 수 있는 것은 자동차의 네 바퀴처럼 사륜 체제의 연애 시스템을 갖췄기 때문이다. 전륜

구동이냐, 후륜구동이냐. 당연히 눈길에서도 안전한 사륜구동이기 때문이다. 게다가 네 바퀴 중에서 하나라도 펑크가 나면 언제든 갈아 버릴 수 있는 스페어타이어도 제대로 장착했다.

그 스페어타이어라는 게 노후해서 좀 그렇긴 하지만 말이다. 유미는 김성환 교수의 요청으로 그의 사무실로 가는 중이다. 얼마 전에 그가 언급했듯이 신학기에 교수 임용 공채가 있다. 교수 사회라는 게 생각보다 합리적인 세계가 아니어서 인사 문제에 있어서는 뚜껑을 열어 봐야 안다. 그러나 김성환 교수는 대학원장이며 이사장과는 호형호제하는 사이다. 방학을 맞은 대학의 복도는 적막했다. 유미는 김 교수의 연구실 문을 노크했다.

"아, 오 선생. 어서 오세요."

김 교수는 반갑게 유미를 맞았다. 실내에서는 나른하고 애수에 젖은 피아노 곡이 흘러나왔다. 전망 좋은 그의 방에서는 푸른 솔잎에 눈을 이고 있는 적송이 보였다.

"이 방은 전망이 정말 좋네요. 음악도 너무 좋고요. 혹시 바흐인가요?"

"아! 맞아요. 「골드베르크 변주곡」인데 글렌 굴드의 연주입니다."

"스피커가 좋은가 봐요. 음질이 정말……."

"어떻게 아셨죠? 오 선생은 귀도 보배군요. 탄노이입니다."

음악광이라는 김 교수가 흡족한 눈길로 바라보았다. 뭐 그런 소스쯤이야. 그런 건 기본이지. 그는 얼굴이 불콰하게 취해 있었다.

"코냑 한잔하고 있었어요. 오 선생도 한잔하시죠."

그가 유미의 대답도 듣기 전에 잔을 꺼내 술을 따라 유미에게 건

넀다.

"식후에는 코냑이 그만이죠."

한 모금 입술에 대자 코냑 특유의 향이 입안으로 물큰 들어왔다. 싫지 않았다. 김 교수는 자신의 잔에 코냑을 한 잔 더 따라 마셨다. 그러고 보니 그는 이미 여러 잔째 마시고 있었던 모양이다.

"새 학기에 원서를 한번 내 보도록 준비를 좀 하고 계세요. 일단 내가 오유미 선생을 밀고 있으니 날 믿으시고요. 참, 설날에 나랑 이사장님께 세배나 한번 갑시다."

"예……."

봄에 재개관하는 윤조미술관의 책임을 맡았다는 이야기를 꺼내기에는 시기상조다. 양손에 떡을 쥘 수도 있겠군. 하지만 두 마리 토끼를 잡는 행운은 쉽게 오는 게 아니다. 게다가 단번에 교수 임용이 되는 일 따위는.

"그런데 오유미 선생은 박사 학위는 없으시죠?"

"예, 석사까지만 했어요."

"외국에서 하셨다고요?"

"예, 프랑스에서 했어요."

"아, 얼마나 계셨죠?"

"한 3년 있었습니다."

"프랑스라…… 멋진 나라에 계셨군요. 코냑과 와인의 나라. 젊었을 때 나도 그곳으로 유학 가고 싶어 했죠."

김 교수가 눈을 감았다. 취기가 도는 걸까? 지나간 젊음을 반추하는 걸까?

창밖으로부터 겨울 오후의 햇살이 투명하게 들어왔다. 적송 가지에 앉았던 까치가 날아가니 휘청거리던 가지에서 푸드득, 눈이 쏟아져 내렸다. 김 교수의 머리에 잔설처럼 내려앉은 흰머리에도 햇살이 눈부셨다. 고급 스피커에서 흘러나오는 바흐의 곡이 섬세하게 공기에 스며들었다. 유미는 코냑을 다 비웠다. 코냑이 목구멍으로 넘어가 온몸으로 퍼지자 나른한 기분이 들었다.

"너무 빨라요. 모든 것이. 청춘도 젊음도…… 참 억울해요."

김 교수가 눈을 떴다. 유미를 그윽하게 바라보았다. 유미도 그를 바라보았다. 아마 김 교수의 나이는 60대 초반쯤? 어쩌면 한 번도 얼굴을 보지 못한 아버지의 나이와 비슷할지 모른다. 유미는 이 나이 또래의 나이 든 남자를 보면 상상 속의 아버지를 떠올려 보곤 했다. 격이 높고, 지적이고, 성이 Y일지 모르는 아버지. 평생 어머니가 숨어 살아야 할 만큼 지체가 높을지 모르는 아버지. 유미가 김 교수를 보며 아버지를 상상하고 있는데, 김 교수가 입을 열었다.

"악마에게 영혼을 판 파우스트가 이해됩니다."

김 교수는 유미에게 무엇을 말하고 싶은 걸까? 악마에게 영혼을 팔고 젊어져 모든 환락을 누리고 싶다는 말인가?

"돈이고 지성이고 명예고 다 부질없어요."

김 교수가 붉은 얼굴로 머리를 천천히 흔들었다. 이 어른이 오늘 생리를 하는 건 아닐 테고, 왜 이리 우울하신가? 유미는 짐짓 위로하듯 밝은 목소리로 말했다.

"그건 그걸 모두 얻은 자의 불평 아닐까요? 교수님은 욕심쟁이죠?"

"글쎄……."

"전 교수님 같은 멋진 아버지가 있으면 정말 좋겠다는 생각이 들어요."

"아버지……?"

김 교수가 실망한 얼굴로 물었다.

"내가 오 선생에겐 아버지처럼 보이나……."

아아, 참! 이분도 남자지. 몸은 송해라도 마음은 타이거 우즈일 거야. 유미는 농반진반으로 말을 바꿨다.

"아뇨, 오빠요."

유미의 어처구니없는 립 서비스에 김 교수의 얼굴이 아이처럼 환해졌다. 아아, 정염은 늙지도 않는다.

"아, 뭐 그렇게까지야……."

"정말 나이보다 훨씬 젊어 보이세요."

"고맙네. 그럼 언제 이 젊은 오빠랑 술이나 한잔하세."

김 교수가 웃으며 말했다. 주름진 얼굴 너머로 순진한 소년의 밑그림이 언뜻 보였다.

"아니, 떡 본 김에 제사 지낸다고 오늘 당장은 어떤가?"

"당장요?"

"그래요."

"지금도 좀 취하셨잖아요."

"이 정도는 괜찮아. 거 왜 프랑스어로 앞에 먹는 술, 뭐라 그러지? 아페……."

"아페리티프요."

"그래, 그건 마셨으니 이제 제대로 마셔 보자고."

김 교수는 벌써 옷을 챙겨 입기 시작했다.

그때 휴대폰이 울렸다. 윤 이사였다. 유미는 망설이다 전화를 받았다.

"지금 어디예요?"

"대학에 일이 있어 잠깐 들렀어요."

"잠깐 봅시다."

"지금요……?"

유미는 속으로 잘됐다 싶었다. 오늘따라 우울한 김 교수의 기분을 맞춰 주기 위해 술을 마시는 일이 썩 내키지 않았다.

"내일 유럽으로 갑자기 출장 가게 됐어요."

동진의 말에 유미는 김 교수를 힐끗 쳐다보고 일부러 큰 소리로 물었다.

"그러니까 오늘밖에 시간이 안 된다고요? 어쩌나, 당장 결정해야 한다고요?"

김 교수가 적이 실망한 얼굴로 알아서 하라는 제스처를 했다.

"갑자기 이렇게 급히 전화하시면 어떡해요. 알겠어요. 좀 있다 봐요."

김 교수가 다시 외투를 벗고 의자에 앉았다.

"가 보세요. 내가 괜히 바쁜 사람을 붙들고 고집을 피운 거 같네."

"아이, 저도 아쉽네요. 제가 물건을 봐 둔 게 있는데 하필 오늘 결정을 해야……."

유미가 김 교수의 눈치를 보았다.

"대신 다음번엔 교수님이 원하시면 언제든 달려올게요."

김 교수의 얼굴이 환해졌다.

"그래요. 다음엔 저녁 식사도 하고 술도 합시다."

"예……."

유미는 일단 대답을 하고 교수의 연구실을 물러 나왔다. 노후된 타이어로 갈고 싶진 않다. 그러려면 펑크를 내지 않아야 한다.

윤 이사에게서 다시 전화가 왔다.

"아직 근무시간이라 회사 차로 갈 겁니다. 학교 주차장에 그대로 계세요. 곧 갑니다."

"퇴근 후 저녁에 만나면 안 되나요?"

"시간이 그렇게 되지 않아서요. 그런데 뭘 결정한다고요?"

"아아, 그건……."

김 교수를 따돌리기 위해 급히 쳤던 애드리브였다. 아닌 게 아니라 오늘 밤이라도 윤 이사의 '물건'을 보고 당장 가부간 결정을 내릴 수 있다면 얼마나 좋을까. 내가 그 정도의 구매력과 결정권을 가질 수 있다면.

그때 검은색 세단이 주차장으로 서서히 미끄러져 들어왔다. 기사가 내려 문을 열어 주자 윤 이사가 내렸다. 유미도 제 차에서 내렸다. 검은 선글라스를 낀 그가 천천히 다가왔다. 오랜만이었다. 실제로 만난 것은 거의 20일 만이다. 모니터에서 마지막 본 게 열흘 전이니……

"오랜만이에요, 윤 이사님."

그가 선글라스를 벗으며 말했다.

"그래요. 잠시 오 교수님 차로 갈까요?"

"누추할 텐데…… 그런데 갑자기 무슨 용건이라도 있나요?"

유미가 다소 쌀쌀한 어조로 말했다. 그가 조수석에 올라탔다.

"역시 유미 씨는 고양잇과예요. 하긴 난 개는 별로 좋아하지 않아요. 침 흘리고 꼬리 흔드는 여자는 질색이에요."

"그래요? 전 갯과 남자를 좋아하는데. 고양이, 스라소니 이런 짐승은 왠지 정이 안 가요."

윤 이사의 별명이 스라소니라는 걸 알고 비꼬자 그는 싱긋 웃을 뿐이었다.

"이 근처에 좀 조용한 곳은 없어요? 잠깐 드라이브나 할까요?"

"시간은?"

"15분 정도."

15분? 갑자기 기가 막혀 웃음이 터져 나왔다.

"풋, 무슨 마약 밀매 조직 같네요. 그런데 보스가 이렇게 행차하시다니."

유미가 캠퍼스의 한적한 곳으로 차를 몰아갔다. 차량과 인적이 뜸한 기숙사 쪽으로 올라가서 차를 세웠다. 뒤쪽은 소나무가 조경된 작은 정원이었다.

"이걸 전해 준다는 게…… 그동안 미안해요."

윤 이사가 꺼낸 것은 포장된 상자였다. 티파니 목걸인가?

"마약 거래가 아니라 보석 밀매 업자인가?"

"둘 다입니다. 목에 두르면 마약 효과가 나는 거니까……."

"물어볼게요. 이거 선물이에요? 뇌물이에요? 그것도 둘 다라고

눙치지 말고 대답해 봐요."

"아마도 선물이겠죠. 난 누구에게도 사업상 뇌물 같은 건 안 줘요."

"선물치곤 성의가 너무 없으시네요. 게다가 최고로 효과적인 타이밍도 놓치고…… 아마 이걸 걸어도 마약의 약효와 약발은 다 안 받을걸요."

"그럴까요?"

그가 상자를 열었다. 목걸이는 컴퓨터 모니터에서 보았을 때보다 훨씬 고혹적이었다. 붉은색 가넷이 햇빛에 반짝반짝 윙크를 하며 유혹하고 있었다.

"가넷은 1월의 탄생석이죠. 우리가 만난 게 새해 첫날이니까."

그가 손에 목걸이를 걸고 말했다.

"걸어 주고 싶어요. 블라우스 단추를 하나만 풀어 봐요."

유미는 그대로 윤 이사의 눈을 바라보았다. 윤 이사가 눈길을 피하며 유미에게 다가와 목걸이를 걸어 주었다. 유미는 살짝 고개를 숙여 주었다. 그의 머리칼과 목덜미 쪽에서 좋은 냄새가 났다. 무슨 향수를 쓰는 걸까? 순간 눈앞에 어른대는 그의 잘생긴 귓바퀴를 꽉 깨물고 싶은 충동을 유미는 눌렀다. 그 마음이 전해진 걸까? 목걸이를 걸어 준 윤 이사가 유미의 고개를 두 손으로 받치고 갑자기 키스를 했다. 그러나 몹시도 부드러운 키스였다. 오후의 햇살이 빛 그림자를 어룽대는 것처럼 재채기가 나올 듯 감질나고 부드러운 키스. 그때 까치가 소나무 숲에서 깍깍대고 울었다. 두 사람은 그 소리에 떨어졌다. 마지막 햇살이 차창에 부서졌다.

"어때요? 약발, 괜찮아요?"

윤 이사가 물었다. 유미는 대답 대신 블라우스 단추를 하나 풀었다. 유미가 블라우스 속의 흰 맨살에 목걸이를 내려뜨려 보이며 물었다.

"약발, 그건 제가 묻고 싶네요. 어때요? 목걸이는 윤 이사님이 보시고 좋으려고 선물한 거 아닌가요?"

윤 이사가 유미의 흰 목에 걸린 목걸이를 보고 고개를 끄덕이며 말했다.

"그래요. 흰 눈 위에 붉은 동백꽃이 핀 거처럼 아름답네요."

"어쨌든 선물 고마워요. 참, 내일 유럽에 출장 가신다고요? 정말 너무 바쁘시네요."

"파리에 좀 다녀오려고요. 아, 그러고 보니 유미 씨도 프랑스에 좀 있었죠?"

"어떻게 아셨어요?"

"이력서를 봤지요."

"잠깐 공부하러 갔죠."

"언제 한번 같이 가 보고 싶어요. 기회가 있겠죠."

"이번에도 우린 모니터를 통해서 만나나요?"

지난번 뉴욕 출장 중에 웹 캠을 통해 모니터로 그가 보여 준 몸을 떠올리며 유미가 물었다. 노출증 증세가 있는 남자……

"거긴 어려울 거예요. 호텔인 데다 일정상……"

"저도 그림의 떡엔 관심 없어요. 맛을 볼 수 있는 눈앞의 떡을 더 좋아하죠."

"떡이라……"

윤 이사가 쿡, 웃었다.

"그렇다고 아무 떡이나 집어 먹진 않지만."

"유미 씨는 참 거침없고 당당해서 좋아요. 그 자신만만함은 뭘까요?"

"왜냐하면 전 자유로운 여자니까."

유미가 윤 이사를 바라보며 미소를 지었다.

"고삐 풀린 망아지로군요."

그러다 갑자기 생각났는지 윤 이사가 말의 고삐를 당기듯이 급히 말했다.

"참, 그런데 윤조미술관 인사 문제 건으로 최 부장이 보고를 하던데, 유미 씨에 대해 익명의 제보가 있었다고 하더군요."

"제보요? 무슨 제보?"

"신경 쓰지 마세요. 유미 씨의 과거에 대해 이러쿵저러쿵, 신변에 대해 음해하는 뭐 그런 거겠죠. 난 무시했어요."

유미가 발끈했다.

"도대체 누가……?"

"유미 씨가 생각보다 꽤 알려져 있고, 또 시샘을 받고 있나 봐요. 참, 15분 됐죠?"

"네…… 가셔야죠."

유미는 찜찜한 기분으로 다시 차를 몰아 주차장으로 내려갔다. 윤 이사의 기사가 차 문을 열고 대령했다. 윤 이사가 유미와 작별 인사를 나누고 자신의 차를 타고 떠났다. 남겨진 유미는 잠시 제 차에 앉아 있었다. 제보라니? 도대체 누가? 무엇을? 그런 이야기를 윤 이사를 통해 들어야 하다니 기분이 상했다. 윤 이사는 그걸 정말 무시한 걸까? 도대체 나에 대한 윤 이사의 감정은 무엇일까? 화끈하게 대시하지도 않으면서 살살 낚시질이나 하는 남자. 하지만 오랜만에 섬세한 키스를 맛보게 한 남자.

유미는 차 안의 룸미러를 통해 자신의 목에 걸린 목걸이를 바라보았다. 1월의 탄생석. 그의 표현대로 다홍빛 보석은 동백꽃처럼 순정한 아름다움으로 빛났다. 하늘을 보니 가넷 같은 붉은 석양이 마지막 빛을 뿌리고 있었다. 갑자기 외로워졌다. 유미는 술에 취하고 싶었다. 잠깐 김 교수를 떠올렸지만, 유미는 인규에게 전화했다.

"어? 웬일이야?"

"그냥…… 오늘 꿀꿀해서. 일 언제 끝나?"

"나야 내가 오너인데 내 맘이지."

"그럼 만날래?"

"좋지. 어디서 볼까?"

"술과 떡이 있는 곳이라면 어디나."

"떡?"

"오늘 누군가와 떡 얘길 했더니 먹고 싶네."

"어느 놈이랑 또 떡 얘길 했냐? 아름다운 떡방앗간의 변강쇠를 놔두고."

역시 오래된 애인이 좋긴 좋구나. 허물없이 온갖 농담과 음담도 다 받아들이는 인규의 소탈함이 유미는 편안하게 느껴졌다.

"어디서 볼까? 집으로 갈까?"

"글쎄, 집이 좀 엉망이긴 한데…… 다른 곳에 가는 게 귀찮긴 하네."

"너 되게 피곤하구나. 알았어. 여기서 간단히 저녁 먹고 좋은 와인 한 병하고 안주를 좀 가져갈게."

유미는 차를 몰고 집으로 갔다. 인규가 술과 안주를 가져오기로 했으니, 뭘 따로 준비할 필요도 없다. 이럴 땐 소믈리에인 데다 식당 주인인 애인이 참 쓸모가 있다. 식욕도 별로 나지 않아서 국과 밥을 데워 간단히 저녁 요기를 했다. 그리고 이를 닦고 샤워를 했다. 편안한 실내복으로 갈아입으면서 유미는 목걸이를 뺄까, 하다가 그대로 두었다. 이 목걸이가 주술적인 효능 같은 게 있다면, 인규와의 섹스에 어떤 영향을 미칠까? 인규와 섹스를 하면서도 윤 이사를 떠올리게 될까? 그게 궁금했다. 윤 이사는 역시 그림의 떡일까?

그때 벨 소리가 울리고 인규가 들어섰다. 그는 와인과 안주가 든 쇼핑백을 내려놓고, 팔을 벌려 유미를 꼭 안았다.

"어이구, 오늘 아름다운 물방앗간 아가씨가 왜 꿀꿀해? 양돈업으로 바꿨나? 야! 그나저나 동물 중에는 암퇘지가 오르가슴을 느끼는 시간이 제일 길대."

아, 또 무슨 뜬금없는 소리? 인규의 능청이 분위기를 확 바꿨다. 역시 눈앞의 떡이 좋구나. 손안의 떡은 더 좋고. 입안의 떡은 더더욱 좋겠지. 유미는 오랜만에 살짝 구미가 당겼다.

"나 샤워 좀 할게. 상 좀 차리고 있어. 꿀꿀…… 하하. 우리 오늘 돼지처럼 한번 뒹굴자. 꿀꿀!"

인규가 휘파람을 불며 샤워를 하는 동안 유미는 식탁에 와인과 와인 잔을 차리고 접시에 치즈와 샐러드를 옮겨 담았다. 인규가 팬티만 입은 채 식탁에 앉았다. 능숙하게 와인을 따고 시음을 했다.

"으음, 이거 괜찮지? 스파클링 와인이야. 오늘은 자기 기분 업시키려고."

인규가 유미의 잔에 와인을 따랐다.

"어련하려고."

유미는 기포가 생생하게 살아 움직이는 호박빛 와인을 가만히 바라보았다.

"그런데 얼굴이 우울해 보여. 무슨 일 있어?"

"그래 보여?"

"응. 뭐가 잘 안 돼?"

"익명의 제보가 들어왔대."

"무슨 제보?"

"윤조미술관 건으로 YB에 내 과거에 대한 음해 자료가 들어갔다나 봐."

"과거? 과거라면……."

"자긴 짚이는 거 없어?"

"글쎄, 새삼스럽게 뭘."

"자긴 날 믿지?"

"당근이지. 그걸 여태 몰랐단 말이야?"

"물론, 잘 알지."

"난 널 사랑해."

"사랑? 사랑은 변하는 거야. 어쨌든 우린 한 배를 탄 거야, 그렇지?"

"그럼."

인규가 고개를 끄덕였다. 사랑은 구속력이 없다. 인규와 여태껏 연결되어 있는 것은 그럼 무엇 때문일까? 일종의 공범 의식?

"야, 배 타는 거 말하니까 생각난다. 베네치아에서 너랑 나랑 곤돌라 탔던 거 생각 안 나?"

"생각나."

"끝내줬잖아. 그때 그 뱃사공이 「오! 솔레미오」를 부르는데, 성악가 뺨치더라. 난 파바로티가 변장하고 나온 줄 알았다니까."

"이탈리아 남자들은 정말 너무 잘생겼어. 거지도 영화배우야. 어쩜 노숙자도 그렇게 지적이고 철학자처럼 생겼는지, 딱 내 취향이야."

유미와 인규는 예전에 함께했던 이탈리아 여행을 다시 추억하며 와인을 마셨다. 어느덧 취기가 돌아 기분이 좋아졌다.

"그때로 돌아가고 싶다. 꼭 꿈을 꾸는 거 같았지."

인규가 눈을 감으며 말했다. 유미가 고개를 흔들었다.

"그래? 난 싫어. 꿈이라면 악몽이야. 지금은 다행히 추억으로 남았지만……."

"그렇기 때문에 너와 내가 운명으로 엮인 거야."

"운명?"

"그래, 네 말대로 한 배를 탄 거지."

"우리, 그런 얘기 그만하자."

방으로 들어갔던 유미가 알몸인 채로 가면을 쓰고 나타났다. 화려한 털과 비즈로 장식된 보라색 가면이었다.

"인규 씨, 베니스 카니발 생각나?"

"그럼! 그때 한창 가면 축제 기간이었지."

"이거 무슨 귀부인 가면이랬잖아."

"후후…… 바람난 귀부인이겠지."

"자, 그런 의미에서 자기도 써."

유미가 검은색 가면을 인규에게 넘겨주었다.

"아아! 이 가면, 생각난다. 아직까지 간직하고 있었구나."

"자기가 산 건 아프리카 노예 가면이었잖아. 오늘 노예해라."

"헐! 예나 지금이나 신분 상승은 안 되고…… 뭐 돼지보단 낫다."

인규가 검은색 가면을 썼다.

"그나저나 왜 귀부인은 노예랑 노는 걸까? 그게 여자들의 성적 판타지야?"

"몰라. 난 귀부인이 아니니까. 자기 부인한테 물어보지."

"지완 여사? 참 그런데 요새 마누라가 좀 이상해."

"왜?"

"나한테 별로 관심이 없어. 전에는 엄마처럼 잔소리꾼이었는데……."

"그래서 싫었다며?"

"그런데 마누라가 무관심하니까 내가 꼭 눈칫밥 먹는 의붓아들이 된 기분이야. 그것도 싫어."

"욕심은 참! 꼭 양손에 떡을 쥐어야 안심한다니까."

가면을 쓴 두 사람의 표정은 알 수가 없다. 인규는 마치 노예가 된 것처럼 유미의 발가락을 애무하기 시작했다. 귀부인 가면을 쓴 유미가 연기하듯 날카롭게 호령했다.

"개처럼 샅샅이 핥아!"

*

지완은 요즘 착잡했다. 용준이 유미와 함께 일하게 되었다고 말
하는 순간부터 무언가에 살짝 벤 느낌이었다. 딱히 피가 나고 상처
가 난 것은 아니지만, 그 느낌은 묘하게 불편했다. 용준은 정기적으
로 월급을 받고 일을 한다는 것에 흥분을 느끼고 있었다. 세계적인
화가가 되겠다며, 가난과 예술과 낭만에 대하여 폼을 잡던 용준은
어디로 갔나? 대신 폼 나게, 에지 있고 간지 나는 양복을 한 벌 해
주면 첫 월급 타서 갚겠다고 한다. 애인이 거지 신세를 면하는 게
나쁠 거야 없지만, 노예를 부리듯, 애인을 부양하는 능력이 되는 여
자로서는 애노(愛奴)를 함부로 넘기기 싫은 것이다. 그것도 유미에
게…… 게다가 용준의 일이 유미의 참모이자 비서 격이라니…….
고양이 입에다 생선을 진상하는 꼴이다. 거기다 유미 얘기만 나오
면 진상을 떨어 대는 용준의 꼴이라니…… 밸이 다 꼴린다.

왜 하필 남의 애인을 빼 간담? 유미에게 전화를 걸어 불평을 해
대고 싶지만 그것도 자존심 상한다. 넌 그렇게도 자신이 없니? 이
렇게 말할 게 뻔하다. 유미의 그 자신감은 도대체 어디서 나오는 걸
까? 오래전, 대학 새내기였을 때 유미를 만났다. 그때만 해도 유미
는 칙칙한 작업복에 물감을 잔뜩 묻히고 있거나, 아르바이트에 시

달려 얼굴이 노랗게 이지러진 달처럼 주눅 들어 보였다. 억지로 서울 말씨를 흉내 내는 어색한 말씨며, 지완에 대한 시샘과 부러움을 잘 숨기지 못하던 세련되지 못한 얼굴 표정을 잊을 수 없다. 그래도 지완이 주는 옷과 구두를 아무 말 없이 얻어 입고 신었다. 지완의 집에 와 보고는 진심으로 지완을 부러워하기도 했건만…….

어느 날, 축제 때 지완의 헌 옷과 구두로 치장한 유미가 정말로 아름답다고 느낀 순간, 지완은 열패감을 느꼈다. 그 애의 몸 안으로부터 남다른 빛이 새어 나오는 것 같은 느낌이었다. 누더기를 걸쳐도 아름다울 수 있다니. 그것은 유미 스스로가 자신의 몸이 아름답다고 느낄 때 오는 자신감 때문이었을 것이다. 그때 유미는 아르바이트로 인체 모델 일을 하고 있다고 했다.

어쨌거나 용준을 데리고 시내 백화점으로 가서 약속대로 양복을 사 주기로 했다. 혹시나 누가 볼세라 걱정도 되었지만, 용준은 허물없는 남동생처럼 굴었다. 밖에 나오면 남동생처럼 누나라 부르라고 했더니, 아예 비싼 양복 앞에서 눈치 없이 굴었다.

"누나, 이왕 쓰는 김에 팍팍 써라. 우리 누나 돈 많거든요."

여자 점원이 지완에게 찰싹 붙었다.

"남동생 첫 직장 턱인데 한턱 크게 쏘세요. 이 정도면 비싼 것도 아닌걸요."

지완이 고개를 끄덕이자, 용준이 양복을 입어 보기 위해 피팅 룸으로 들어갔다. 그런데 그런 오누이가 또 있었나 보다.

"아이, 오빠! 그건 좀 센데……."

"생일이 1년에 몇 번 있냐? 너 돈도 잘 버는데, 오빠 생일 선물로 이 정도 안 되겠냐? 선도 봐야 하고……."

남자가 양복을 들고 눈웃음을 쳤다. 제비처럼 생긴 저 남자. 어디서 많이 본 남자인데…… 앗, 탱고 선생이다! 그는, 초반에 몇 번 탱고 교습을 했던 남자였다. 그 이후 강사가 교체되기도 했지만, 지완은 더 이상 탱고 강습 교실에 나가지 않았다. 지완이 인사를 했다.

"어머, 강 선생님! 저 기억하시겠어요?"

남자가 뒤를 돌아보았다.

"아아, 예. 유……."

"유지완요."

"맞아요. 탱고를 제일 못 추던 분이라 기억나네. 발을 워낙 많이 밟혀서…… 하하."

그를 오빠라 부르던 여자가 호기심이 잔뜩 돋은 얼굴로 지완을 유심히 보았다.

"남편분 양복 사러 오셨나 보지요?"

"아뇨. 저기…… 남동생이 취직을 해서……."

"저도 여동생이 양복을 사 준다네요……."

그때 용준이 옷을 입고 나왔다.

"누나, 나 어때?"

그때 강 선생이 여자에게 물었다.

"오빠도 저거 입어 볼까?"

여자가 용준을 바라보다가 갑자기 놀라는 표정이 되었다. 용준도 그녀를 보더니 놀랐다.

"누나 좋아하네. 5형제 중의 맏아들 아니었어?"

용준도 그녀에게 말했다.

"오빠? 외동딸 아니었나?"

"두 분 아는 사이예요?"

지완이 물었지만, 상대 여자가 남자의 손을 끌고 급히 매장을 나갔다.

"쳇, 오빠? 저러면서도 나한테 스토커같이 굴다니."

용준이 비아냥거렸다.

"누군데?"

"성미림."

"저 여자가?"

"누나, 아니 자기는 저 남자, 아는 남자야?"

"응. 잠깐 탱고 선생이었어."

"어이구, 생긴 거 하고는. 여자 등쳐 먹게 생겨 갖고는……."

"좀 그래 보이지? 그나저나 잘된 거 아냐? 도둑이 제 발 저린다고, 성미림이 용준 씨에게 이제 들러붙진 않을 거 아냐."

"성미림, 저 여잔 언제 철이 나나. 참, 뻔해 보이는 남자나 만나 이용당하고. 어휴, 속 터져."

용준이 기분 상한 얼굴로 한숨을 푹푹 쉬었다.

"왜, 섭섭해?"

"섭섭하긴, 시원하지."

"아쉬운 얼굴인데? 그나저나 세상 참 좁다."

며칠 후 유미는 지완으로부터 그 얘길 들었다. 그게 바로 케빈 베이컨의 6단계 법칙 아닌가. 6단계만 거치면 이 세상의 어느 누구와도 연결 고리를 찾을 수 있다는 인연의 법칙. 그러나 유미는 속으로 웃었다. 노는 물이 비슷하고 나이를 더 먹을수록 단계는 확률적으로 더 줄어든다. 요즘은 대개 2단계만에도 공통으로 아는 사람이 연결된다. 인규를 거치면 지완, 용준을 거치면 미림. 어쩌면 강이라는 남자도 인규의 레스토랑에서 만난 적이 있었던 남자 아닐까?

그런데 지난번에 미뤘던 성미림의 결혼 정보 회사에서 주최하는 커플 파티의 강연 날이 돌아왔다. 이번 파티는 첫 번째 만남에 성공한 커플들의 '관계 다지기' 파티였다. 사랑에 대한 주제로 유미가 한 시간 정도 강연을 한 뒤 와인을 곁들인 조촐한 파티가 열린다고 한다. 분위기 있는 음악이 깔리고 제법 파티의 격식에 맞게 성장을 한 남녀들 앞에서, 유미는 마치 예비 주례사같이 사랑과 결혼의 숭고함에 대해 이야기를 했다.

그런데 강연이 끝나자, 한 여자가 다가왔다. 얼굴이 어디서 많이 본 듯 낯설지 않았으나 잘은 기억나지 않는 여자였다.

그녀 역시 놀라움으로 유미를 바라보았다.

"그러니까…… 단미, 아니 설희 어머니가 단미……!"

이렇게까지 나의 정체를 단 한 번에 꿰뚫는 여자가 있다니……? 유미 또한 그녀를 찬찬히 훑어보았다. 그녀의 옆에는 한 남자가 서 있었다. 아마도 이 파티에 참석한 두 사람은 결혼 정보 회사에서 마련한 첫 번째 맞선에서 성공적으로 통과한 커플일 것이다. 여자는 어딘가 부자연스러웠지만, 밉상은 아니었다. 남자는 외모가 제법 반지르르한 데다 꽤 비싼 양복을 걸치고 있었다. 그러나 왠지 신뢰가 가는 인상은 아니었다.

"그런데 어쩌죠? 저는 기억이 잘……."

"그래요. 그러실…… 거예요."

여자가 고개를 주억거렸다.

"안지혜입니다. 설희의 담임……."

"네, 뭐라고요?"

그때 커플들은 좌정해 달라는 파티 진행자의 장내 멘트가 나왔다.

"놀라셨죠? 저도 설희 어머니가 단미라는 게 너무 놀라워요. 제가 또 메일 할게요. 그럼 저흰 가 볼게요. 파티에서 빠지면 안 되니까……."

안지혜가 남자의 눈치를 살피며 말했다. 남자도 의미심장한 눈길로 유미를 바라보며 인사를 했다. 안지혜가 그의 팔짱을 끼고 좌석으로 갔다. 안지혜라고? 저 여자가? 피오나 공주가 저주에서 풀려 제 모습을 찾았나? 그때 성 매니저가 다가왔다.

"오늘 수고하셨어요. 언제나 멋진 강연이에요."

"그런데 저 커플……."

유미가 손가락을 들어 테이블에 앉는 두 사람을 가리키며 속삭였다.

"누구요?"

미림의 시선이 일순 긴장했다.

"남자요?"

"아뇨, 여자분, 안지혜라는 분 맞죠?"

"아아, 예. 어떻게 아세요? 그나저나 결혼의 의지와 각오가 대단해요."

"참, 박용준 씨와의 일은 잘 해결되었어요?"

미림이 입을 삐죽거렸다.

"해결되고 뭐고가 있나요? 이제 저는 저대로 나는 나대로 사는 수밖에요. 그 남잔 길 잃은 짐승 같은 남자예요. 먹이를 보면 그저 주둥이부터 들이미는…… 오 선생님도 조심하세요. 오 선생님과 일을 함께할 거라 자랑하던데요. 참, 강연료는 통장으로 지금 입금 됐을 거예요. 파티 함께하시겠어요?"

"아뇨. 가 봐야 해요. 그럼 또……."

유미가 미림과 인사를 나누고 헤어져 화장실에 들렀다. 그때 화장실로 들어서는 안지혜와 만났다. 어쩌면 안지혜가 따라왔는지도 모르겠다.

"단미님을 정말 뵙고 싶었는데…… 그래서 오늘 이 파티도 신청한 거예요. 저 보고 놀라셨죠?"

"예…… 어떻게 이렇게 달라지셨는지……."

"설희 어머니 만나고 나서 여러 가지 생각이 들었어요. 그때부터 다이어트에 착수했고, 겨울방학을 이용해서 몇 군데 고쳤어요. 뷰티 스쿨 이런 데 등록해서 화장법과 패션도 순위 고사 공부하듯 했고요. 말 마세요. 돈과 노력이 엄청 들어갔어요."

"몰라보도록 보기 좋아요."

유미는 안지혜의 노력이 가상해서 일단 칭찬해 주었다.

"그동안 제가 왜 그렇게 살았나 모르겠어요. 예쁜 여자로 새로 태어나니 정말 귀족 특권층이 따로 없구나 싶어요."

안지혜가 유미에게 꾸벅 인사했다.

"그래도 아직 어색하고 자신 없는 부분이 많아요. 앞으로 많은 지도 편달 부탁해요."

"아유, 지도 편달은요! 좋은 분 만나서 멋지게 결혼하시길 바랍니다."

"참, 아까 제 옆의 남자분 어때요? 전문가인 단미님이 보시기에는……?"

"글쎄요. 안 선생님의 감정이나 의견이 중요하지 저는 제삼자인데다……."

"그 남자, 제 마음을 다 꿰고 있는 거 같아요. 그래서 처음부터 너무 편했어요. 제가 오버하는 건가요?"

유미는 난감했다.

"진지하게 만나 보세요. 결혼하게 되면 제게도 청첩장 보내시고요."

유미는 파티장을 나왔다. 여자의 외모는 남자의 재산과 같다. 타고난 부자도 있지만, 적재적소에 투자를 잘하면 재산 가치를 높일 수도 있다. 안지혜가 결혼을 위해 그렇게 혐오하던 다이어트와 성형수술에 투자해서 단기간에 외모를 바꾼 것이 놀라웠다.

가끔 유미도 결혼에 대해 상상을 해 보곤 한다. 가령 윤 이사와 결혼한다면? 그렇다면 나는 그의 무엇을 보고 결혼을 생각하는가? 사랑도 섹스도 아직은 미개척지인 황무지 같은 그 남자의 무엇이 좋아서? 황무지라도 땅의 평수가 넓으면 그게 어디냐. 그 땅에서 꼭 농사를 지어야 할 필요는 없지 않은가? 그렇다고 결혼이 무슨 땅장사는 아닐 텐데……. 그러나 유미는 고개를 흔들었다. 결론은, 언제나 "결혼은 미친 짓이다."였다.

집에 가서 좀 쉴까 하는데, 김 교수에게서 전화가 왔다.

"오늘 저녁 같이합시다. 약속했죠? 내가 부르면 언제든 달려오겠다고."

유미는 그 약속을 기억했다. 윤 이사를 급히 만나기 위해 둘러댔던 그 말을 김 교수는 쐐기처럼 못 박았다. 이건 명백한 유혹이다. 그러나 상대는 노교수. 신중하게 처신해야 한다. 실수하지 말아야 한다. 사실 그가 남자로 보이지는 않는다. 왠지 그를 보면 아버지처럼 응석을 부리고 싶어질 뿐.

"허허, 내가 어린애같이 억지를 부린다고 생각하면 거절해도 돼요. 혹 저녁에 일이 있을지도 모를 테니."

김 교수는 빠져나갈 구멍도 주는 노회한 사람이다.

"오늘은 몸이 좀 안 좋아서요."

전화를 끊고 나자 바로 또 전화가 걸려 왔다. 발신 제한 번호가 떴다. 외국에서 온 전화일까? 유미가 전화를 받자, 상대는 숨소리만 흘릴 뿐 아무런 말을 하지 않았다. 누구일까? 며칠 전에도 그런 전화가 왔다. 벌레가 머릿속을 조금씩 갉아먹듯 신경이 쓰였다.

집으로 들어서자 집 안의 공기가 좀 이상했다. 누군가 왔다 갔다는 느낌이 들었다. 공기 중에 묘하게 담배 냄새 같은 것이 스며 있는 것 같았다. 강도가 들었다기엔 너무도 고즈넉하고, 아무도 오지 않았다고 하기엔 무언가 흩어진 느낌…….

유미는 온 집 안의 불을 켰다. 그리고 현관문을 일부러 열어 놓고 집 안을 샅샅이 탐색해 나갔다. 유미가 장롱 속의 서랍을 열었다. 돈과 통장은 그대로 있었다. 그런데 유미의 비밀스러운 물건을 넣어 두는 상자의 모퉁이가 꼭 맞지 않은 상태로 닫혀 있었다. 떨리는 손으로 유미는 상자를 열어 점검해 보았다. 그런데…… 그 안에 들어 있어야 할 물건 중에 딱 한 가지가 보이지 않았다. 유미는 가슴이 쿵! 내려앉았다. 이건 무슨 의미인가? 사라진 그것은 그녀가 오래 보관해 두었던 비디오테이프였다.

누가 들어왔다 간 걸까? 아파트의 디지털 도어록 비밀번호를 알고 있는 사람은 몇 사람 되지 않는다. 자신과 황인규와 아파트 경비원, 그리고 그……. 그는 오지 않았을 것이다. 아마도 그는 영원히 오지 않을 것이다. 그렇다면……? 유미는 오랜만에 온몸에 전율이 이는 것을 느꼈다.

당장 현관 도어록의 비밀번호를 바꾸긴 했지만, 집 안에 있는 것이 갑자기 너무도 무서웠다. 홀로 밤을 보내야 하는 집이 갑자기 끔찍했다. 귀신과 한판 승부를 벌여야 하는 무당처럼 두려웠다. 어쨌든 누구를 불러 같이 집에 있든가, 집을 나가 누구와 밤을 보내고 싶었다. 인규에게 문자를 보냈지만, 그는 오늘 지방에 일이 있어서 올 수 없다고 했다. 박 PD와 박용준에게도 다 문자를 보냈지만 모두 어렵다는 답이 왔다. 외국에 있는 윤 이사는 고사하고, 하필 오늘이 토요일이니 누구든 시간을 빼는 게 쉽지 않을 것이다. 어쩔 수 없이 유미는 김 교수에게 전화를 걸었다.

"아까 약속 아직도 유효한가요?"

"그럼, 그럼요."

김 교수가 반가운 목소리로 말했다.

"아직 식사 안 했으면 와요. 내가 마침 닭볶음탕을 만들었는데 혼자 먹기 너무 아깝던 참이거든."

"집으로요……?"

"그래, 집으로……."

"오늘은 주말인 데다 사모님은……?"

"걱정 말고 와요. 오 선생 머리채 쥐어뜯길 일은 절대 없어요. 뭐 아버지 같다며……."

유미는 김 교수의 뒷말에 왈칵 눈물이 나오려 했다. 남자가 그리워서가 아니라 태생적 외로움이 더 깊게 느껴지는 순간이었기 때문이다.

"예, 갈게요."

그의 집은 북한산 밑에 있는 옛 주택가였다. 김 교수가 문을 열고 맞아 주었다. 크고 오래된 벽돌 양옥집. 주인의 손길이 가지 않은 황량한 정원이 쓸쓸해 보였다. 유미는 조심스레 집 안으로 들어섰다. 고급 오디오에서 흘러나오는 음악이 주방에서 흘러나오는 요리 냄새와 근사하게 실내에서 교합하고 있었다. 그리고 그의 전공인 여체 누드화들이 집 안 곳곳에 걸려 있었다. 생각보다 안온한 분위기였다.

김 교수가 식탁에 밥을 차리기 시작했다. 닭볶음탕은 한눈에도 먹음직스러워 보였다. 정갈하게 구워 낸 고등어도 김 교수의 솜씨인지 의심스러웠다. 생각보다 멋진 식탁이었다. 그가 와인을 한 병 땄다.

"주중엔 보통 사 먹는데 주말엔 내가 직접 요리를 해서 먹어요."

"사모님은요?"

김 교수의 얼굴빛이 어두워졌다.

"간 지 한 5년 됐을라나?"

"어머, 죄송해요. 그럼 이 집엔 혼자 사시는 거예요?"

"큰아들과 같이 살았는데 작년에 교환교수로 제 식구들 데리고 미국 대학에 간 통에 혼자 지내요. 둘째 며느리가 간혹 김치며 밑반찬을 챙기고, 일주일에 두 번 파출부가 오고…… 생활에 큰 불편은 없어요."

김 교수가 만들어 준 음식을 맛있게 먹고 있자니 이상하게도 그가 정말로 아버지처럼 느껴졌다.

"이상하게 집에 온 거 같은 느낌이에요. 편안한 게……."

유미는 좀 속도가 빠르다 싶을 정도로 와인을 마셨다. 그래서일까? 아까 자신의 집에서 일어난 일의 긴장감을 서서히 잊었다.

"그렇게 편하면 자주 놀러 와요."

"그냥 반말하세요. 아빠처럼요."

"그럼, 그럴까? 그런데 너무 술을 급하게 마신다."

"그래요? 좀 취하고 싶어서요. 교수님은 왜 안 마셔요?"

"천천히 마시지, 뭐. 그렇게 취하면 운전도 힘들 텐데, 자고 가."

"그래도 돼요? 사실 저 오늘 혼자 집에 들어가 자고 싶지 않아요. 혼자 있는 게 너무 무서웠거든요."

"그래? 그럼 오늘 밤 이 아빠가 재워 줄게."

"그런데 아빠가 더 무서워…… 큭!"

유미가 취했는지 킥킥, 웃었다.

"난 아들놈만 3형제라서 정말 딸을 하나 길러 보고 싶었지."

"전요, 아빠가 없어요. 아빠가 누군지 몰라요. 그런데 제가 아빠라 불러도 돼요?"

갑자기 유미는 아빠라고 불러 보고 싶었다.

"아빠. 아빠? 저 좀 취했나 봐요."

"오빠라 부르는 거보다는 못하지만. 요즘 젊은 여자들은 애인보고 모두 오빠, 오빠, 이렇게 부르더구먼. 한데 예전엔 젊은 여자들이 제 남편을 부를 때 아빠라고 부르기도 했지. 남들이 보면 죄 오빠랑 아빠랑 근친상간을 하는 거 같으니, 원. 오 선생이, 아니 이제부터 유미라고 불러도 되겠나? 암튼 유미가 아빠라 그러니까 내가 꼭 남편이 된 거 같은 기분인데, 허허."

"내겐 아빠라는 남자가 없어요. 내게는 그냥 수컷이 있을 뿐이에요. 그래서 어쩌면 세상 모든 남자가 아빠였으면 하고 기대고 싶은 속마음이 있는지도 몰라요."

유미의 혀가 서서히 꼬부라지기 시작했다. 와인 한 병을 거의 혼자 다 마셔 대더니 결국 고개를 끄덕이고 졸기 시작했다. 김 교수는 유미의 머리를 자신의 어깨에 기대게 해 주었다. 향수 냄새인지 샴푸 냄새인지 좋은 냄새가 코로 들어왔다.

"울 아빠가 날 지켜 주지 못해서 난 힘들게 살았어요. 이 세상에 아빠 없는 여자는 다 여자 예수야. 나 얼마나 힘들게 살았는지 몰라요."

김 교수는 유미의 머리카락을 쓰다듬어 주었다.

"난 그래도 살아야 했어요. 세상 모든 남자는 날 지켜 줄 아빠가 아니니까, 살아 내기 위해서 난 남자들을 홀로 정복해야 했어요. 그래서 세상에 우뚝! 서고 싶었어요. 그게 나의 아름다운 죄야. 아니

어쩌면 정당방위인지도 몰라요."

유미가 우뚝! 하고 말하자, 갑자기 김 교수도 오랜만에 우뚝 서고 싶다는 생각이 들었다. 아까 낮에 유미에게 전화할 때 가슴이 몹시 설레고 뛰었다. 참으로 오랜만에 느껴 보는 욕망이었다. 마누라 가고 난 지 5년째, 여자를 안아 본 지도 몇 년이 지났다. 그는 부엌으로 가서 싱크대 서랍에 준비해 둔 푸른 알약 하나를 꺼내 먹었다. 의사에게 처방 받은 알약의 약효를 처음으로 조심스레 기대했다. 아마 약효는 한 시간 정도면 나타날 것이다. 어쩌면 효과가 없을지도 모른다.

그러나 유미는 잠에 빠지기 시작했다. 그러면서도 무언가를 잠꼬대처럼 말했다.

"다 죽여 버릴 거야……."

유미는 왠지 오랜만에 늪 같은 취기로 빠지는 자신을 느꼈다. 얼마나 이렇게 자신의 모든 걸 놓고 취하고 싶었던가. 어느 때 취기는 남자를 유혹하는 데 좋은 무기가 되었다. 하지만 술도 마음껏 마시지 못하고 긴장하는 건 얼마나 슬픈 습관이었던가. 유미가 얼마나 주량이 센지, 술주정이 어떤지 알 수 없는 김 교수는 자신을 편히 여기고 취한 유미가 한편으로는 애틋하고 어여뻤다. "다 죽여 버릴 거야."를 연발하는 유미의 작은 입술을 바라보던 김 교수가 유미의 입술에 자신의 입술을 가만히 포갰다. 유미가 잠깐 눈을 떴다.

"방에 들어가 자야지."

유미가 게슴츠레한 눈으로 고개를 끄덕이며 김 교수를 따라 침실로 들어갔다. 침대에 누운 유미는 점점 잠에 빠져들었다. 김 교수는 유미의 옆에 누워 그녀의 얼굴을 손가락으로 만졌다. 보드랍고 따스했다. 그러나 욕망은 아직 강하게 느껴지지 않았다. 그는 유미의 손을 잡고 그녀의 옆에 누웠다. 잠에 빠진 유미는 동화 속에 나오는 잠자는 숲 속의 공주처럼 천진무구해 보였다. 잠자는 숲 속의 공주를 깨우는 것은 키스면 충분했다. 비록 그의 물건이 우뚝 선다 하더라도 잠든 그녀에게 그걸 억지로 넣는 것이야말로 '폭행 몬스터'의 짓이 아니고 무엇이란 말인가. 그는 딸아이에게 굿 나이트 키스를 하듯 다시 유미의 입술에 가볍게 키스했다. 잠자는 숲 속의 공주는 키스에도 깨어나지 않았다. 다만 그 어여쁜 입술에서 욕설이 튀어나왔다.

"개새끼들⋯⋯."

김 교수는 유미의 엉뚱한 욕설이 자못 흥미로웠지만, 어느새 그도 잠에 빠지기 시작했다. 얼마나 잤을까. 아래가 뻐근한 느낌에 눈을 뜨니 참으로 오랜만에 그의 물건이 홍두깨처럼 크고 단단해져 있었다. 아닌 밤중에 정말 홍두깨구나. 약효가 온 게 신기했다.

그는 떨리는 손으로 유미의 가슴을 어루만지기 시작했다. 그때 유미가 잠꼬대처럼 중얼거렸다.

"아빠⋯⋯."

그러자 김 교수는 가슴이 뜨끔했다. 딸자식 같은 여자를 계획적으로 유혹해서 섹스를 감행하는 것이 옳은 일인지 혼란스러웠다. 평생 지켜 온 나름대로의 도덕률을 깨는 순간, 그는 비아그라 먹은 걸 잠시 후회했다. 차라리 유미가 유혹을 해 온다면 못 이기는 척하고 넘어가 줄 텐데⋯⋯ 그러면 죄의식도 덜할 텐데⋯⋯.

그가 일어나 앉아 부풀어 오른 바지춤을 보고 어쩔 줄 몰라 하고 있는데, 유미가 깨서 일어났다. 유미와 잠깐 눈이 마주쳤다.

"어, 미안해…… 얘가 주책없이 말이야."

유미가 눈을 내리깔았다.

"많이 외로우셨나 봐요."

"그러게 말이야. 많이…… 외로웠지……."

"그렇다고 그렇게 그걸 잡고 너무 반성하진 마세요."

"그래도 딸자식 같고 그런데, 내가 너무 주책 맞은 거 같아서……."

김 교수가 머뭇거리며 말했다.

"그런데 솔직히 욕망은 있는 거잖아요?"

김 교수가 대답을 못 하고 머뭇거렸다. 잠시 가만히 있던 유미가 한숨을 쉬며 조용히 물었다.

"도와드려요……?"

유미는 욕망의 고통에 일그러진 나이 든 남자의 처연한 눈동자를 보았다.

"이리 와서 편하게 누우세요."

그는 유미가 시키는 대로 침대에 다시 누웠다.

"좀 전에 제 가슴을 만지는 손길을 느꼈어요. 제 가슴, 마음에 드세요?"

김 교수가 고개를 끄덕였다. 유미가 일어나 앉아 누워 있는 김 교수의 바지 벨트를 풀었다. 취해서 잠든 통에 두 사람은 옷을 다 입은 채였다. 김 교수는 긴 한숨을 쉬며 눈을 감아 버렸다. 속옷을 마저 벗기는 유미의 손길이 느껴졌다.

"눈을 좀 떠 보세요."

유미의 목소리가 들렸다. 유미는 입고 있던 스웨터를 벗었다. 검은색 브래지어에 싸인 흰 가슴의 탐스러운 구릉과 골이 한눈에 들어왔다. 김 교수는 흥분으로 피돌기가 더욱 생생하게 느껴졌다. 유미는 브래지어마저 벗었다. 그리고 자신의 두 손으로 몹시 소중한 과일을 진상한다는 듯 백도(白桃) 같은 젖가슴을 살짝 받쳐 들었다.

그 가슴을 보자 그의 물건이 혀를 빼물듯 길고 꼿꼿해졌다. 바지는 입은 채 상체만 알몸인 유미가 다가왔다.

"제게 손대시면 안 돼요. 그게 좋아요."

유미는 손으로 김 교수의 널름대는 '혀'를 자신의 먹음직스러운 백도 위에 올려놓았다. 그리고 손으로 그것을 쥐고 세심하게 가슴에 문지르기 시작했다. 폭신폭신하게 잘 익은 따스한 호빵 같은 가슴의 부드러움과 귀엽게 튀어나온 작은 산딸기 같은 유두의 단단함이 묘하게 어우러지는 섬세한 애무 속에 김 교수의 관능이 겨우내 얼었던 샘물이 봄을 맞아 녹는 것처럼 솟아나려 했다. 깊게 계곡진 두 언덕 사이에서 유미의 손안에 든 그것이 케이블카를 타듯 오르내렸다. 섬세한 유미의 손이 능숙하게 케이블카를 운전했다.

김 교수는 마치 눈앞에 아득히 솟구치는 기암절벽과 하늘이 빙그르르 도는 듯한 환영을 느꼈다. 그리고 어느 순간, 화산이 폭발하는 강렬한 느낌을 받았다. 제어할 수 없는 폭발과 함께 뜨거운 마그마가 분출됐다. 흰 대리석 구릉 사이의 계곡에 질펀하게 퍼질러 놓은 마그마를 유미가 두 손으로 문질렀다.

김 교수의 흡족한 얼굴을 보며 유미가 물었다.

"나쁘지 않았죠?"

"아아, 대단해! 여자 가슴에 이렇게 한 건 처음이야."

그게, 뭐라던가? 스페인식 용두질이라든가? 이렇게 남자를 사정하게 하는 용어가 있는데…… 용어가 무슨 소용이야? 논문을 쓸 것도 아니고…….

유미는 김 교수가 아버지처럼 느껴지는 데다, 그와 아무런 마음의 준비 없이 섹스를 하고 싶지 않았다. 물론 그와 섹스를 하는 것이 비즈니스에 도움이 될지도 모르지만, 어디까지나 섹스 모르고 오용 말고 섹스 좋다고 남용 말자는 게 유미의 섹스 철학 아니던가. 게다가 김 교수의 의중을 파악한 유미는 그의 죄의식을 희석시키면서도 욕망 해소에 도움을 주고 싶었다. 그 마음이 전해진 걸까?

"고마워. 정말 고마워……."

김 교수가 진심으로 고마워했다. 사실 그도 욕망에 눈이 어두워 약을 먹긴 했지만, 평소 안 하던 짓을 하려니 시쳇말로 '쪽팔렸다.' 유미와 그러기로 미리 합의된 관계도 아니어서 더더욱 자신이 저지를 실수가 마음에 걸렸던 참이다. 그런데 이 사려 깊은 젊은 여자가 이 정도 선에서 그의 모든 마음의 짐을 날려 주었다. 게다가 예상외로 어떤 섹스보다도 색다른 흥분을 안겨 주었다. 그게 멋진 그녀의 가슴과 손길 때문인지 약효 때문인지 아직도 그는 잘 모르겠다는 표정이었다.

"아빠와는 하면 안 되니까……."

유미가 살짝 웃으며 욕실로 들어갔다. 다시 옷을 입고 나온 유미가 다가와 그의 이마에 키스했다. 김 교수는 유미를 가슴에 안았다. 참으로 오랜만에 느끼는 따스함이었다.

"앞으론 내가 유미를 지켜 줄게. 무슨 일이 있어도."

"정말?"

"그럼 정말!"

"저를 딸처럼 생각해 주시는 거죠?"

"그래. 딸은 딸이지만 의붓딸처럼……."

"아이, 뭐야…… 참!"

유미는 실소를 터트렸다. 마음 한구석에서 어두운 기억의 편린이 잠깐 반짝했다. 서서히 동이 터 오는지 어슴푸레한 침실에서 김 교수는 자신이 살아온 생애와 섹스보다 대화가 절실히 필요한, 홀로 늙어 가는 노년의 고독함에 대해 이야기를 했다. 처음으로 속내를 이야기하고픈 유일한 여자가 유미라는 고백과 함께.

김 교수의 제안을 받아들여 유미는 교수 공채에 서류를 냈다. 그리고 윤조미술관 재개관 프로젝트 준비를 위한 인사위원회의 결정에 따라 첫 출근을 하게 되었다. 물론 유미의 처지와 상황을 고려해서 일단 주 3일만 근무하기로 했다. 곧 새 학기가 다가올 테고, 그게 아니라도 유미는 재충전과 휴식이 일 자체로 연결되는 사람이다. 쉬는 날엔 특강과 라디오 방송 원고 집필, 블로그 관리, 남자 관리…… 등등 할 일이 많다. 아무리 멀티태스킹에 유능하다고 하더라도 노상 부팅이 돼 있을 수는 없다.

하지만 기획과 실무의 실질적 책임자는 유미였으므로 유미는 윤조미술관의 브레인으로 잠시도 긴장을 늦출 수 없었다. 인공호흡기를 다는 한이 있더라도 브레인이 멈추는 뇌사는 막아야 할 처지다. 대신에 용준이 주말을 뺀 주 5일을 미술관에 상근하며, 유미에게 보고하고 지시대로 일을 처리하는 시스템으로 가기로 했다. 유미는 수석 큐레이터고, 유미의 상관은 본사의 최 부장이란 사람이지만 형식적인 결재 상사일 뿐이었다. 우선 미술대학원 예술경영학과를 갓 졸업한 여자 큐레이터 한 명과 그 밑에 아르바이트생 하나를 두었다.

출장에서 돌아온 윤 이사가 시무식 삼아 직원들에게 저녁을 샀다. 그가 얼마나 윤조미술관에 애정을 갖고 있는지 아는 사람은 다 안다. 식사 자리에서 용준은 윤 이사를 어디서 많이 보았다는 생각이 들었다. 단정한 얼굴과 잘 빠진 몸매, 고급 슈트 모델처럼 기품 있는 남자. 게다가 돈까지 있는 재벌 2세. 세상은 참 불공평하다는 생각이 들었다. 모범 사원처럼 새 양복을 입은 용준이 자기소개를 하자 윤 이사가 묘한 미소를 지었다.

그런데 식사가 끝나고 모두 헤어질 때, 용준은 윤 이사가 유미에게 살짝 소곤거리는 소리를 들었다.

"기사를 보냈는데 우리 집까지 태워 주면 안 돼요?"

내심 유미와 미술관 문제에 대한 의논을 핑계 삼아 차라도 한잔 마시려던 용준은 적이 실망했다. 유미가 대답 없이 생글거렸다. 아니나 다를까?

"용준 씨는 그럼 내일 미술관에서 보는 걸로 하죠. 다들 조심해서 귀가하세요."

용준은 쩝, 입맛을 다시며 그 자리를 물러났다. 잠시 후 두 사람이 유미의 차로 걸어가는 것이 보였다. 가로등 불빛에 비친 두 사람의 얼굴이 흐릿했지만 묘하게 설레는 시선을 주고받는 것이 용준의 동물적인 감각에 포착되었다. 아! 그리고 보니 그 남자는 새해에 유미와 잤던 호텔에서 보았던 남자다. 그때도 '빠다' 냄새를 질질 풍기더니…… 용준은 윤 이사를 태운 유미의 차가 떠나는 걸 물끄러미 바라보았다.

윤 이사를 태운 유미는 차를 출발시키며 물었다.

"집이 어딘데요?"

"성북동입니다."

"혹시 집에 가면 기사에게 커피라도 한잔 주나요? 차비는 안 받을게요."

"엄한 아버지와 함께 삽니다. 결혼을 해야 분가를 시켜 주겠다고 하십니다. 귀가 시간까지도 체크하시는 통에……."

"유행어 바꿔야겠네요. 엄한 아버지의 아들이라…… 그게 바로 엄친아네요. 회장님께 저도 같이 가서 인사드릴까요?"

"관둬요. 아버지랑 라이벌 될 일 있어요? 안 그래도 요즘 히스테리가 만만치 않은데……."

"외로운 부자(父子)를 다 즐겁게 해 드릴 수도 있는데…… 앗, 죄송!"

유미가 윤 이사의 눈치를 살피더니 입을 다물었다.

"대신 유미 씨의 집에 가서 차 한잔하는 건 괜찮을 거 같긴 한데……."

"괜찮으면 괜찮은 거지, 같긴 한데? 시간은요?"

"30분 정도?"

"참! 무슨 농구 경기도 아니고…… 야구를 하세요, 야구를!"

정말 이 남자 짜증 제대로 난다. 하지만 이렇게 바쁜 척하는 남자를 물고 늘어지는 것도 유미의 사전에는 없다.

"그냥 고이 댁으로 모셔다 드리겠어요."

"화났어요?"

"아뇨."

"화내니까 무서워요. 냥이 같아요. 그것도 와일드 캣."

그가 이럴 땐 겁 많은 소년 같다.

"성질 같아선 그냥 콱! 물어 버리고 싶어요."

윤 이사가 쿡쿡 웃었다.

"그런 말 하니까 더 섹시하네요. 잠깐 들를 테니 차 한잔 주세요."

유미는 윤 이사를 집으로 데려왔다. 전혀 생각하지 못했던 그의 방문이었다. 집도 정리가 안 되어 엉망이지만, 요즘 들어 집에 혼자 들어가는 게 싫어서 아침에 나올 땐 불을 켜 놓고 나오는 유미다.

"집이 누추하고 엉망이에요."

아닌 게 아니라 거실 소파에는 급히 갈아입은 속옷이 나뒹굴고 있었다. 샤워를 하고 닦은 수건들이 욕실 앞에 널브러져 있었다. 공연히 화가 났다. 난 왜 이 남자의 청을 거절하지 못하는가. 강요하는 것도 아닌, 은근하며 무심한 이 남자의 화법에 왜 늘 말려 들어가느냔 말이다.

"인간적인 유미 씨의 모습이 보기 좋아요."

윤 이사가 소파에 늘어져 있는 유미의 브래지어를 치우며 앉았다.

"차는 뭐로 하실 거예요? 빨리 주문하세요. 벌써 5분 지났어요."

"왜 그렇게 서둘러요?"

"좋은 보이차가 있지만 시간이 너무 걸릴 거 같고, 전 원래 커피도 콩을 갈아 내려 먹는데……."

"우유 있죠? 그냥 흰 우유, 그거 주세요."

"우유를요?"

"엄마 젖을 못 먹고 자라서 우유면 돼요. 신경 쓰지 말고 이리 앉아요."

유미는 냉장고에서 우유를 꺼내 두 잔 따라서 윤 이사의 옆에 앉았다. 윤 이사가 장난스럽게 유미의 우유 컵과 부딪쳐 건배를 했다. 유미는 우유를 별로 좋아하지 않는다. 윤 이사는 아이처럼 우유를 쭉 들이켰다. 참, 어울리지 않는 식성이다.

"어릴 때부터 엄마 젖이 부족했던 데다 엄마의 젖가슴에 대한 미련이 많았다네요. 학교 들어가기 전까지 엄마 찌찌를 만지다 혼난 적이 많아요."

그가 수줍게 웃었다. 모성애를 건드리는 멘트와 미소를 보여 주던 그가 갑자기 유미에게 키스했다. 그가 금방 마신 달큼한 우유 냄새가 났다. 유미는 순간적으로 그를 껴안았다. 예전에 젖이 돌거나 젖 냄새만 나도 어린 설희를 껴안고 젖을 물리던 어미의 본능일까? 관능일까? 그가 유미의 가슴에 얼굴을 묻었다. 곧 유미의 가슴으로 그의 손이 들어왔다. 유미가 가는 신음을 흘리자 그가 유미의 셔츠 단추를 끄르기 시작했다. 유미는 저항하지 않았다. 그래, 나

는 '간다'다. 그가 간다고 할까 봐 두려운, 무저항주의자다. 윤 이사
가 덮치는 바람에 유미는 소파로 온몸이 넘어갔다.

유미는 그의 손이 브래지어를 풀기 쉽도록 살짝 등을 들어 주기
까지 했다. 풀어진 브래지어 속에서 고봉밥 같은 두 개의 흰 젖가슴
이 나왔다. 윤 이사는 환희에 젖은 눈빛으로 굶주린 사람이 흰 쌀
밥을 탐하듯 입을 벌리고 달려들었다.

아이가 엄마의 젖을 빨듯 그는 마음껏 탐닉하며 행복해했다. 유
미 또한 짜르르한 쾌감에 도취되어 몸을 뒤틀었다. 그가 어서 다음
단계로 넘어가 주길 바랐다. 그는 이제 유미의 젖가슴이 흰 야구공
이라도 되는 듯이 손으로 갖고 놀았다.

"기분이 너무 좋아."

젖을 실컷 먹고 난 어린애처럼 그는 황홀감에 젖어 유미의 가슴
에 고개를 묻고 나른한 숨을 쉬고 있었다. 유미는 시계를 보았다.
벌써 20분이 흘렀다. 농구 경기가 끝날 시간이었다. 그러나 흰 야구
공 같은 유미의 젖가슴을 갖고 놀기 시작했으니 그는 이제부터 야
구 경기를 할지 모른다. 어쩌면 연장전까지 할지 모른다.

고개를 든 그가 잠시 유미의 입술을 찾아 부드러운 키스를 했다.
아까부터 서서히 흥분한 유미는 그의 키스를 받으며 몸을 더욱 그
에게 밀착시켜 나갔다. 유미가 더 이상 참지 못하고 그의 성기를 만
졌다. 그는 아직 준비가 덜 되었나 보다. 갑자기 그가 몸을 떼며 일
어났다.

"미안해요. 차만 마시고 간다는 게 그만…… 오늘은 시간도 그
렇고 가 봐야겠어요."

"이렇게 예열만 하고 가면 어떡해요?"

유미가 토라진 척 말했다. 시간은 정확하게 30분이 되었다.

"이사님, 혹시 프로그래밍 된 로봇 아니에요?"

"아니에요."

"그럼 남자 맞아요?"

"맞아요."

그가 따지는 유미를 보며 웃었다.

"그럼 날 갖고 노는 거예요? 내가 인형이에요? 장난감이에요?"

윤 이사의 얼굴이 순간 굳어졌다.

"그럼 도대체 뭐예요? 내게 왜 이러는 건데요? 돈 있는 상전의 희롱 같은 거예요?"

"그런데 왜 그렇게 화를 내요? 그런 거 아닙니다."

"그럼 왜 이렇게 약을 올리는데요? 비겁해요."

"나, 유미 씨를 좋아해요."

그가 재빨리 말했다.

"못 믿겠어요. 날 그렇게 쉽게 생각했다면 크게 오해하신 거예요. 앞으로는 감정을 명확하게 표현하지 않으면 마음과 몸을 다 닫아걸겠어요. 난 뭐든 명확하고 솔직한 게 좋아요. 시간 됐네요. 가 보세요. 이 기분으로는 안전 운전 책임 못 지겠어요. 택시비 드릴 테니까 모범택시 타고 가세요."

유미가 핸드백에서 돈을 꺼내려 하자 그가 유미의 손을 잡아챘다.

"이 손 놓으세요."

유미가 손을 피하려다 핸드백으로 윤 이사의 얼굴을 쳤다.

"어머, 미안해요. 이럴 생각은 없었는데…… 안 다쳤어요?"

윤 이사가 묘한 웃음을 흘렸다.

"참 다혈질이네요. 그게 당신의 묘한 매력이긴 하지만. 화났다면 미안해요."

그가 사과했다. 그리고 진지한 얼굴로 물었다.

"그럼 이번에는 내가 물어보죠. 유미 씨는 내게 어떤 감정을 갖고 있죠?"

유미는 뭐라 대답할지 몰라 망설였다. 그가 다시 물었다.

"날 사랑하나요?"

"아직 그건 잘 모르겠고, 아주 많이 끌리고 있어요. 그건 확실해요."

"나의 조건에 끌리는 거겠죠?"

유미가 그 말에 다시 핸드백을 집어 들고 후려치려 했다.

"잘난 척하지 마요! 정말 왕재수야! 왕짱나!"

윤 이사가 그런 유미를 꼭 안고 말했다.

"사랑해요."

"앵무새처럼 말하지 마요. 눈멀고 귀먹고 벙어리라도 온몸으로 말할 수 있는 게 사랑이에요. 겁쟁이."

"유미 씨야말로 사랑을 안 믿는 거 아니고요?"

"글쎄요. 하는 거 봐서……."

유미가 농담처럼 가볍게 말하며 윤 이사에게서 떨어져 나왔다. 그리고 현관문을 열어 주었다.

"날 좀 기다려 줘요. 난 좀 까다로운 남자예요. 알았죠? 잘 자요."

그래, 괄약근처럼 쫀쫀한 성질이라 이거지.

"하지만 저는 성질이 급해서…… 암튼 잘 가세요."

유미는 현관문을 닫고 소파에 털썩 누웠다. 입술과 가슴에 윤 이사의 입술 감촉이 아직 남아 있다. 오랜만에 선물 받은 고기를 부위별로 하나씩 하나씩 아껴 먹는 가난한 소년 같은 남자. 아니면 처음부터 진도에 맞춰 차근차근 공부하는 모범생. 그는 유미의 몸을, 감정을 그렇게 조금씩 탐색해 나간다.

유미도 그렇지만, 유미를 만난 모든 남자는 벼락치기의 달인들이었다. 만나서 벼락처럼 섹스부터 하고 싶어 했다. 윤 이사처럼 예습과 복습, 정리까지 하는 지진아는 거의 없었다. 어찌됐든 벼락치기의 달인이든 지진아든 그들 모두는 결국 정답을 말한다. 사랑한다……. 아니, 그 말이 정답이라고 생각한다. 여자의 몸을 여는, 관계를 여는 패스워드가 그것이라 생각한다. '열려라, 참깨!'나 '열려라, 호박씨!'도 아닌 '사랑한다.'라고…….

윤 이사 역시 그렇게 말했고, 유미 또한 그 말에 내내 가슴이 흔들리는 건 사실이다. 그는 유미에게 사랑을 믿지 않느냐고 물었다. 유미는 생각한다. 나는…… 사랑을 믿는다. 아니, 어쩌면 믿지 않는다. 그러나 믿고 싶다. 간절하게……. 「사랑밖엔 난 몰라」라는 주제가를 부르며, 배 째라고 누워 있는 '청승 가련형' 여자라면 얼마나 좋을까. 그러나 유미의 인생이야말로 역사소설, 즉 소재는 몸이고 주제는 사랑의 투쟁사 아니었던가. 지나간 역사는 나름대로 교훈을 주며 미래의 비전을 제시한다.

그때 집 전화가 울렸다. 이 시간에 누가……? 유미는 언제부터 쓸데없는 광고성 전화나 걸려 오는 집 전화를 없애야지 했다가도 잊어버리고 지나갔다. 그래도 혹시 이 전화번호를 오랫동안 알고 있는 이모나 외가의 친척들이 한 걸지도 모른다는 생각이 들어 수화기를 들었다.

"여보세요……."

그러나 상대는 묵묵부답이다.

"여보세요? 말씀하세요."

골동품으로 수집한 오래된 서양식 전화기는 누가 전화를 걸었는지 발신자의 어떤 정보도 알 수 없다. 다만 남자의 숨소리가 잠깐 들리더니 갑자기 터져 나온 기침에 그가 먼저 전화를 끊어 버렸다. 기침 소리로는 그가 남자라는 것만 알 수 있을 뿐, 젊은지 늙은지조차 알 수 없었다.

언제부턴가 걸려 오는 괴전화, YB그룹에 보낸 익명의 제보, 없어진 비디오테이프……. 유미를 조금씩 조여 오는 어두운 그림자는 무엇인가. 그럴수록 유미는 겁먹지 말자고 다짐한다. 하지만 도둑이 제 발 저린 법이니 마음이 편할 수만은 없었다. 아무리 군사가 많고 지략이 뛰어나다 해도 적이 누군지를 알아야 대처하는 법.

유미는 혹시 그가 전화했을까, 궁금해졌다. 휴대폰을 열어 그에게 전화를 하려다가, 멈칫, 멈춘다. 이 시간에 그는 자고 있을 것이다. 어쩌면 이생에서의 구원을 얻기 위해 구도자의 간절한 기도를 올리고 있으려나. 그를 생각하면 가슴이 칼로 벤 듯 서늘하고 아프다.

그에게 지나는 길에라도 언제든지 들르라며 유미가 휴대폰 전화와 현관의 비밀번호를 알려 준 게 벌써 3년이 지났다. 혹시 그가……? 바람 같은 그가 전화를 하고 집에 들렀던 건 아닐까? 아닐 것이다. 그는 분명 유미에게서 상처받은 남자임이 분명하지만……. 유미는 늘 그가 자신만의 방식으로 행복하길 바랄 뿐이다.

유미는 잠이 오지 않았다. 이럴 때 떠오르는 사람이야 많지만, 편히 하소연하고 전화할 사람은 아무도 없다. 그거야말로 정말 외로운 일이다. 김 교수의 말대로 섹스를 나눌 사람보다 대화를 나눌 사람이 절실하게 그리운 밤이다. 아, 내가 이제 나이가 들었나? 그저 곁에 누군가가 있으면 덜 외로울 거 같았다.

유미는 망설이다 설희에게 문자를 보냈다.

—자니? 어디?

딸아이보고 함께 살자 그럴까? 갑자기 그런 생각이 들었다. 좀 있으니 문자가 들어왔다.

—아니. 친구네 집.

—별일 없이 잘 지내지?

—걍…….

—방학인데 엄마 집에도 좀 놀러 오지.

—잼업쓰. ㅠ.ㅠ

—용돈 줄게.

—나중에 전화할게.

유미는 휴대폰을 닫아 버렸다. 언젠가 시간이 나면 그에게 한번 들러야겠다. 그런 생각을 하니 그가 있는 곳의 바다가 아련히 보이는 것도 같았다.

그러나 그런 생각도 그날 밤뿐, 다음 날부터 유미는 윤조미술관

234

에 출근하면서 정신없이 바빴다. 윤조미술관의 재개관을 기념하기 위해 대대적인 국제 전시가 계획되어 있기 때문이다. 두 달의 준비 기간은 그리 길지 않은 시간이다. 게다가 윤조미술관은 내용상 여러모로 리모델링을 필요로 하고 있었다. 차라리 새로 짓는 게 낫지 원래 리모델링이라는 게 더 복잡하고 어려운 법이다. 내실 있는 미술관을 만들어 달라고 YB 회장으로부터도 지시가 있었다.

새 학기가 다가왔는데 김 교수로부터는 연락이 없었다. 대학에 서류를 낸 게 현실성이 없는 일인지, 그의 역량이 별로인지 대학으로부터 면접을 보러 오라는 연락조차 없었다. 그러던 어느 날, 그로부터 전화가 걸려 왔다.

"오 선생, 오늘 한번 볼까?"

"오늘 갑자기요? 오늘 좀 일이 많은데…… 무슨 일이죠?"

"으음, 이번 학기에는 이사장님이 공채를 보류하셨어요. 아마 다음 학기에는 확실할 텐데…… 대학의 인사라는 게 늘 뚜껑을 열어 봐야 아는 거라서…… 사실 난 오 선생을 강력하게 밀었는데, 오 선생 과의 학과장이 미는 양반이 따로 있었거든. 그나저나 아예 안 뽑은 게 나아요. 다음번을 기약할 수 있잖아. 다음엔 내가 무슨 수를 쓰더라도 오 선생을 밀어 넣을 거야. 내 맘 알지? 참, 전에도 얘기했지만, 이번 설은 놓쳤으니 꽃 피는 봄에 말이야. 우리 이사장님하고 한번 꽃놀이라도 가자고……."

"네."

유미는 대답만은 선선히 했다.

"그래서 이번 학기는 전 학기처럼 그냥 강의하면 돼. 알았지?"

차라리 잘됐다. 윤조미술관 재개관으로 봄까지는 무척 바쁠 것이다. 교수가 되는 일은 좀 더 뒤라도 괜찮다. 그 안에 윤 이사와 어떤 진척이 있다면 좋을 텐데…….

그날 저녁 퇴근할 무렵, 윤 이사로부터 뜻밖의 전화를 받았다.

"내일 저녁에 유미 씨 집에 가고 싶어요."

"우유 먹으려요?"

"음, 우유도 먹고…… 술도 주세요."

"시간은? 농구 전반전?"

"하하…… 야구 할게요. 아님 철야 경기를 할 수도 있어요."

"정말요? 긴장되는데요. 무슨 일 있어요?"

"으음…… 부담 느낄까 봐 말하기 싫은데."

"저 뻔뻔해요."

"그런 줄은 알지만. 내일이 내 생일이거든요. 내일 근사한 데서 밥 먹고 유미 씨 집에서 술 한잔하며 조촐하게 보내고 싶어요."

"어머, 정말 부담된다. 뭐 생일 선물로 갖고 싶은 거라도……?"

"있죠."

"뭐죠? 준비해야겠네."

"늘 스탠바이 되어 있는 거라 신경 안 써도 돼요."

이것 봐라? 드디어 올 게 오나 보다. 윤 이사가 말했다.

"다른 건 내가 다 준비해 갈게요. 술도……."

"알겠어요."

윤 이사가 일러 주는 호텔의 프렌치 레스토랑에 다음 날 저녁 6시로 예약하고 나니 내일이 은근히 기다려졌다. 마침 내일은 토요일.

공식적으로는 아무 일도 없다. 그러나 그와의 사이에 운명의 날이 될 것임이 분명했다. 내일 그를 어떻게 맞을 것인가. 모든 남녀에게는 첫 번째 만남, 첫 번째 섹스의 느낌이 관계의 지속성을 결정짓는다. 그는 지진아 타입이니 섹스에 있어서도 신중하고 부드러운 타입? 유미는 이리저리 머리를 굴려 본다.

그러나저러나 내일은 나 자신을 생일 선물로 그에게 바치는 날이다. 하긴 이만한 선물이 어디 또 있을까. 그걸 알기 때문에 그도 다른 건 다 준비하지 말라고 한 거다. 그에게 평생 잊지 못할 생일 선물이 되어야 할 텐데…….

집으로 돌아와 유미는 집안 청소를 말끔하게 했다. 지난번 박 PD가 왔을 때 썼던 흰색 침대 시트와 이불, 베갯잇과 식탁보를 세탁소에 맡겨 내일까지 세탁과 다림질을 해 달라고 부탁했다. 어쩌면 일반적인 박 PD의 스타일과 비슷할 거 같다는 게 유미의 직감이다.

다음 날은 마침 아무 일이 없는 토요일이라 유미는 오랜만에 사우나를 하고 피부 관리실과 미장원에 다녀왔다. 오는 길에 세탁물을 찾고 꽃집에 들러 그의 나이만큼 붉은 장미꽃 한 다발을 샀다. 침대와 식탁은 잘 다린 깨끗한 흰 린넨 커버로 덮고, 언젠가 백화점에서 사 놓았던 청순해 보이는 소녀 취향의 흰색 레이스 슈미즈를 꺼내 입을 생각이었다. 섬세하고 여성스러운 콘셉트다. 그러고 보니 집이 마치 백설공주의 궁전 같다. 흰 우유를 좋아하는, 소년 같은 그의 취향에 맞을 것이다.

곱게 화장을 하고 집을 나선 유미는 택시를 불러 호텔로 갔다.

그가 주말이면 자기 차를 이용한다고 했기 때문이다. 호텔 레스토랑에 가니 그가 먼저 와서 기다리고 있었다. 오늘 생일이라 그런가. 이 남자, 반짝반짝 광이 나는 것 같다. 검은색 슈트에 검은색 와이셔츠에 은색 넥타이를 맸다. 짧은 머리가 잘생긴 두상에 이만큼 잘 어울리는 남자가 또 있을까. 유미는 뿌듯한 기분이 들었다. 유미가 코트를 벗자 그가 찬찬히 유미를 보았다. 유미는 코트 안에 온몸의 라인이 피트하게 흘러내리는 크림색 실크 원피스를 입었다. 그리고 파인 가슴에 그가 선물한 붉은 가넷 목걸이를 걸쳤다.

"오늘 멋져요."

"이사님도 멋져요."

곧 주문한 요리가 나오고 화이트 와인으로 건배했다.

"생일 축하해요."

"고마워요."

"선물은…… 이따 집에서 풀어 보세요."

유미가 살짝 눈웃음을 지었다.

식사를 하고 윤 이사의 차를 타고 집으로 이동했다. 잘빠진 청회색 재규어는 쾌적했다. 스라소니라더니 역시 그는 차종도 이미지에 맞게 재규어를 탄다. 스라소니나 재규어나 모두 고양잇과다. 그가 청회색 재규어라면 나는 청회색 러시안블루 고양이쯤 된다고 해야 할까…….

집에 들어서자 그가 들고 온 술을 건넸다. 샴페인이었다. 돔페리뇽 빈티지 1996. 소믈리에 인규에게 들은 적 있다.

"우리의 첫 밤을 축하하기 위해서는 와인보다는 샴페인이죠. 좋은 샴페인이에요. 아이스 버킷에 칠링하면 좋은데……."

다행히 소믈리에 인규 덕에 샴페인 잔은 물론 아이스 버킷 같은 물품도 다 구비되어 있다. 유미는 얼음 반, 물 반의 아이스 버킷에 샴페인을 넣었다. 마시기 좋게 시원해지려면 30분은 더 기다려야 한다.

"우유 마실래요?"

"내가 뭐 아기예요?"

윤 이사가 쿡, 웃었다. 그가 집 안을 둘러보더니 물었다.

"원래 유미 씨 취향이 이래요?"

"왜요?"

"공주 같아서……."

"공주 싫어요? 백설공주나 뭐 그런 거……."

"오로라 공주라면 몰라도."

그가 어깨를 으쓱, 했다. 유미는 그때 생각났다는 듯 아까 사 두 었던 장미꽃 다발을 그에게 주었다.

"생일, 축하해요. 저보다 한 살 더 많은 거 맞죠? 장미꽃 숫자가 맞나 모르겠네."

"그래요. 내가 유미 씨보다 한 살 위 오빠죠."

유미가 그에게 다가가 입술에 키스했다. 오늘은 그의 생일이니 유미가 성의껏 '립 서비스'를 해야겠다고 생각했다. 입술을 아이스 크림 빨듯 빨다가 유미가 자신의 혀를 그의 입에 집어넣었다. 그와 유미의 가슴 사이에 끼어 있는 장미 꽃다발이 짓이겨지는지 장미 향이 퍼졌다. 그럴수록 유미의 혀는 집요하게 그의 입안을 헤집었다. 윤 이사가 흥분하기 시작했다. 매끈한 제2의 피부 같은 착 달라붙은 유미의 실크 드레스를 안타깝게 쓰다듬었다. 그의 손이 가슴으로 들어왔다. 브래지어에서 풀려난 맨 젖가슴의 되바라진 유두가 실크 드레스 위로 도드라졌다. 그가 옷감 위의 볼록한 유두를 맹렬하게 빨았다. 유미는 흥분되면서도 비싼 실크 원피스가 그의 침으로 더럽혀지는 게 신경이 쓰였다.

"벗지 마요. 이게 더 도발적이에요. 실크 천 아래서 꼿꼿하게 발기한……."

그가 실크 위의 톡 불거진 유두를 손으로 쓸다가 그것을 꼬집었다. 유미가 아얏, 하며 눈을 흘기고 일어섰다. 그는 거치적거리는 양복 상의와 셔츠를 벗어 던졌다. 그의 벗은 상체의 초콜릿 복근은 정말 근사했다. 침이 꼴깍 넘어가고 손이 저절로 뻗칠 지경이었다. 유미는 못 본 척, 차가워진 샴페인과 잔을 들고 왔다.

그가 샴페인을 땄다. 샴페인은 적당히 펑, 터져 주었다. 근사한 향취가 풍겨 나오는 그것을 잔에 따르고 건배를 했다. 톡 쏘며 온몸의 세포를 모두 깨우는 향기롭고 아름다우며 관능적인 술. 유미는 눈을 감고 온몸의 피돌기와 함께 일어나는 욕망의 아우성을 들었다.

윤 이사의 눈빛도 촉촉이 젖어 있었다. 아니, 우수에 젖었다는 표현이 맞을까. 술이 들어갈수록 그는 말이 없어졌다. 대신 무슨 생각엔가 잠겨 있는 듯했다.

"선물 까 보고 싶지 않으세요?"

침묵을 뚫고 유미가 촉촉한 목소리로 물었다.

그가 간절한 눈빛으로 유미를 보았다. 그리고 유미에게 다가가 그녀의 옷을 벗기기 시작했다. 실크 원피스는 스르르, 미끄러지듯 유미의 몸에서 떨어져 나갔다. 그가 넋이 나간 듯 유미의 몸을 바라보았다.

"씻고 올게요."

유미가 얼른 욕실로 가서 샤워를 했다. 그리고 준비해 두었던 흰색 레이스 슈미즈를 입고 나왔다. 윤 이사는 약간 아쉽다는 표정이었다.

"씻으세요."

"나중에……."

그 말을 하고 나서 그도 옷을 마저 벗었다. 뉴욕 출장 때 웹 캠으로 보았던 그의 전라의 몸이 눈앞에 생생하게 나타났다. 오오, 피렌체의 다비드여……. 유미가 저도 모르게 그에게 다가가 그의 탄탄한 아랫배를 만져 보았다. 그림의 떡이 아니다. 이건 바로 먹을 수 있는 초콜릿이다.

"유미 씨, 한 가지 부탁이 있어요. 오늘은 내 생일이니까……."

윤 이사가 뜸을 들였다.

"그러니까, 내가 원하는 대로 해 줘요."

"아니, 부탁할 거 없이 오늘은 이사님이 원하는 대로, 맘대로 다 하세요. 전 오늘 밤은 완전 무저항주의자니까요."

"그건…… 제가 하고 싶은 말입니다."

"……?"

"날 사랑할 준비가 되었죠?"

"네."

"그럼 저도 준비가 되었어요."

뭐야? 영화 찍듯이 '레디(Ready)'를 외쳐야 하는 거야? 그의 입에서 '레디 고!'를 들어야 시작할 수 있는 건가?

"침실로 먼저 들어가 있어요. 금방 갈게요."

유미는 침실로 들어가 주름 하나, 티끌 한 점 없는 침대 시트를 흡족하게 바라보았다. 아마도 그가 씻고 오는 모양이다.

방문을 열고 그가 들어왔다. 그런데 알몸인 그가 서류 가방을 들고 있다. 아까 집에 들어올 때 가방도 들고 오기에 잠깐 의아하긴 했다. 아마도 돈이나 중요한 문서가 들어 있어서 그런가 싶었다.

"얘기한 적 있죠? 내가 좀 까다롭다고요."

"그러게요. 섹스하면서 서류 가방 들고 오는 남자 처음 봐요."

"유미 씬 저를 어떻게 생각하고 있어요?"

"그야 멋진 남자라고 생각하죠."

윤 이사가 유미의 흰 슈미즈를 벗겨 냈다.

"유미 씬 흰색 속옷이 안 어울려요."

"그럼 어떤 게 어울려요?"

"검은색이 더 어울려요."

"검은색은 창녀의 색이라고 하잖아요."

"창녀는 섹시하죠. 유미 씨도 섹시하고요."

듣기에 따라서 약간 기분이 상하는 말이다.

"오늘은 저를 좀 즐겁게 해 줘요."

그 말을 듣고 유미가 윤 이사의 몸을 애무하기 시작했다. 서서히 흥분되기 시작한 그가 갑자기 일어났다. 그리고 검은색 가방을 침대로 가져왔다. 그런데 가방을 열자 거기서 나온 것들은……! 처음엔 체인이 나왔다. 그다음엔 가죽 채찍이 나왔다. 밧줄도 나왔다. 수갑도 나왔다. 유미는 물건들이 하나씩 나올 때마다 입을 점점 더 크게 벌렸다. 아아, 이 남자…… 내게 무슨 짓을 하려는 거야? 머리끝이 쭈뼛 섰다. 유미는 겁에 질려 윤 이사를 바라보았다. 그는 가방에서 그 물건을 꺼내는 자체만으로도 이미 흥분이 극에 달한 듯 보였다.

그가 씨익, 묘한 웃음을 머금으며 유미에게 다가왔다.

그가 가방에서 맨 나중에 꺼낸 것을 유미에게 던졌다. 검은 가죽으로 된 올인원이었다. 터진 앞을 구두끈처럼 가죽끈으로 졸라매게 되어 있는, 포르노에서나 봄직한 속옷이었다.

"그 흰 레이스 속옷 대신 이걸 입어요."

유미는 윤 이사의 요구대로 그 옷을 입었다. 윤 이사가 찬사를 보냈다.

"정말 잘 어울려요."

그가 채찍을 손에 들고 다가왔다. 유미가 찔끔 놀라서 두 손으로 몸을 가리며 물러섰다.

"오, 놀라지 마요."

그가 이번에는 금속 체인을 손에 들고는 말했다.

"나를 침대에 묶어요. 끝에 잠금장치가 있죠? 별로 어렵지 않을 거예요."

아니, 이게 뭐하자는 건가. 그러니까…… 그는 이런 준비, 아니 장비가 있어야 하는 남자였나!?

"저기, 저⋯⋯."

"쉿! 내가 그걸 원해요."

유미는 아까 오늘 밤만은 그가 원하는 대로 해 주겠다고 한 약속을 떠올렸다. 어쩔 수 없이 그가 시키는 대로 했다.

"채찍을 들어요. 그리고 날 때려요. 하기 힘들면 가방 안에 눈가리개가 있어요. 정말 오랜만에 절정을 느끼고 싶어요."

윤 이사가 말했다. 거의 애원에 가까웠다. 유미는 그렇게 느꼈다.

"유미 씨라면 그렇게 할 수 있을 거라 생각했어요. 왠지 유미 씨라면⋯⋯."

"이건, 내 취향과는 달라요."

"알아요. 난 어릴 때부터 늘 누군가와 경쟁하고 이기고 지배하도록 키워졌어요. 그 강박관념으로부터 늘 자유롭고 싶었어요. 언제부턴가 내 성적인 취향이 달라졌어요. 하지만 난 알아요. 유미 씨가 어떤 여자인지⋯⋯."

그는 많은 의미를 담은 눈빛을 유미에게 보냈다.

"노력해 보겠어요."

세상은 요지경 속이다. 태생이 재벌이고 부러울 게 없는 남자가 노예처럼 다뤄지길 원한다. 한때 이런 남자들의 노리개가 된 적도 있었다. 굴욕을 참으며, 이런 남자들을 정말로 지배해 보고 싶은 열망으로 들끓었던 적도 있었다. 배부른 자의 어리광인가. 유미는 그동안 알던 윤 이사의 겉과 속이 이렇게 다른 것에 적잖이 놀라고 실망스러웠다. 애고, 사랑이 저만치 가네⋯⋯. 하지만 그가 가엾기도 했다. 인간은 누구나 타인이 생각하는 것보다 불행하다⋯⋯. 그래도 약속은 약속이다. 어쨌든 이건 그의 생일 선물이니까.

유미는 눈가리개를 했다. 그리고 채찍을 휘둘렀다. 그럴 때마다 윤 이사가 꿈틀대며 신음을 흘리는 소리가 들렸다. 그러자 갑자기 유미의 몸으로도 이상한 흥분이 밀려왔다. 유미는 눈가리개를 벗어 젖혔다. 체인에 묶여 침대에 누워 있는 남자는 포획된 짐승처럼, 생포된 노예처럼 보였다. 그의 가슴팍과 복부가 희미한 채찍 자국과 땀으로 번들거렸다. 다만 유미를 보는 그의 눈에서 환희의 빛이 새어 나오는 게 달랐을 뿐이다. 이번에는 유미가 눈가리개를 그의 눈에 씌웠다. 그리고 그의 머리칼을 움켜쥐고 산소를 갈구하는 물고기 같은 그의 얼굴에 침을 뱉었다.

갑자기 유미의 뇌리에서 이것과 비슷한 장면이 지나갔다. 사라진 비디오테이프에 담겨 있던 영상 중 하나……. 그 비디오에서 남자는 여자를 묶어 놓고 여자의 얼굴에 침 대신 분출하는 정액을 뿌려 댔다. 덕분에 정액 팩을 자주 할 수 있었지만……. 그러나저러나 그 비디오테이프는 어디로 사라진 걸까?

윤 이사를 거의 성고문하다시피 한 섹스가 끝났다. 그는 더할 나위 없이 만족해서 잠들었다. 마지막 절정 때는 거의 울음을 터트릴 것처럼 보였다. 섹스가 끝나자 그는 유미의 품에 안겨 진심으로 고마워했다.

"당신 덕분에 천국의 끝까지 갔다 왔어. 정말 최고의 선물이었어. 고마워요."

유미는 그의 잠든 얼굴을 내려다보면서 착잡한 심경이 되었다. 왠지 그가 이해가 될 듯도 싶지만, 그가 낯설게 느껴졌다. 잠깐 그와 무대 위에서 연극을 하고 내려온 거 같다. 아까 그렇게 흥분되었던 것은 예전에 무명 배우로 에로 비디오를 찍던 기억이 나면서 그만 감정이 몰입되었던 것이다. 그런 시절이 있었지. 생각하고 싶지 않은 봉인된 과거의 어느 기억이 그만 그 상황에서 튀어나왔던 것이다. 유미는 담배에 불을 붙였다. 방 안에 펼쳐진 그의 위험한 '장난감'들을 내려다보았다. 연극이 끝난 후의 소도구들 같았다. 그걸 주섬주섬 그의 가방에 주워 담았다. 그리고 연고를 찾아 그의 벗은 몸에 몇 군데 붉게 채찍 자국이 난 곳에 발라 주었다.

그가 눈을 떴다.

"난 이렇게 마음 따스한 잔혹녀는 처음이야. 당신을 놓치고 싶지 않아."

"당신, 늘 이래요?"

"왜? 겁나요? 당신도 별로 싫어하는 거 같지 않던데……."

"타인의 취향에 간섭하고 싶은 생각은 없어요."

"날 타인으로 생각해요?"

"그럼 한 번 잤다고 반드시 남이 님이 되라는 법이 있나요?"

"난 남 같지 않은데…… 난 여자들 앞에서 대충 그저 그런 섹스 연기를 하는 게 싫어요. 그래서 여자들을 멀리하고 차라리 스포츠에 빠져 버린 거지. 암말을 더 사랑하기로 했으니까…… 이혼한 아내를 비롯하여 어쩌다 만난 여자들은 내 취향을, 아니 날 이해하지 못했어요."

"아까 무슨 소리예요? 난 알아요, 유미 씨가 어떤 여자인지를, 이라고 한 말?"

"적어도 유미 씨는 그런 여자들과는 다르리란 확신이 있었어요. 경직되지 않고, 스펀지처럼 모든 걸 흡수하고 그저 물처럼 따스하게 나를 감쌀 거 같은 느낌이. 유미 씨, 취향을 바꿔 봐요."

"이사님이야말로 취향을 바꿔 봐요."

"물론 그것도 유미 씨와 노력해 보고 싶어요. 다만 오늘만은 그저 있는 그대로의 나를 보여 주고 이해받고 싶었어요."

유미가 고개를 끄덕였다. 그가 유미를 끌어다 안았다.

"이렇게 안고 우리 아침까지 자요. 지진이 나도, 부도가 나도 당신 품에서 안 나갈 거야."

윤 이사의 팔베개를 베고 누운 유미는 이 남자가 내가 어떤 여자라는 걸 알까, 라는 생각이 들었다. 유미에 대한 음해 자료를 그는 무시했다고 말했다. 게다가 내가 이 사람을 사랑할 수 있을까? 사랑이라니, 유미야. 유미는 속으로 웃었다. 하지만 끌린다. 독특하고 묘한 구석이 있다. 무언가 까다롭고 복잡한 남자. 스라소니란 별명을 갖고 있는, 사업에 있어서는 냉혹한 승부사인 이 남자. 그러나 한없이 연약하고 상처받기 쉬운 어린애 같은 남자……

유미를 스쳐 간 많은 남자가 주마등처럼 지나갔다. 사랑이든 섹스든 욕망이든 타협이든 그들은 어떤 식으로든 유미와 관계를 맺고 스쳐 갔다. 남자들이 먹고 싶어 하는 몸을 가진 죄로 거대한 먹이 사슬에 빠지게 되었지. 그러나 지금은, 내 욕망은 무엇인가. 어디까지 왔나……

아침에 눈을 뜨기도 전에 윤동진이 달콤한 키스를 해 왔다. 말이 달콤이지, 양치도 하지 않은 상태에서의 모닝 키스란 잘 몰입이 되지 않는다. 젖을 제대로 못 빨았다고 하더니 구강기에 문제가 있나. 하여간 엄청 키스를 좋아하는 남자다. 대부분 젊은 남자는 아침이 되면 키스보다는 아래부터 밀고 들어오는 게 보통이다. 그리고 국기 게양식 같은 그걸 빼먹으면 애국자가 아닌 것처럼 애인 자격이 없다고 보통 생각한다. 그러나 이 남자는 설왕설래(舌往舌來)하는 깊은 프렌치 키스를 아침부터 즐기는 타입인가 보다. 어느 나라의 창녀는 섹스보다 키스를 할 때 화대를 훨씬 더 비싸게 받는다고 한다. 첫 키스 때보다 그렇게 달콤하진 않지만, 홀로 눈뜨던 아침에 남자의 키스를 받고 잠에서 깨어난다는 그 사실이 좀 감격스러웠다. 아아, 그래서 다들 결혼을 하는 거야.

"이번엔 당신이 내게 해 줘. 아, 당신 옆에 있으니 거친 정글에서 지친 몸이 하룻밤 새에 회복된 느낌이야. 남들을 항상 지배만 했어도, 난 늘 불안했어. 가끔은 어딘가로 숨어들고 싶었어."

이렇게 여자에게 쉽게 응석을 부릴 수 있는 남자라고 생각해 보진 않았다. 남자로서의 매력은 조금 줄었지만, 섭정을 하는 황후처럼 그가 만만하고, 왠지 쥐락펴락할 수 있을 거 같은 자신감 같은 게 조금 생기긴 한다.

어떻게 보면 그는 '어플루엔자(affluenza)' 환자인지 모른다. 어느 책에서 읽은 단어인데, 풍요를 뜻하는 '어플런스(affluence)'와 유행성 감기를 뜻하는 '인플루엔자(influenza)'가 결합된 신조어다. 21세기의 인류가 앓고 있는 풍요병의 하나라고 한다. 주로 불안이나 우울이 원인이 된다는 병……

유미가 그를 안고 키스를 하다가 여성 상위의 '뽄때'를 보여 주었다. 그는 자지러지게 좋아했다. 그러다 시계를 보더니 얼른 몸을 일으켰다.

"어? 시간이 벌써……? 큰일 났다. 빨리 가야 하는데…… 골프 약속이 있거든."

"금방 커피라도 내릴게요. 빵이라도 한 쪽 먹고 가지……."

"아니, 우유면 돼. 난 모닝커피 안 마셔요. 집에서는 신선한 저지방 흰 우유 500시시를 마시는데……."

"어유, 정말 못 말려. 우유 다 떨어지고 없어요. 난 우유가 싫어. 찌찌라도 나오면 좋겠지만……."

유미가 장난으로 젖 짜는 시늉을 하자 그가 농담을 하며 욕실로 들어갔다.

"젖소 부인, 젖 좀 많이 짜 놔."

샤워를 끝낸 윤동진이 서둘러 돌아갔다. 겨우 8시도 안 된 시각이었다. 평소 같으면 아직 꿀맛 같은 일요일 아침의 늦잠을 즐기고 있을 텐데……. 혼자 뒤척이며 유미는 어젯밤의 장면들을 떠올려 보았다. 윤동진과 보낸 첫 밤이 어떤 의미일까. 어떤 인연일까. 아니면 한바탕 해프닝인 것일까. 그는 정말 나를 사랑하는 걸까? 아니면 나를 의지하는 걸까? 그러는 나는? 마음이 혼란스러웠다.

일어나 샤워를 하려는데, 침실 바닥에 떨어진 흰색 레이스 속옷 안에 무엇이 불룩했다. 그것은 그가 갖고 온 물건 중 하나인 수갑이었다. 아마도 눈에 띄지 않아 가방에 주워 담지 못했나 보다. 유미는 그 물건을 들어 눈앞에서 흔들어 보았다. 8자처럼 보이는 두 개의 동그라미가 흔들거렸다.

"참, 내 팔자도……."

그때 집 전화벨이 울렸다. 일요일 이른 아침에 집 전화가 울리는 경우는 없었다. 왠지 불안한 마음에 유미는 수화기를 들었다.

"여보세요?"

상대는 말이 없다.

"여보세요……?"

"……."

상대는 여전히 말이 없다. 그러다 흠흠, 목소리를 가다듬는 소리가 났다. 남자다.

"누구세요? 말씀하세요. 안 그럼 전화 끊겠어요."

유미가 전화를 끊으려 하자 상대가 드디어 다급한 소리를 냈다.

"아, 저기……."

"네……."

"나다."

"누구…… 세요?"

"내 목소리도 잊었니? 아빠다."

"아빠……?"

잠시 유미는 김 교수를 떠올렸다. 요즘 아빠라 부르는 남자는 김 교수밖에 없다. 그러나 그의 목소리와는 다르다. 그러다 가슴이 쿵, 떨어졌다. 유미는 얼결에 전화를 끊었다. 전화가 다시 울렸다. 유미는 어쩔까 하다가 전화 코드를 뽑아 버렸다.

그러자 휴대폰이 울렸다. 받지 않으려 했는데 윤동진의 이름이 떴다.

"왜 그렇게 전화를 한참 있다 받아요?"

"아, 네…… 도착했어요?"

"아니 가고 있는 중이에요. 날씨가 참 좋아요. 몸과 마음이 깃털처럼 가벼워. 일 다 그만두고 여행이나 떠났으면 좋겠다."

"…… 그러게요."

좀 전의 전화 때문에 심란한 유미가 건성으로 대답했다.

"대답이 심드렁한데?"

"그럴 리가. 참, 뭘 두고 갔어요."

"뭘?"

"수갑."

"응, 그거. 당신은 나한테 잡힌 거야. 이제 '꼼짝 마.'야. 몰랐어?"

"어머, 그런 거였어? 난 또 언제든 당신을 체포하라고 놔두고 간 줄 알았지."

"하하, 그래. 체포하고 싶을 땐 언제든 그 수갑으로 나를 체포해요. 우리 한 짝씩 차고 다닐까? 그리고 또 다른 걸 두고 갔을 텐데……."

"뭐요? 뭐 서랍 속에 화대라도 두고 갔나?"

"뭐야. 썰렁하다. 유미 씨 눈에는 그게 안 보이나 보다."

"뭘 두고 갔는데? 수갑 말고는 없던데."

"내 마음. 내 하트."

"더 썰렁해요."

"벌써 또 보고 싶다. 아, 중요한 전화가 오네. 나중에 또 전화할게요."

윤동진과 통화를 끝내고 나자 눈앞에 아까 그가 두고 간 수갑이 보였다. 8자 모양의 수갑을 보고 잠시 자신의 '팔자'를 생각하다 그 남자의 전화를 받았다. 그 남자. 자신더러 늘 아빠라고 부르라고 강요하던 남자. 의붓아빠 조두식. 한때 엄마의 기둥서방 노릇을 했지만, 법적인 남편도 아니었던 남자. 엄마는 평생 결혼을 한 적이 없다. 유미의 생각으로는, 유미를 낳은 후 엄마는 어떤 남자도 사랑하지 않았다. 특히나 조두식 같은 남자는. 다만 엄마는 조두식을 두려워했다.

조두식이야말로 늘 엄마 곁을 맴도는 하이에나 같은 인간이었다. 엄마가 죽은 후에는 대상이 유미로 바뀌었다. 어렸을 때부터 유미는 그가 이상하게 싫었다. 그에게서는 왠지 범죄의 냄새가 났다. 유미가 손에 들고 있는 8자 수갑이 꽈배기처럼 흔들거렸다.

그 조두식이 왜 전화했을까. 한동안 종적을 알 수 없어서 내심 안심하고 있었는데…… 이모의 말마따나 돈 냄새를 맡은 걸까? 이모로부터 죽은 엄마의 지분과 땅문서를 받은 걸 알아챈 걸까? 어디서 하이에나처럼 또 나타난 걸까? 상대하고 싶지 않은, 유미의 인생에서 지우고 싶은 인간 중 하나다.

요즘 유미의 주변에서 일어나고 있는 이상한 일들이 그와 관련되어 있는 건 아닐까? 아까 얼결에 전화를 끊은 게 약간 후회가 되었다. 그에게 속 시원히 따져 물어볼걸. 그러나 그는 원체 음흉한 인간이니 그걸 털어놓을 리 없을 것이다. 뭔가 필요한 게 있으면 그쪽에서 또 전화할 것이다. 다만 지금으로서는 유미가 그를 만나고 싶은, 또는 만날 이유는 전혀 없었다.

"어유, 재수 없어."

이 뷰티풀 선데이에 아침부터 웬 날벼락? 유미는 수갑을 노려보다가 장난삼아 안경처럼 눈에 걸쳤다. 그러다 브래지어처럼 젖가슴에 걸쳤다. 동그라미 안에 꼭 낀 젖가슴이 우스워 유미는 웃음을 터트렸다. 그래, 주눅 들 필요 없다. 나는 이제 조두식을 두려워하던 어린 유미가 아니야. 이 수갑으로 조두식을 묶어 둘 수도 있고, 윤동진을 내가 원하는 데로 끌고 갈 수도 있을 거야.

조두식은 음흉한 의붓아버지의 전형이었다. 유미가 수민과 저지른 철없는 불장난 때문에 엄마가 이모네 식당을 나왔을 때도 어디선가 조두식이 또 나타났다. 방 두 칸짜리 낡은 적산 가옥에 세 사람이 살기 시작했다. 조두식은 태생이 부산은 아니지만, 부산의 깡패들과 예전부터 밀접한 관계였다. 들리는 말로는 조폭 깍두기라고도 했고, 어떤 조직의 중간 보스로 밀수와 관련 있다고도 했다. 하지만 그의 외형적인 직업은 외항 선원이었다. 그래서 그는 집을 자주 비웠다. 다행이라면 다행이었다. 그러나 그가 가끔씩 집에 머물 때면 유미는 불안하고 우울한 기분을 떨쳐 낼 수 없었다.

언제부턴가 성숙한 유미의 몸을 눈으로 훑으며 그는 입맛을 다시고는 했다. 생선을 앞에 둔 고양이의 날카로운 눈빛으로, 때로는 죽은 먹이를 앞에 둔 하이에나가 비열하게 코를 킁킁대듯 그는 유미 주위를 서성댔다. 어쩌다 설거지를 할 때면 소리 없이 나타나 뒤에서 유미의 엉덩이를 쓸거나 두 손으로 가슴을 슬쩍 쥐고는 사라졌다. 책상에서 공부하는 유미의 뒤에 와서 코를 킁킁대며 귓불 냄새를 맡기도 했다.

"으음…… 너한테는 좋은 냄새가 난다, 아냐? 사향 냄새 같기도 하고. 남자들이 벌 떼처럼 꼬일 거야."

그럴 때마다 유미는 온몸에 소름이 돋았다. 어쩌면 온갖 고생을 하며 유미를 키워 준 엄마를 떠나 서울로의 유학을 결심한 것도 조두식 때문일 것이다. 엄마도 그걸 알기 때문에 유미를 놓아 주었을 것이다.

호시탐탐 기회를 노리던 그가 어느 날 밤, 유미를 덮쳤다. 완강한 힘에 눌려 숨도 쉬지 못했던 열여덟 살 소녀는 공포로 숨이 막힐 지경이었다. 그때는 아무 생각도 나지 않았다. 짐승 같은 놈에게 순결을 잃어서는 안 된다는 생각밖에 없었다. 그건 엄마의 신조이기도 했다. 사랑하지도 않는 남자, 게다가 엄마의 남자에게 당하는 게 어린 그녀의 생각으로도 기가 막혔다. 그런 남자에게 처녀를 잃은 걸 알면 엄마는 자살할 위인이다.

흥분하여 숨을 씩씩거리는 그가 돼지 같았다. 그가 성난 아랫도리를 밀고 들어오려고 애를 쓰고 있었다. 사람이지만 이런 돼지와 빌붙어서 뒹굴고 있으면 나도 암돼지다. 아, 그리고 이런 돼지우리에서도 벗어나고 싶어. 어린 유미에게 그의 말뚝이 박히기 전에 가슴에 먼저 그 각성이 말뚝처럼 박혔다. 그때 갑자기 그가 돼지 멱따는 소리를 냈다.

그가 막 밀고 들어오려고 할 때 유미는 그의 머리를 껴안았다. 그리고 힘껏 그의 귀를 물어뜯어 버렸던 것이다. 귀를 감싸 쥔 그가 고통으로 떼굴떼굴 구르다가 유미의 얼굴을 갈겼다. 유미의 얼굴에서

찝찔한 피가 흘러 입으로 들어왔다. 그의 얼굴도 한쪽 귀에서 흘러나온 피로 물들었다. 그는 짐승처럼, 악마처럼, 야차처럼 보였다.

"나를 물어? 이런 미친 개 같은! 너 오늘 내 손에 피 좀 봐야겠다."

그가 손으로 자신의 얼굴에 묻은 피를 쓰윽 문지르며 다가왔다. 피 냄새를 맡은 그의 눈이 휙 돌아갔다.

그때 엄마가 나타났다. 엄마는 유미를 온몸으로 껴안고 소리쳤다.

"내 새끼 건들지 마! 짐승보다 못한 놈. 당장 내 앞에서 꺼져. 우리 모녀에게 손끝 하나라도 댔다간 너도 죽을 줄 알아!"

처음으로 듣는 처절하고 비장한 엄마의 목소리였다.

"이년들이 돌았나?"

그가 손을 치켜들고 다시 다가왔다.

"잘 들어, 조두식. 내가 입을 다물고 있어서 그렇지, 내가 입을 열면 니 목숨도 파리 목숨이란 거 니는 알지, 그렇지? 그리고 너한테 더 급한 일은 당장 응급실부터 뛰어가는 거야. 평생 병신 소리 안 들으려면 1초라도 빨리 봉합 수술을 받는 게 나을 끼다. 니가 고흐가?"

엄마의 그 말은 조두식에게 마약 같은 효과를 가져왔다. 그가 갑자기 얌전해졌을 뿐더러 귀를 싸매고 쏜살처럼 집밖으로 튀어 나갔던 것이다. 그날 처음으로 여자는 약하지만, 어머니는 강하다라는 말을 실감했다. 아니, 엄마에게는 그동안 입 밖에 내진 않았으나 조두식을 능가하는 어떤 힘이 있었던 것 같다. 조두식도 그것을 알고 있었다.

엄마는 유미에게 급히 옷을 입혔다. 그리고 엄마가 다니던 성당의 수녀관으로 유미를 데려갔다. 당분간 집이 안전하지 않다고 판단했기 때문이다. 어두운 밤길을 가는 내내 유미는 입안의 침을 계속 뱉어 냈다. 입술이 터져 흘린 피를 뱉어 내기 위해서였지만, 조두식의 살점을 물어뜯던 그 느낌을 빨리 없애 버리고 싶었기 때문이다.

수녀님의 부축을 받자 엄마는 드디어 오열을 터트렸다.

"내가 죄가 많아서…… 내 죄가 무거워서……."

한 수녀님이 이런 건 그냥 두면 안 된다며, 조두식에게 맞아서 부풀어 오른 유미의 얼굴을 카메라로 찍었다. 유미는 그렇게 미운 얼굴을 찍히는 게 싫다는 생각만 들고 현실감이 없었다. 아픔도 느껴지지 않았다. 꼭 악몽을 꾸고 난 것처럼 가끔 진저리가 쳐졌다.

조두식은 유미가 서울에 있는 미대로 진학할 때까지 한동안 나타나지 않았다. 그러나 그 이후 조두식은 엄마를 다시 찾았다. 엄마도 그의 그늘을 완전히 벗어나지는 못했다. 이모는 그랬다. 어디 여자 혼자 살기가 그리 쉬운 일인가. 그 부분에서 유미는 엄마를 늘 비난했다. 하지만 어디까지나 엄마의 인생이었다.

어떤 식으로든 엄마는 그를 의지했을 것이고, 조두식은 나름대로 엄마를 이용했을 것이다. 엄마가 죽을 무렵에도 조두식은 엄마 곁에 있었다. 엄마의 마지막을 아는 유일한 남자가 그였다. 생의 마지막 남자라……. 유미는 자신의 생이 언제 끝날진 모르지만 누가 인생의 마지막 남자가 될까, 잠깐 궁금했다. 그녀와 검은 머리 파뿌리 될 때까지 살 남자가 과연 있을까.

생각해 보면 조두식은 유미의 인생에서 악연이었다. 엄마의 죽음 이후 그가 유미의 삶에 다시 기웃거리기 시작했다. 유미는 악연의 고리를 끊고 싶었다. 그리고 언젠가부터는 끊었다고 생각했는데…… 아닌가……?

껌 같은 사랑

3월인데도 함박눈이 내렸다. 어젯밤부터 내린 눈은 아침이 되자 솜이불 몇 채를 쌓은 것처럼 높다랗게 쌓였다. 올 겨울은 정말 눈이 푸지게 왔다. 꽃샘추위인지 기온마저 영하로 내려가서 길이 얼어 차를 끌고 나가기 곤란했다. 하필 오늘은 정말 바쁜 날이다.

어제 밤새도록 밀린 라디오 방송 원고를 쓴 데다 오늘 아침부터는 대학이 개강이다. 오후에는 문화 센터에 특강까지 있는 날이다. 게다가 출근은 안 하더라도 짬짬이 윤조미술관 일로 보고도 받고 국제전화도 받아야 한다. 윤조미술관 재개관 기념전을 국제전으로 준비하다 보니 시차가 달라서 밤에도 통화할 일이 생겼다. 그런 일을 박용준이나 갓 대학 졸업한 막내 사원 송민정이 좀 잘해 주면 좋으련만…… 박용준은 어학엔 젬병이고, 송민정은 요즘 젊은 애답게 영어를 꽤 하지만, 불어권 화랑과의 업무엔 어쩔 수 없이 유미가 나서야 했다.

'사는 게 왜 이리 피곤할까. 내 인생, 구조 조정을 좀 해야 하는 거 아닐까.'

너무나 많은 일이, 너무나 많은 사람이 내게, 내 인생에 들러붙어 있다. 다 정리하고 엄마가 남겨 준 땅에 오두막이나 한 칸 짓고 살까나. 인생 뭐 있어. 결국은 빈손, 무소유…… 그런 생각이 들기도 하는 피곤한 요즈음이다. 하지만 이것이 배부른 푸념이라는 걸 유미는 안다. 그래도 야, 오유미, 너 많이 달려왔다. 가난과 외로움과 모욕의 갱도 속에 자칫 삶이 무너져 내릴 뻔하지 않았는가. 매몰된 삶에서 한줄기 빛을 따라 지상으로 나와 이제는 산뜻하게 비상할 날을 꿈꿀 수도 있다.

유미는 오늘 자동차 대신 지하철을 타기로 했다. 폭설이 내린 날이라 그런지 출근 시간의 지하철 안은 만원이었다. 낯모르는 사람들의 낯선 체취와 막무가내의 부대낌. 정말 오랜만에 겪는 일이다. 예전에는 지하 인생에서만이라도 벗어나자 다짐을 했지. 지하 월세방, 지하철 인생, 그리고 지하 주점…… 지하를 벗어나고 싶은 유미의 욕망은 언제나 하늘 가까운 곳을 선호하게 했다. 지금 살고 있는 아파트도 24층이다. 그래, 오유미. 많이 올라왔어. 유미는 옛 생각을 하며 너그럽게 지하철 안의 혼잡을 참아 내고 있었다.

어쩌면 초고층 주상 복합형 건물을 잘 짓기로 소문난 YB그룹 장래 오너의 머리 꼭대기까지 올라갈 수 있을지 모르지. 잠깐 윤 이사를 떠올리고 있는데 기분 나쁜 느낌이 들었다. 누군가가 지하철이 움직이는 리듬에 맞춰 유미에게 몸을 비벼 왔다. 빈틈없이 쟁여져서 있는 승객들의 몸은 무심했지만 분명 엉덩이 쪽에 뜨거운 열기를 느낄 수 있었다. 아니, 아직도 이런 치한들이……? 유미는 잠시 난감했다. 지하철 안의 유리문에 가면처럼 무표정한 남자들의 얼굴이 흐릿하게 보였다. 미세하지만 집요하고 리드미컬한 남자의 몸이 조금씩 밀착해 들어왔다. 유미는 몸을 움직였다. 잠시 주춤하는 것 같았지만 이번에는 달아나는 유미에게 안달이 났는지 손으로 엉덩이를 더듬었다.

'이런 쥐새끼 같은!'

유미는 화가 치미는 걸 억지로 참았다.

남자는 유미의 엉덩이를 손으로 쓸며 본격적으로 아랫도리를 슬슬 비비기 시작했다. 뒤를 돌아보니 모두 시침을 뚝 떼고 있다. 유미는 소리 없이 조심스레 손을 뒤로 뺐었다. 자신의 엉덩이 쪽으로 손을 옮긴 유미가 그 짓에 정신이 팔린 치한의 손을 확인하고는 그의 옷소매를 움켜쥐었다. 누군가 뒤에서 헉! 하고 된 숨을 내쉬었다.

'잡았다. 쥐새끼!'

남자는 멀쩡하게 생긴 젊은 양복쟁이다. 창피한지 유미의 귀에 대고 속삭인다.

"이거 놓고 좀 얘기해요. 아이, 창피스럽게."

"같이 갑시다."

"좀 봐줘요. 그냥 잠깐 장난으로 한 건데……."

"장난? 이게 얼마짜리 장난감인 줄 알기나 해요? 3000만 원 준비됐나?"

남자의 몸이 빠져나가려고 애를 쓰고 있었다. 상황을 눈치챈 승객들의 낄낄, 쿡쿡대는 소리가 터져 나왔지만, 누구도 나서지 않았다. 그만큼 지하철은 만원 지옥철이었다.

지하철 문이 열렸다. 이때다 싶은지 남자는 유미의 어깨를 팔꿈치로 찍고는 튀어 나갔다. 눈에 불이 번쩍 날 정도로 가격을 당한 유미도 너무 화가 나서 뒤쫓아 내렸다. 하지만 남자는 이미 줄행랑을 쳐 버렸다. 가격당한 어깨를 감싸 쥐고 비틀비틀 걷자니 화가 나서 미칠 거 같았다. 예전 같으면 어림도 없다. 내 손으로 잡은 치한만 열 명도 넘는데…… 하이힐로 발등을 찍은 놈도 셋은 되고. 이렇게 당하다니. 그리고 아무리 만원이라지만 승객들은 도대체 뭐야? 이제는 점점 남을 위해 나서는, 그것도 여자를 구하는 기사도 정신 같은 건 점점 사라지고 있다. 승강장의 빈 의자 하나가 눈에 띄어 잠시 앉았다. 참 재수 없는 날이다. 어깨가 아파 오기 시작했다. 그때 휴대폰이 울렸다. 윤동진이었다. 사흘 만의 통화였다.

"뭐해요?"

"지하철역인데 치한한테 당해서 정신 놓고 있네요."

"왜 차를 타지 지하철을 탔어요? 치한한테 당하다니? 괜찮아요?"

"어깨가 너무 아파요."

"어깨? 부위가 좀 색다르네요."

"농담하지 마요. 다 잡은 놈이었는데 어깨를 가격하고 도망쳐서 놓쳤어요. 약 올라 죽겠어."

"치한을 잡았다고?"

유미는 화가 나서 좀 전의 상황을 윤동진에게 설명했다.

"유미 씨, 아무리 그래도 여자가 참 어떻게…… 하여간 당신은 참 용감해. 그리고 겁도 없고."

"뭐든 손안에 든 걸 놓친 건 처음이야. 그 수갑이 있었으면 그놈 손에 바로 채우는 건데. 아이, 약 올라. 나도 이제 늙었나 봐요."

"하하. 그 나이에 치한이라도 붙는 걸 축복이라 여겨야 되는 거 아닌가? 아, 미안."

"헐, 겨우 그 정도인 여자가 애인이세요? 그나저나 오늘 스케줄 장난 아닌데, 움직이는 게 힘드네요."

"거기 그대로 있어요. 이 흑기사가 바빠서 가진 못하고 흑기사의 기사를 보낼 테니. 무슨 역이라 했죠?"

"그만둬요. 괜찮아요. 괜히 기사가 눈치채면 그것도 신경 쓰이죠. 아직은……."

유미는 윤조미술관의 일개 큐레이터인 자신과 그의 입장을 아직은 신경 써야 한다고 생각했다. 전화를 끊고 나자 문자가 들어왔다.

—웨어 마이 러브? 오 나의 라라. 눈도 허벌나게 오는데. '닥터 지박어'는 눈 속에서 라라를 찾아 헤매고 있다. 전화 좀 줘.

인규다. 이런 상황에서는 인규가 정말 반갑다. 그와는 요즘 적조했다. 유미는 인규에게 바로 전화를 걸어 사정을 얘기했다. 마침 인규는 근처를 지나고 있는 중이었다.

"자기 지금 너무 힘들겠구나. 걱정 마. 너의 곁엔 내가 있잖아. 언제나 항상 영원히. 오늘 하루는 내가 너의 기사가 되어 줄게. 강의가 있다면 가방도 무거울 텐데. 가방모찌도 돼 줄게."

"자기 오늘 기사 노릇하면 가게 일은 어쩌고…… 나 일할 동안 계속 기다려야 하잖아."

"괜찮아. 베네치아에 사공이 몇인데. 그리고 너 원래 내 꿈이 뭐였는지 아냐? 돈 많은 재벌 과부의 기사였어. 기다리는 동안 책도 보고 음악도 듣고 졸다가 자판기 커피도 뽑아 먹고…… 뭐 야간 봉사도 하고…… 하하."

"재벌이 아니라 미안하네."

"돈? 필요 없어. 말만 잘하면 이따 어깨 마사지도 해 줄게. 오늘 같은 날은 자글자글 끓는 온돌방에서 온천 목욕이나 하면 딱인데."

"그래, 이따 마사지해 줘. 내가 돈 안 받을게."

"아니, 마사지 받으면서 돈도 받으려고? 암튼 오늘은 끝까지 나랑 있는 거야. 그럼 이 오빠가 간다."

인규의 말대로 인규는 예나 지금이나 유미가 힘들 때면 늘 곁에 있어 주는 남자다. 그게 묘하다. 인규에게 고맙지만, 사랑의 감정은 그런 안정감과 감사의 마음과는 다른 것이다. 왠지 유효기간이 약간 지난 우유를 마시는 그런 기분이 든다.

하루 종일 인규의 차를 타고 일정을 소화했다. 인규의 차는 폭설에도 끄떡없었다. 유미는 눈발이 벚꽃 잎처럼 휘날리며 부딪는 차창을 보며 생각했다. 이 남자야말로 일생 동안 끄떡없이 내게 붙어 있을 남자일까. 어쩌면 이 남자와 평생 헤어질 수 없을지도 몰라. 사랑 때문이 아니라 함께 공유할 수밖에 없는 비밀 때문에……. 가슴이 조금 답답했다.

그때 인규의 휴대폰이 울렸다.

"눈 때문에 전화를 못 받겠다. 대신 받아. 운전 중이라고 이따가 연락하겠다고 해."

그런데 인규의 액정에 '마나님'이라고 떴다.

"지완인데?"

"그럼 그냥 둬. 받지 마."

휴대폰이 끊겼다. 그런데 이번에는 곧바로 유미의 휴대폰이 울렸다. 유미가 입술에 검지를 갖다 대며 말했다.

"쉬잇! 지완이야. 받아 볼게."

인규가 카 오디오를 껐다. 유미가 휴대폰 폴더를 열었다.

"여보세요?"

"나야, 지완이. 전화 괜찮니?"

"응, 잠깐은. 무슨 일?"

"눈 오는 날은 휴대폰 안 터지니?"

"무슨 소리야. 터졌잖아."

"남자들 휴대폰 말이야. 둘 다 불통이야. 남편도 그렇고 애인도 그렇고……."

유미가 인규의 눈치를 살폈다.

"참, 유미야. 미술관 일이 그렇게 바쁘니? 웬 야근을 연짱으로 시키니? 요즘 짝퉁 욘사마 얼굴 보기 너무 힘들다. 너 그 사람, 너무 부려 먹지 마."

"야근?"

야근이라니? 아직은 야근을 할 정도로 바쁜 일은 없는데…… 박용준이 지완에게 거짓말을 한 게 분명하다. 눈 맞은 강아지처럼 천방지축인 박용준. 요즘 대학을 갓 졸업한 송민정에게 관심 있는 거 같던데……. 낙하산 인사로 내려온 송민정은 계열사 사장의 딸이라는데, 재색을 겸비한 묘령의 아가씨다. 한 달 월급이 그녀에겐 구두 한 켤레 값 정도나 될까. 과부나 유부녀에게 빌붙어 살던 용준에게는 돼지 발에 편자일 텐데, 언감생심 껄떡대는 눈치였다.

"으음…… 약간 그럴 일이 좀 있었어. 국제적인 업무를 하다 보니 시차 때문에……."

일단 용준을 두둔해 주는 게 도리다.

"근데, 유미야. 조만간 나랑 좀 만나자. 나 좀 물어볼 게 있어."

"나한테……?"

"너 전문가잖아."

"……?"

"바람피우는 거 같아."

"누가?"

"남자 둘. 한꺼번에 둘 다 감시하는 거 정말 힘드네."

"그럴 리가? 무슨 소리야?"

"여자의 직감 있잖아. 내가 바람을 피워 보니까 더 잘 알겠어."

"그래, 지완아. 나중에 다시 전화하자. 나 운전 중이거든."

유미는 얼른 전화를 끊었다. 유미가 인규에게 물었다.

"요새 뭐 걸린 거 있어?"

"아니, 없는데."

"지완이가 뭔가 자길 의심하는 눈치야."

"마누라, 참! 내가 보기엔 그 여편네가 좀 이상하더구먼."

"조심해."

"여태 아무 일 없었는데 뭘."

"방심이 화를 부르는 거 몰라?"

"우물 안 개구리가 뭘 알겠냐? 기껏 개구리 공주가."

"우물이 썩은 줄은 알겠지. 개구리도 폴짝 뛰면 우물 밖으로 나간다."

"나가 봤자지, 그 나이에. 아줌마가."

"나도 지완이와 동갑이야."

"너는 다르지. 넌 암튼 달라."

"만약 지완이가 우리 사이를 알게 되면 어쩔 거야?"

"어떡할까? 이혼할까? 그리고 결혼할까?"

"자긴 아마 그러지 못할걸."

"그건 네가 바라지 않을 거 같은데. 넌 한 남자로 만족 못 할 테니까."

"암튼 그럴 일 없도록 해. 우리 이대로 좋잖아?"

인규는 대답이 없다. 눈 오는 거리를 골똘히 내다보며 운전을 할 뿐이다. 유미도 그런 생각을 하자니 속이 좀 묵직해져 왔다. 지완이 알게 된다면 그 배신감을 어쩔 것인가. 인규와 유미가 사랑과 비밀의 짬뽕이라면, 인규와 지완은 사랑과 돈의 웃기는 자장면일 것이다. 두 관계 다 끊기는 어려운 관계다. 인규가 웃지 않고 말했다.

"오늘 밤은 아무 생각 없이 하면 좋겠어. 마치 이 세상에 너와 나두 사람밖에 없는 거처럼. 그때처럼……."

그때처럼…… 그래, 그때는 길이 보이지 않았지. 독 안에 든 두 마리 생쥐처럼 두 몸이 하나가 되어 외로움과 두려움을 견디는 수밖에 없었지.

266

"가끔 난 생각해. 그때가, 그런 순간들이 오히려 정말 가장 행복하고 충만한 순간 아니었을까 하고. 그때만큼 너를 완전히 소유한 적은 없었다는 생각이 들어."

인규가 쓸쓸하게 말했다.

"그만해. 우리 그때 얘기 다시는 안 하기로 했잖아."

유미가 신경질적으로 말했다.

"알았어. 아, 폭설이 내려서 너와 내가 고립되고 갇혀 버리면 좋겠다. 펄펄 더 와라."

인규는 모텔 앞에 차를 세웠다. 절절 끓는 뜨거운 방을 달라고 주문했다. 방 안에 들어서자 인규가 왈살스럽게 유미를 껴안았다.

"그때를 떠올리며 하고 싶어. 세상에 대한 온갖 저주를 다 하면서, 울면서 미친 듯이 했잖아. 아주 천박하게 상스럽게 하자."

"그때와 지금은 달라."

"너와 나 이렇게 잘살고 있지만, 이게 사는 거니? 유리 공예로 만든 화병에 담긴 종이꽃 같아."

이 남자 평소와 좀 다르다. 평소의 낙천성과 장난기가 빠진 그는 무엇 때문인지 많이 지쳐 보였다.

"욕조에 뜨거운 물 좀 받을게."

욕실을 향해 돌아서는 유미의 머리채를 갑자기 그가 확 낚아챘다.

"왜 이래?!"

유미가 인규를 노려보았다. 인규는 화가 난 듯했다.

"넌 많이 변했어. 예전의 유미가 아냐."

"사람은 다 조금씩 변해."

"넌 타락했다고."

"타락? 이미 할 데까진 했던 거 같은데."

"아니 예전엔 영혼이 이슬처럼 맑았어."

"이슬…… 흥! 그때는 참이슬을 먹고 지금은 밥을 먹어 그렇다, 왜?"

"아니, 지금은 돈을 먹지. 돈이 그렇게 좋아?"

"무슨 소리야?"

"재벌 2세의 꽁무니를 빨면 돈이 줄줄 나오냐?"

이제야 감이 잡힌다. 인규는 윤동진과의 관계를 의심하고 괴로워하는 것이다.

"유치하긴!"

그 말에 인규가 펄쩍 뛰었다.

"유치? 내가 그놈보다 못한 게 뭐야? 돈 좀 달리는 거 말고는 없어. 너 의리상 그러면 안 되지."

"협박이야?"

"아니, 난 유치하게 그런 거 안 해. 난 섹스로 널 제압할 수 있으니까. 오늘 너 죽여 버릴 거야."

인규가 이종 격투기 선수처럼 무섭게 달려들었다. 침대에 고꾸라지기 무섭게 그가 공격을 해 왔다. 거칠고 사납고 모욕스러운 섹스. 인규는 계속 화난 사람처럼 욕을 했다. 유미는 그런 그에게 고스란히 몸을 맡기고 눈을 감았다. 질투는 남자의 몸에 기름을 붓는다. 인규의 몸이 대포처럼 뜨겁게 활활 타올랐다. 유미는 마치 그가 처음인 것처럼 그의 뜨거운 몸을 받았다. 충분한 전희와 교감 없는 섹스의 물리력이 그녀의 몸을 다소 고통스럽게 자극했다. 마치 낯선 남자에게 강간을 당하는 것처럼……. 하지만 유미는 인규가 하는 대로 내버려 두었다. 흥분한 인규가 유미를 거칠게 다루는 게 이상하게 편안했다.

"그놈이 잘해, 내가 잘해? 말해!"

포탄을 발사하기 직전에 그가 소리쳤다. 유치하지만 인규가 가엽고도 귀여웠다. 유미는 대답하지 않았다. 대신 유미는 슬쩍, 웃었다.

"이게 웃어?!"

인규가 다시 유미의 머리채를 잡았다. 그가 다시 으르렁대며 힘을 모았다.

"말해!"

"네가 더 잘해."

유미가 인규의 목을 껴안고 말했다. 그 말을 신호로 인규는 대포를 발사했다. 포탄이 장렬하게 폭발하는 게 느껴졌다.

널브러져 담배를 입에 문 인규가 말했다.

"요새 나 좀 외로웠나 봐. 어쨌든 네가 윤동진네 회사로 들어가고 나서는 나와 자주 만나지도 않았잖아."

왜 남자들은 이렇게 기득권을 주장하는 걸까? 영역 표시를 하고 싶은 수컷의 오래된 습성일까? 오래된 관계라고 기득권이 있는 게 아닌데…… 이 남자는 자신이 0순위 소유권을 갖고 있는 양 말한다. 사랑은 선착순이 아니다. 경로 우대증 같은 게 아니다. 사랑은 잭 팟처럼 어느 한순간에 터질 수도 있는데…….

"꼭 남편처럼 말하네. 내가 조강지처나 되는 거처럼."

"하여간 딴 놈하고 하기만 해 봐."

유미가 톡 쏘았다.

"내가 네 거야?"

"야, 그건……."

인규가 당황했다.

"자기 유부남 아냐? 자기도 어차피 나한테 올인 못 하면서…… 그리고 내가 언제 집착하고 질투한 적 있어? 내가 쿨한 여자라 좋다며?"

"그래……."

"나 싱글이야. 언제든 다른 남자와 결혼할 수도 있어. 자기가 나를 책임질 거야?"

유미가 인규의 눈을 똑바로 응시하며 물었다. 인규가 대답 대신 다시 담배를 물었다.

유미가 인규의 담배를 뺏어 한 모금 빨고 담배 연기를 뱉으며 쓸쓸하게 말했다.

"외로운 건 나도 마찬가지야. 나 누구를 구속하는 것도, 구속당하는 거도 싫어하는 거 자기도 알잖아? 외롭지 않으려면 구속을 택해야 하고, 구속을 당하지 않으려면 외로움을 견뎌야 하는 그게 인생이잖아."

"알아. 잘 알지. 쿨하게 티 안 내려고 했는데…… 윤동진과 무슨 섬싱이 있을 거 같다는 생각에 좀 화가 났어. 왠지 섭섭하고."

유미의 눈이 촉촉해지며 인규를 달래듯 부드럽게 말한다.

"그랬구나. 그냥 내가 자유로우면 자기도 자유로운 거야. 사랑은 상대적인 거야. 그렇게 좀 자유롭게 마음을 터 봐."

유미는 인규가 원하는 답을 마지막에 던진다.

"그렇다고 내가 당장 누구와 결혼하지도 않을 거고 자기를 버릴 생각도 없어."

"그래, 알아. 미안해……."

마음이 풀어진 인규가 유미의 이마에 입을 맞추었다. 유미가 샐쭉, 토라지며 말한다.

"아까 의리라고 했어? 내가 의리 때문에만 자기를 만나면 좋겠어?"

"아냐. 오늘 한 말 다 잊어버려. 내가 생각해도 유치해."

"그때 그 일은 어쨌든 자기가 선택한 일이야. 그게 우리 관계의 올가미가 되면 안 되지. 그건 그냥 우리의 운명이었어."

"그럼! 나 후회해 본 적 없어. 자, 엎드려. 어깨랑 등이랑 마사지해 줄게."

인규가 분위기를 바꿀 겸 일어나 앉았다. 유미는 엎드려 인규의 손길에 다시 몸을 맡겼다.

어깨의 통증과 목의 뭉친 근육이 서서히 풀려 가는 걸 느꼈다.

"어쨌거나 넌 어떤 남자도 구속하거나 어떤 남자에게도 구속되지 않는다는 말인 거지?"

인규가 유미의 어깨를 쓰다듬으며 다시 물었다. 유미는 고개를 끄덕였다. 그래, 남자들은 태양을 도는 행성처럼 내 곁을 맴돌고, 나는 그 거리를 본능적으로 유지하지. 그러나 가끔은, 나도 가끔은 그런 우주의 질서를 망가뜨리고 싶어.

"욕조에 뜨거운 물 받아 놓을게."

인규가 휘파람을 불며 욕조에 물 받는 소리가 들려왔다. 유미는 갈증을 느꼈다. 냉장고에 캔 맥주가 있었다. 유미는 맥주를 따서 한 입 가득 마셨다. 오랜만에 인규와 함께했던 7년 전의 그 비밀스러운 일이 떠올랐다. 어쩌면 인규에게는 잘못이 없다. 모든 일은 유미가 초래한 것이다.

인규가 욕실에서 나왔다. 돌쇠 버전으로 굽실대며 말했다.

"마님, 물 다 받았는뎁쇼."

아아, 나의 영원한 돌쇠.

"이리 냉큼 오너라."

유미가 장난스레 말하자 인규가 유미 앞으로 다가왔다. 유미는 입안 가득 찬 맥주를 머금고 임무를 다한 인규의 대포 포신을 물었다.

차가운 맥주 속에서 마시멜로처럼 몰캉해진 그의 물건이 순간 긴장했다. 통통한 제철 주꾸미 안주처럼 입안에서 우물거리자 인규의 신음이 흘러나왔다.

"으으으…… 죽겠다."

탄산가스의 톡 쏘는 자극으로 인규가 몸서리를 쳤다.

맥주로 정성스러운 마무리 서비스를 한 유미가 인규의 눈을 보며 말했다.

"인규 씨, 미안해. 그리고 고마워."

인규가 유미를 껴안았다. 유미가 인규를 달래듯 말했다.

"바보야, 인규 씨가 내게 얼마나 특별한 남자인지 몰라?"

"그래, 난 널 죽을 때까지 지켜 줄 거야. 우린 특별한 운명이니까."

인규가 속삭이며 유미를 번쩍 안고 욕조로 걸어갔다. 뜨거운 욕조에 몸을 푹 담그니 서운한 감정도 금세 녹았다. 인규는 다시금 기분이 좋아졌다. 유미도 온몸이 발그레하게 붉은 연꽃처럼 피어났다. 두 사람이 몸을 닦고 다시 침대로 돌아왔다. 마침 켜 놓은 텔레비전의 케이블 방송에서 성인용품 광고를 하고 있었다. 인규가 넋을 놓고 바라보았다. 광고 상품은 남성용 자위 기구였다. 반라의 두 남녀가 물건을 설명하고 있었다.

"참 편리하죠? 단번에 앞뒤로 할 수 있답니다. 또한 취향에 따라 다 가능합니다. 앞이건 뒤건……."

물건은 여자의 둔부 모양인데 묘하게 앞쪽과 뒤쪽으로 삽입이 되게 생겼다. 나른해진 유미가 침대에 길게 누웠다. 온몸의 긴장이 풀려 몸이 나른해졌다.

"다시 하자. 아까 건 무효. 너무 일방적이었어."

"……."

어린애처럼 광고에 홀려 대꾸 없는 인규를 툭 치며 유미가 물었다.

"어유, 정신 팔린 거 좀 봐. 하나 사 줘?"

"응? 나야 뭐 저런 게 필요하냐. 좀 전에 뭐라 그랬어?"

유미가 살짝 윙크를 하며 말했다.

"다시 하자고. 아까 색다른 맛이긴 했는데, 목욕하고 나니까 부드러운 게 당긴다."

유미는 오래된 연인인 인규와의 느긋하고 안정감 있는 섹스로 오늘 밤 그대로 잠들어 버리고 싶었다.

"오늘 밤 여기서 나랑 자고 가면 안 돼? 부부 모드로 하자."

"그러지 뭐."

인규가 포르노 채널을 여기저기 돌려 대다 유미의 몸을 부드럽게 애무했다. 오래 신은 신발처럼 편안한 관계가 주는 섹스의 맛은 뭐랄까…….

"으음, 오늘은 아주 부드러운 치즈 맛이야."

인규가 대신 대답을 한다. 부드럽게 오래 발효된 치즈의 맛이라……. 커다란 배를 타고 굽이치는 물결을 넘실대며 항해를 하는 듯 순조롭고 리드미컬한 섹스 속으로 유미는 나른하게 빠져들었다. 불안할 때는 익숙한 느낌이 좋은 법이다. 윤 이사와의 자극적인 섹스보다 지금은 이런 느낌이 한없이 좋다. 유미는 절정을 꿈결처럼 맞았다. 몸을 빼려는 인규를 안고 말했다.

"빼지 마. 이대로 함께 잠들자."

두 몸이 하나로 빈틈없이 포개진 채 유미는 포근한 잠 속으로 빠져들었다. 인규의 고른 숨소리가 귓전에 들려왔다. 베네치아의 잔물결 소리 같았다. 어느덧 점차 쪼그라든 인규의 물건이 부드럽고 얌전하게 유미의 몸 안에서 저절로 스르르 빠져나가는 게 느껴졌다.

새벽에 유미가 눈을 떴을 때, 인규는 소리 없이 방을 빠져나가고 없었다. 인규는 자신의 둥지로 돌아가야 할 사람. 유미와 아침을 맞이할 수 없는 남자. 유미는 문득 쓸쓸함을 느꼈다.

인연 중에도 껌처럼 질긴 인연이 있다. 처음에는 달콤하고 부드럽지만 씹을수록 더 딱딱해지고 질겨지는 껌. 그리고 한 번 붙으면 잘 떨어지지 않는 인연. 유미가 만난 남자들은 대체로 그랬다. 끊기가 쉽지 않았다.

인규와의 관계도 어찌 보면 단맛이 다 빠지고 습관적인 섹스의 행위만 남은 게 아닐까? 그가 늘 말하듯 두 사람의 섹스가 칼과 칼집의 관계처럼 오묘하게 잘 맞는다 할지라도……. 섹스의 신들이 아닌 경우, 7년의 시간이란 단물이 빠지기엔 충분한 시간일 수밖에 없다. 힌두교의 신들은 84종류나 되는 섹스 체위를 구사한다고 한다. 힌두교 사원에는 그 모습을 새겨 놓은 게 많이 있다.

인규와 이렇게 오래 관계를 이어 온 게 정말 신기하다. 간혹 인규와의 관계가 싫증이 날 때도 있지만, 인규는 뭐랄까. 유미의 밥이었다. 그럼 다른 남자들은? 반찬이다. 왜 밥맛이 없으면 반찬을 바꿔 먹지 않는가. 밥맛 없다고 반찬은 늘 똑같은데 밥의 종류를 바꾸진 않으니까 말이다. 인규는 식사의 가장 기본인 밥이다.

그런데 윤 이사와의 연애는 왠지 퓨전 요리를 먹는 느낌이다. 뭔가 좀 뒤죽박죽 혼란스럽다. 색다른 연애의 호기심과 유희, 그리고 약간의 소스처럼 뿌려진 결혼의 유혹?

바쁜 그가 사무적인 일로 근무 중에 호출을 할 때가 있다.

"오 실장님? 전시 화가들 리스트 정해졌어요? 그럼 점심시간에 신라호텔에서 잠깐만 보죠."

"신라호텔이라면? 커피숍으로요? 아니면 레스토랑?"

30분씩 일정을 세분해서 쓰는 그가 대답한다.

"점심은 알아서 빨리 먹고 와요. 룸을 예약해 놨어요."

"룸요?"

아니, 그렇게나 바쁜 남자가 룸에서 쉬고 있나?

"오늘 그곳에서 점심 약속이 있는데 간단히 하기로 해서 딱 한 시간 확보했어요."

아니면 낮거리를 하자는 건가?

"점심을 굶더라도 늦으면 안 돼요."

상사의 명령인지라 미술관 관계 서류를 챙겨 햄버거를 입에 물고 택시를 탔다. 룸에서는 이미 샤워를 끝낸 그가 침대에 누워 유미를 기다리고 있었다. 유미가 씻을 틈도 없이 그가 키스를 퍼붓는다. 햄버거의 양파 냄새가 날 텐데…… 키스를 하면서 유미는 신경이 쓰인다. 하지만 윤동진은 키스 삼매경에 빠져 있다.

"아이, 그렇게나 고팠어요?"

"너무 굶주렸나 봐."

"한 지 얼마나 됐다고…… 그럼 전엔 어떻게 살았지?"

"먹으면 먹을수록 배고픈 빵이 이거 같아."

윤동진이 배고픈 아이가 젖을 조르듯 유미의 몸으로 파고든다. 이럴 땐 취향이고 뭐고 없다. 한 시간 안에 속전속결하는 섹스의 맛도 남달랐다. 가끔은 패스트푸드도 맛있다.

뭐 이런 식으로 두어 번 점심시간을 이용해 만나자 그가 뭔가 허전해하는 눈빛이었다. 그때 유미가 핸드백을 열었다.

"꼼짝 마라! 윤동진을 풍기 문란, 성희롱, 직위 남용, 업무상 방해죄로 체포한다."

수갑을 꺼내 윤동진의 손목에 채웠다. 그러자 윤동진의 얼굴이 장난감을 발견한 아이처럼 환해졌다.

"오오, 그래. 날 좀 갖고 놀아 줘."

유미는 자백을 받아 내려는 형사처럼 손목이 묶인 윤동진을 거칠게 다뤘다.

"윤동진, 너는 묵비권을 행사할 수도 있지만 자백할 수도 있다."

"여형사님이 키스를 해야 입이 열립니다."

유미가 거칠게 키스한다.

"오유미를 사랑한 죄밖에 없습니다요."

"이게 어디서 거짓 자백을?"

유미가 윤동진의 탄탄한 초콜릿 복근을 주먹으로 때린다. 주먹에 느껴지는 거북 등처럼 단단한 감촉이 좀 아프긴 하지만 묘하게 흥분을 불러일으킨다.

"으윽, 주먹이 쇠 절굿공이처럼 단단하고 힘이 세네요, 여형사님. 하지만 고문으로 자백을 강요할 순 없어요."

윤동진이 수갑 찬 두 손을 흔들며 장난스레 말했다.

유치하기 그지없지만, 유치한 장난감을 갖고 놀면 유치하게 놀게 된다. 연애란 어른의 몸속에 있는 유치한 어린애의 장난기를 끄집어내는 게 아닐까? 다만 사랑하느라 눈이 멀어 있는 동안에만. 윤동진은 목소리마저 순진무구한 초범 피의자처럼 연기를 하고 있다. 눈에는 즐거움이 가득하다. 와일드한 여형사와 피의자의 관계 설정이 그에게는 꽤나 자극적인 것 같다. 그렇게 윤동진이 어렵게 확보한 한 시간을 룸에서 나름대로 알차게 보내고 로비에서 그와 헤어졌다.

그때 휴대폰이 울렸다. 모르는 전화번호였다.

"놀고 있네."

다짜고짜 상대 남자가 하는 말이었다.

"여보세요? 누구세요?"

"너 요새 재벌하고 노는구나. 걔는 좀 재수 없는 놈인데……."

"누구시죠?"

"아빠 목소리도 잊었니?"

"……!"

"YB그룹이라. 묘한 인연이군."

조두식이 로비 어딘가에 있다는 생각이 들었다.

"어디세요?"

"나 찾아내면 용치!"

유미는 주변을 둘러보았다.

"호호호…… 등잔 밑이 어둡다더니."

주위를 둘러보던 유미는 로비의 한 의자에 앉은 선글라스를 낀 남자를 주시했다. 귀를 덮을 만큼 기다란 반백 머리의 남자가 휴대폰을 귀에 댄 채 손을 흔들었다.

유미가 알아보자 남자가 휴대폰을 껐다. 유미는 천천히 그에게로 다가갔다.

"내 사랑스러운 딸. 언제 봐도 변함없이 이쁘지."

"아저씨?"

"그래. 언제나 아저씨라 부르는 고 조동아리도 변함없구나."

그가 선글라스를 살짝 올려 얼굴을 보여 주었다. 조두식이었다. 전에 없이 왼쪽 눈 밑 뺨에 흉터가 나 있었다. 그래서 선글라스를

278

끼고 있는 걸까?

"오랜만이에요. 커피숍 가서 커피 하실래요?"

"거긴 남들 이목도 있고. 여기가 한갓지고 조용하네. 앉아라."

유미가 건너편 의자에 엉덩이를 걸쳤다.

"어떻게 지내셨어요? 그동안 어디 계셨던 거예요? 그리고 어떻게 여기서……."

"얘야, 질문이 너무 많구나. 내가 요새 나이 탓인지 한꺼번에 물으면 금세 까먹어."

"아, 예…… 그러니까……."

"그리고 그런 얘긴 그만하자. 별로 얘기하고 싶지도 않고."

"그럼 왜 나를 미행하시나요?"

"미행이라…… 오버하지 마. 우연을 가장한 필연이라고 할까? 필연을 가장한 우연의 일치라고나 할까? 흐흐……."

"원하시는 게 뭐예요?"

그가 왼쪽 귀 부분의 머리카락을 슬쩍 들어 올렸다. 뒤틀린 귀의 형상이 얼핏 보였다.

"네가 맛있게 냠냠 먹은 내 귓값은 받아야지."

"결국 돈이 필요한 거예요?"

"돈, 돈이라…… 돈 좋지. 너 돈 많냐? 옳지. 재벌이랑 노니까 돈이 노가 나나 보구나."

그가 입맛을 다셨다.

"그런데 말이다. 돈 대신에 난 네 몸값을 받고 싶어."

조두식이 비열하게 입술을 일그러뜨리며 웃었다. 유미가 조두식을 노려보았다.

"개의 귓값을 내 몸값이랑 비교할 수 있나요?"

"뭐 개? 요거 봐라. 참, 조둥이하고는…… 호호, 난 그래서 네가 좋아."

"난 아저씨 귓값을 물어 줄 이유가 없어요. 그건 아저씨의 자업 자득이지."

"그래? 돈이 없다 이거지? 그럼 몸으로 때우는 수밖에. 대신 네 몸값을 너에겐 안 받을게. 네 몸값을 재벌에게 받으면 되니까. 참 모녀가 몸 하나는 비싸게 타고났지."

"무슨…… 소리예요?"

"아니다. 참 내 주둥이도 문제다."

조두식이 자신의 입술을 찰싹 때렸다.

"나한테 허튼짓 하지 말아요. 난 엄마랑 달라요."

"알지. 아니까 타고난 성질에 맞게 다뤄야지."

"그리고 우리 집에 몰래 들어온 적 있어요?"

유미는 어느 날 없어진 비디오테이프 생각이 나서 물었다.

"야, 이 조두식이 무슨 좀도둑이냐."

조두식이 의외로 얼굴을 구기며 기분 나쁘다는 반응을 보였다.

"도대체 나한테 왜 이러는 거예요?"

"신경 쓰지 말라니까."

"그러니까, 유치한 복수를 하는 건가요?"

"복수라…… 글쎄, 내가 좀 올드하긴 하지만, 올드보이는 아닌데……."

과거에 조두식이 유미에게 품은 욕정도 그렇지만, 자살로 판명 난 엄마의 죽음을 유미는 받아들일 수 없었다. 그래서 경찰에 문제 제기를 한 것도 유미였고 그 때문에 잠깐 조두식은 용의자로 조사 를 받은 적도 있다.

유미는 그와의 인연을 떠올렸다. 껌 같은 인연? 인규는 그래도 멋진 풍선도 불고 입안에서 굴리다가 씹기 싫으면 잠깐 떼어 내서 벽에라도 붙일 수 있는 풍선껌이라면, 조두식은 머리칼에 붙은 껌 처럼 처치 곤란이다. 머리칼을 잘라 내야 없앨 수 있다.

"암튼 난 너한테 관심이 많거든. 왜냐하면 넌 이쁘니까."

"엄마도 이 세상에 없고, 이제 아저씨와 저의 관계는 아무것도 아니에요."

유미가 담담하게 말했다.

"사람의 인연이란 게 그런 게 아니다. 어쨌든 만나서 반갑다. 가 끔 연락하면 이쁜 얼굴이나 보여 줘. 내 번호 떴지? 저장해 놔라."

조두식이 자리에서 일어났다.

"참 YB그룹 총수는 만나 봤냐? 윤 회장 말이다."

"아뇨."

"네가 윤 회장 아들을 만나다니. 재밌다."

"무슨 소리죠?"

"네가 나한테 하는 거 봐서 재밌는 얘기 많이 해 주지."

조두식이 유미의 볼을 손가락으로 쓸었다. 마치 송충이가 기어가 는 느낌 같아 유미는 고개를 흔들었다. 그러자 그가 그 손으로 유미 의 어깨를 토닥였다. 첫 번째는 남자의 손짓, 두 번째는 아버지의 손

짓이었다. 그가 돌아섰다. 그러다 갑자기 고개를 돌리며 말했다.

"명심해라. 모름지기 독을 잘 쓰면 명약이 되는 법."

유미는 개운치 않은 기분으로 택시를 타고 미술관으로 다시 돌아왔다. 사무실에는 이미 점심시간도 한참 지났는데 아르바이트생들만 있었다. 새끼 큐레이터 송민정이랑 박용준이 안 보인다.

"송 큐랑 박 팀장 어디 갔어요?"

"모르겠어요. 함께 점심 식사한다고 나갔는데 아직 안 돌아왔어요."

"프랑스 화랑하고 독일 화랑 계약서 초안 잡은 거 좀 가져와 봐요."

아르바이트 여대생 보람이가 머뭇거렸다.

"민정 언니가 아직 정리를 못 한 거 같던데……."

"아니, 도대체 일을 하는 거야? 마는 거야?"

가뜩이나 좋지 않은 기분이 급강하했다.

"휴대폰 해 봐요."

"둘 다 꺼져 있던데……."

그때 두 사람이 사무실 안으로 들어왔다. 둘 다 술에 취했는지 얼굴이 발그레하다. 유미를 보자 박용준이 일순 긴장했다. 그러나 송민정은 헤실헤실 웃었다. 용준이 머릴 꾸벅하며 변명했다.

"오 실장님, 죄송합다. 오늘 식당에서 특별 행사로 와인을 한 병 서비스하더라고요. 근무 중이라 안 마시려 했는데……."

그때 송민정이 끼어들었다.

"제가 마시자고 했어요."

"근무 중에 일은 팽개치고 술을 마셨다?"

"뭐 잘못됐나요? 기분 좋게 일하면 될 거 아니에요."

"송민정 씨, 직장이 무슨 프렌즈 클럽 같은 곳인 줄 아나 본데⋯⋯."

"그럼 실장님은 점심시간 꼬박 지키세요?"

아니, 어린 게 꼬박꼬박 말대꾸야. 유미는 화가 치미는 걸 누르며 말했다.

"나하고 송민정 씨하고 같아요? 나야 대외적인 일도 있고."

"대외적인 일이라고요? 그런데 실장님, 귀고리가 한 짝 없네요."

송민정이 깔깔댔다. 유미가 얼른 손으로 귀를 만져 보았다. 오른쪽 귀가 허전했다. 호텔 룸에 떨어졌나⋯⋯? 급히 나오느라 제대로 거울을 챙겨 볼 틈도 없었다. 이럴 때일수록 틈을 주면 안 된다.

"아이참, 싸구려 귀고리는 이런 게 문제야. 어머나, 그런데 민정 씨는 치마 지퍼 선이 돌아가 있네. 어디가 앞이야? 그리고 박 팀 와이셔츠 깃에 묻은 그건 뭐야?"

무조건 이렇게 질러 본다. 아니나 다를까. 송민정이 당황해서 치마허리를 다시 여미고 용준은 와이셔츠 깃을 보려고 고개를 숙이고 머리를 돌려 대고 있다. 와이셔츠 깃은 고개를 숙여도 잘 보이지 않는다. 지레 답답해진 용준의 얼굴이 붉어진다. 둘이 찔리는 게 분명 있다.

"회사는 일을 하는 곳이지 남녀상열지사를 하는 곳 아닙니다. 뭐 그것도 일은 일이지만, 입술 도장 같은 거 임자 있는 남자 옷에 꽉꽉 찍는 거 아니에요. 처녀가 머리털 다 쥐어뜯겨요. 계약서 초안

한 시간 내로 제대로 완성해서 내 방으로 가져와요."

유미는 그렇게 야무지게 내지르고는 문을 소리 나게 닫으며 자신의 방으로 들어갔다. 박용준을 충견으로 키우려던 애초의 계획이 잘못된 걸까? 개도 혈통 나름인 걸까? 족보 있는 개가 아닌 똥개는 어쩔 수 없나? 가문의 후광을 믿고 날뛰는 하룻강아지 송민정보다도 유미는 박용준이 더 기분 나빴다. 그때 노크를 하고 박용준이 들어왔다.

"오늘 술 마시고 늦게 들어온 건 죄송합니다. 그런데 사람 놀리고 그러는 거 아닙니다. 와이셔츠에 아무것도 안 묻었잖아요."

곧바로 화장실에 들어가 와이셔츠를 점검했을 용준이 부루퉁하게 말했다.

"아님 말고. 그런데 왜 그렇게 당황해?"

"그리고 민정 씨에게 임자 있는 남자 운운한 건 좀 섭섭해요."

"그럼, 개한테 숫총각 시늉하냐? 정신 차려. 똥인지 된장인지 아무거나 집어 먹지 말고. 오르지 못할 나무 쳐다보지 말라고."

"……."

용준이 기분 나쁜 듯 입을 꾹 다물었다. 그러다 결심한 듯 말했다.

"그러는 오 실장님은요. 윤 이사님……."

"윤 이사 뭐?"

유미가 눈을 치뜨고 물었다.

"아닙니다."

용준이 고개를 숙였다.

"용준 씨 인사권은 내가 쥐고 있다는 거 잊지 마. 그나마 알량

한 밥줄이라도 끊기지 않으려면."

그리고 얼마 전에 지완을 만났던 이야기를 해 주었다.

폭설이 내리고 며칠 지나 지완이 잠깐 보자고 전화를 해 왔다. 시간이 있으면 집에 와서 점심이나 먹자고 불렀다. 마침 오전과 오후 일정 사이에 점심시간이 비어 있었다. 오랜만에 지완의 집으로 갔다. 지완이 갈비를 재 놓고 봄나물을 무치고 향긋한 달래 된장찌개를 준비했다. 언제나 느끼는 거지만 지완은 솜씨가 좋다. 인규가 미식가가 된 데는 지완의 공로가 클 것이다. 맛있는 음식을 자주 입에 대 본 사람이 혀도 섬세하게 개발되는 법이다. 물론 섹스도 마찬가지지만……

"얘, 인규 씨는 정말 행복하겠다. 네가 솜씨가 좋아서. 여자 맵시, 솜씨, 말씨 중에서 솜씨가 으뜸 아니니."

식사를 하며 유미가 칭찬하자 지완이 흥, 하고 코웃음을 쳤다.

"복에 겨워 그런 것도 몰라요. 늘 그 맛이 그 맛이라나. 요즘엔 아주 세상 지겨운 얼굴을 해요. 남자 갱년기인가 봐. 월례 행사로 치르던 걸 분기별로 겨우 때우고. 하긴 나도 그런 성의 없는 섹스는 이제 싫어."

"박용준이 있으니까 그런 거 아냐? 걘 잘하니?"

"잘하는 게 뭔지 난 잘 모르겠어. 회사 나간 이후론 늘 피곤하다고 그러지. 그래도 10년이나 젊은 게 좀 낫긴 하지만."

"너 능력 대단한 거야. 연하남 키우는 거, 그거 보통 일 아니야. 부럽다, 얘."

"어우, 얘는. 너야 훨씬 더 화려할 텐데 뭐."

"외화내빈이란다. 프랑스 여자들은 섹시녀 브리짓 바르도를 자주 부러워했지. 그 여잔 매력적인 여성의 표본이고 자기가 원하는 남자를 전부 가졌어. 하지만 결국엔 남자보다 개를 더 사랑했지."

유미가 겸손 모드로 말했다. 지완이 갑자기 정색을 하고 유미에게 말했다.

"참! 유미야. 얼마 전에 박용준네 집에 가서 옷장을 열다가 쇼핑백을 발견했어. 명품 셀린느 가방이더라. 아마 날 주려고 준비한 거 같아서 모른 척했어. 왜 얼마 전에 화이트 데인가 뭔가 있었잖니? 걘 젊은 애니까 그런 걸 챙기나 보다 했지. 포장을 새로 멋지게 하려나 보다 했어. 그런데 그 후에 가서 보니 그 가방이 없어진 거야. 계속 기다려 봐도 가방 얘긴 입도 벙긋 안 하고…… 왠지 바람피우는 거 같아."

"그럴 리가. 박용준이 너 무지 좋아하는 거 같던데."

"젊은 연하 애인 간수하기 쉽지 않은 거 같아."

"너, 박용준을 정말 사랑하는 거 같다."

"사랑? 모르겠어. 그래, 사랑이겠지. 너도 알다시피 나 대학 때 연애 한번 제대로 못 해 보고 인규 씨랑 중매결혼을 했잖아. 순수한 연애라면 이게 처음이지. 그래서 내게는 소중하다고 해야 하나? 이게 깨지면 솔직히 나 상처받을 거 같아."

"그럼 인규 씨는 어쩌고……."

"으음, 남편은 좀 달라. 오래 살다 보니 사랑이라는 감정보다는 신의라든가 의리, 그리고 오누이 같은 느낌이야. 역시 헤어질 수 없는 관계지. 여자들이 분야별로 남자를 다 하나씩 가지면 좋을 텐데…… 참, 그래서 부탁인데, 용준 씨 딴짓 하나 좀 눈여겨봐 봐."

유미가 용준에게 그 얘기를 해 주자 용준이 머리를 긁적였다. 그 셀린느 가방을 어제부터 송민정이 들고 다닌다는 걸 유미는 알아차렸다.

"용준 씨, 그러니까 내가 충고하는데, 카드를 긁더라도 그 가방이랑 똑같은 걸 사다가 포장 예쁘게 해서 지완이에게도 선물해."

"첫 월급 타서 선물은 했는데…… 화이트 데이도 지나고 무슨 명목으로……."

"뭐 선물했는데?"

"늘 따스한 거 타령하는 여자라 내복 사 줬어요. 그것도 순모 내복이라 비싼 건데……."

"어이구. 여자가 따스한 걸 찾는 건 다 심리적인 거야. 외로워서 그런 거라고. 야한 속옷도 아니고 내복? 그러면서 송민정한테는 명품 가방을 안기고? 여자들은 눈치가 빨라. 아주 작은 일에 서운함도 잘 느껴. 뭐 알아서 해. 지완이에게 애정이 없다면 내가 강요할 일은 아니니까."

"애정이 없다기보다는…… 지완 씨는 물론 좋은 여자예요. 하지만……."

"하지만?"

"부담스러워요. 꿈꿀 수 있는 미래가 아무것도 없잖아요."

"꿈?"

"네, 꿈요."

"여자를 통해서 미래를 꿈꾼다……? 결혼을 통해서겠지?"

"갓 서른 넘은 젊은 놈이 기둥서방처럼 살 순 없잖아요. 오 선생님이 왜 제게 지완 씨를 소개했는지 그 의도가 좀……."

"의도? 그냥 유익한 친구로 도움이 되겠다 싶어서 전화번호 알려 준 거였잖아. 그런데 둘이 눈 맞고 사랑에 빠진 게 내 책임이야? 그래서 용준 씨 짐 싸서 성미림 씨 집에서도 나왔잖아."

"그렇긴 한데요. 솔로 대 솔로의 만남도 아니고…… 연상의 유부녀에게 제 미래를 걸 순 없잖아요."

"그래서 송민정에게 미래를 건 거야?"

"부잣집 강아지처럼 귀엽잖아요. 아무런 열등의식도 없고 발랄하고…… 그런 게 부럽기도 하고 솔직히 끌려요. 저를 잘 따르기도 하고."

유미는 용준이 이해되기도 했다. 유미는 그 나이 때 자신의 모습을 떠올려 보았다. 가난하고 열등감에 젖어 있는 백수나 다름없는 젊은 용준에게도 미래에 대한 꿈과 욕망이 있을 것이다.

"꿈을 꾸는 건 좋은 거야. 하지만 다른 사람에게 상처를 주는 건 꿈이 아니야. 용준 씨가 알아서 하겠지만……."

"오 선생님이야말로 제게 교묘하게 상처를 주셨죠."

"무슨 소리?"

"솔직히 말하면 제 꿈은…… 아직도……."

그때 송민정이 서류를 들고 방으로 들어왔다.

민정이 용준의 얼굴을 힐끗 쳐다보더니 유미에게 서류를 내밀었다. 용준이 밖으로 나갔다. 서류를 살펴보던 유미가 말했다.

"술 좀 깼어?"

"네……."

"한 시간 안에 이렇게 완벽하게 서류를 해 오다니. 역시 송민정이야. 예쁘고 똑똑하고 스펙도 만만찮고. 재색을 겸비하기 쉽지 않은데."

민정의 얼굴이 환해졌다.

"다만 성질이 좀…… 아냐. 귀여워."

"아깐 제가 죄송했어요. 술김에 기분이 좀 업 돼서……."

"그래, 나한테 불만 있는 건 아니지?"

"그런 거 아니에요."

"와인 좋아해? 그럼 언제 나랑 와인 한잔할래요? 좋은 데 알고 있는데."

"좋아요."

송민정이 밝게 웃었다.

"그때 취하면 나한테 불만 다 얘기해. 근무 중엔 그렇잖아?"

송민정이 한결 고분고분하게 말했다.

"아니에요. 제가 부족한 점이 많아요. 지적해 주세요. 고칠게요."

"완벽한 사람이 어디 있어?"

유미가 너그럽게 웃으며 말했다.

"그래, 그래서 말인데, 여기 작품 임대 시 보험에 대한 구문을 더 구체적으로 하고 작품 패킹 날짜를 웬만하면 좀 더 당겨 봐요. 그리고 여기 영문 철자 오자가 두 개 있네."

송민정이 혀를 날름 내밀면서 말했다.

"어머, 두 번이나 확인했는데 눈이 정말 날카로우세요. 잘 알겠습니다. 다시 완벽하게 해 올게요."

민정이 방을 나갔다. 같은 여자끼리는 더 어렵지만, 자존심 강하고 어린 부하 직원을 잘 감싸 안아야 일이 수월하다. 철없는 부잣집 딸, 스물네 살의 송민정을 보며 유미는 그 나이 때 자신의 모습을 떠올렸다. 그땐 어렵게 대학을 졸업하긴 했지만, 이미 한 아이의 엄마, 아내이자 며느리였으며 그 신분에서 졸업하기 위해 발버둥 치던 시기이기도 했다. 그 시절이 지나고 나니 아득하게 그립기도 하다. 팥쥐 어멈처럼 지독했던 시어머니. 그 밑에서 여종처럼 살았던 시집살이. 아아, 그러고 보면 난 너무 일찍 철이 들었던 건가? 포항제철에서 상 줘야 하는데……. 유미는 혼자 웃었다.

그때 노크 소리가 나고 박용준이 커피를 가지고 들어왔다.

"오후 커피 타임이에요."

"벌써?"

대학원에서 강의를 할 때도 박용준은 늘 음료 담당이었다. 커피나 한 병의 주스는 접근의 빌미가 된다. 지금도 뭔가를 말하고 싶어 하는 눈치다.

"송민정이랑 둘이 술 한잔하기로 하셨어요?"

"응. 왜? 뭐 찔려? 걱정하지 마."

"아니, 그런 게 아니고. 저랑도 한잔해요."

"글쎄, 언제 여유가 되면……."

"참, 이런 얘기해도 되는지 모르겠는데…… 이상한 소문을 들었어요."

"소문? 무슨 소문?"

"그게 아무래도 헛소문 같은데……."

"쓸데없는 헛소문 같으면 뭐하러 얘기해?"

"얘기하지 말까요?"

유미가 짜증을 냈다.

"뭐하자는 거야? 그래, 어떤 내용인데?"

용준이 머뭇거렸다.

"박용준 씨, 여자 집적대듯이 그럴 거야? 말할 거면 화끈하게 남자답게 말해 봐."

"오 선생님 출신에 관해……."

유미의 눈썹이 꿈틀 올라갔다.

"출신?"

용준의 목소리가 쏙 들어갔다.

"출신이 뭐 어쨌다는 건데?"

"그게……."

용준이 눈치를 살폈다.

"이왕 말 꺼낸 거 쑥 뽑아 봐."

이게 뭘 뽑다 마니? 넌 섹스도 그 따위로 하니? 화가 난 유미는 속으로만 부르짖었다.

"그게 아무래도 말도 안 되는 거라서…… 말도 안 되는 거니까 제가 또 이렇게 실장님 앞에서 말을 하는 거죠. 아, 이게 말이 되나?"

"그래, 말도 안 되는 말, 해 봐."

"그러니까 오 선생님이 일종의……."

"일종의?"

"일종의 창녀였다는 설이……."

"창녀?"

유미가 코웃음을 터트렸다.

"창녀 출신이 작가도 하고 교수도 하고 재벌 회사 미술관 운영도 하고…… 뭐 그런다고……."

"누가 그런 소문을 말하고 다녀?"

"누군지는 모르죠."

"그럼 누구한테 들었는데?"

박용준이 완강하게 말했다.

"그건 말해 줄 수 없어요."

"왜지?"

"그냥요. 그 사람에게 피해가 갈 수 있으니까요."

"그래서 용준 씨는 그 소문을 믿어?"

"안 믿어요. 그러니까 궁금해서 물어보는 겁니다."

"창녀 출신이 국회의원 하는 나라도 있지."

"사실 창녀가 똑똑하면 그럴 수도 있는 거죠, 뭐."

"그래서 내가 그 소문에 답을 해야 해?"

"아뇨, 그러실 필요 없어요."

"그럴 가치가 있고 이유가 있다면 답을 해야겠지. 이게 무슨 청문회 자리도 아니고……."

"왜 그런 소문이 돌까요? 누군가 음해하려는 게 분명해요."

"그 소문, 누구한테서 들은 거야?"

"말할 수 없다고 했잖아요."

"가까운 사람이겠지. 송민정 아냐?"

용준의 얼굴에 긴장감이 잠깐 서렸다. 용준이 웃으며 다른 화제로 넘어갔다.

"넘겨짚지 마세요. 참, 그런데 전부터 누군가 오 선생님 주위를 맴돌고 있었던 것 같다는 생각이 들어요."

이건 또 무슨 소리야?

"누가?"

"아니 꼭 누구라기보다는 제 육감이……."

"육감 잘 맞아? 말 잘못하면 여기서 육갑 떠는 거라는 거 알지?"

기분이 나빠진 유미가 말뚝을 박았다.

"그럼, 오늘 제 말 듣고 모두 흘려 버리세요. 다만 두어 번 오 선생님을 미행하는 어떤 차량이 있었던 것 같은 느낌이…… 검은 세단인데 자세히 확인은 못 했어요."

"용준 씨야말로 그걸 어떻게 안 거야?"

"저는 늘 멀리서 오 선생님을 바라보는 사람이니까요. 그런 게 제 시야에 잡히는 거죠."

"그러는 용준 씨도 날 미행한 거 아냐? 도대체 왜?"

"저는 오 선생님을 곁에서 지켜 주고 싶은 마음에서 그런 거예요. 보디가드처럼요. 이래 봬도 제가 태권도, 유도 합쳐서 3단이에요."

유미가 용준에게 다짐을 두며 말했다.

"만약 용준 씨가 나를 위해 충성을 바칠 기사, 아니 보디가드를 자청한다면 내 명령이 떨어질 때까진 경거망동하지 마."

용준이 자세를 가다듬으며 대답했다.

"예, 잘 알겠어요."

"그럼 그 쓸데없는 소문의 진원지나 잘 막아. 용준 씨도 더 이상 그 소문을 중계방송하지 말고."

"예."

유미는 정색을 하고 화제를 바꿨다.

"박 팀장! 본사에서 할 예정인 프레젠테이션 준비는 잘되고 있지?"

"그럼요."

"그래, 나가 봐."

용준이 돌아섰다.

"박 팀! 참, 나랑 술 한잔하고 싶다고 했나? 날짜 한번 잡아 봐."

"옙!"

용준이 목례를 하고 나갔다.

아아, 오늘은 왜 이리 피곤한 날이냐. 유미는 다 식어 버린 커피를 목구멍으로 넘겼다. 그 소문이란 게 전에 윤 이사가 말한 음해성 문건과 관련 있는 걸까? 그것이 빌미가 되어 소문이 된 것인가. 아니면 사라진 비디오테이프가 문제를 일으킨 걸까. 근거가 없는 소문이라 해도 발 없는 말이 천 리를 가는 법이다. 박용준까지 알고 있는 사실이라면 어디까지 그런 소문이 돌고 있는 걸까. 추측건대, 박용준은 아마 송민정에게 들었을 것이다. 그렇다면 회사 간부들은 알음알음으로 알고 있는 걸까?

그리고 갑자기 나타난 조두식은 또 무엇인가. 그가 뜬금없이 한 말들은 또 무엇인가. 그가 던진 말들이 두서없이 떠올랐다.

"참 YB그룹 총수는 만나 봤냐? 윤 회장 말이다."

"네가 윤 회장 아들을 만나다니. 재밌다."

"네가 나한테 하는 거 봐서 재밌는 얘기 많이 해 주지."

"명심해라. 모름지기 독을 잘 쓰면 명약이 되는 법."

그는 마치 YB그룹의 윤 회장을 잘 아는 듯이 말했다. 그러나 조두식이 모르는 것이 있다. 그는 유미를 잘 모른다는 것이다. 과거의 일부만 알고 있을 뿐. 유미의 과거를 모두 알고 있는 사람은 이 세상에 존재하지 않는다.

모든 걸 단순하게 생각하자……. 여태까지 유미가 버텨 온 것은 어쩌면 다양한 생존 전략보다도 필요할 때면 백지처럼 단순해지는 편리한 성격 때문인지도 모른다. 누군가를 의심하는 것은 결국 자신을 고문하는 짓이다. 아직은 아무도, 어떤 것도 속단할 필요도 이유도 없다. 내일은 내일의 태양이 뜰 것이다. 그리고 닥치면 또 해결책이 있는 것이 인생이다. 사람이 걱정하는 일은 사실 확률적으로 거의 일어나지 않는다는 통계가 있다. 그러니까 대부분 불안에서 오는 기우라는 것이다.

하지만 모래성처럼 어느 한순간에 무너질 수도 있는 게 또한 인생이다. 요즘 유행하는 말로 한 번에 훅 갈 수 있다는 말이다. 누군가의 인생은 반석 위에 세운 타워팰리스라면 누군가의 인생은 모래밭에 세운 오두막일 수도 있다. 아니 타워팰리스라 할지라도 모래밭에 세운 거라면 언제 붕괴할지 모른다. 돈도 '빽'도 가문의 영광도 없는 모래밭에 유미는 꿈의 궁전을 지으려고 하는지도 모른다. 주식시장의 장세 그래프처럼 파란만장하고 변화무쌍한 궤적을 그려

온 인생이지만 언제부턴가 상승세를 타고 있어 뿌듯하기조차 했는데……. 곧 상종가를 치게 되리라는 기대에 부풀어 있었는데 왠지 예감이 좀 좋지 않다. 내가 과거에 창녀였다는 소문이 돌고 있다고, 박용준은 말했다. 글쎄, 어떤 의미에서 나는 창녀일까. 창녀는 최고로 오래된 여자의 직업. 예나 지금이나 난 몸을 준 대가는 언제든 톡톡히 쳐서 받고 있다. 그게 꼭 돈이 아니라도. 그런 의미에서라면 클레오파트라도 창녀다.

(2권에서 계속)

경아와 이화. 30년이 훨씬 지났어도 나는 그녀들의 이름을 기억한다. 그녀들은 1970년대 인기 신문 연재소설의 여주인공들이었다. 사춘기 소녀였던 나는 신문이 배달될 때를 조바심치고 기다리다 식구들 몰래 대문간에서 신문을 집어 대문 옆 화장실에서 몰래 쪼그려 앉아 아끼며 읽던 추억을 갖고 있다. 그 무렵, 만약 작가가 된다면 언젠가는 꼭 신문 연재소설을 한번 써 보고 싶다는 생각을 했다.

그로부터 세기도 바뀐 2011년 여름, 나는 지금 2년째 《문화일보》에 『유혹』이라는 신문 연재소설을 쓰고 있다. 재작년 가을, "맛있는 섹스는 있어도, 맛있는 사랑은 없다."라는 첫 문장으로 시작한 이 소설의 끝 문장을 나는 아직 모른다. 원래 1년간 예정으로 썼던 이 소설은 독자들의 호응으로 아직도 끝나지 않았고, 1부 격인 연재분을 세 권의 책으로 이번에 출간하게 되었다. 미국 드라마처럼 '유혹 ― 시즌 1' 이런 식이랄까.

지금까지 내가 썼던 어떤 소설보다 더 길고 파격적인 소설이다. 어떤 비난이나 찬사도 신경 쓰지 않겠다는 각오로, 그동안 내가 천착해 온 주제인 인간의 욕망을 나는 이 소설에서 끝까지 밀어붙였다. 어쩌면 인간과 짐승의 경계까지. 그런 의미에서 이 소설은 성사회학이나 성심리학적 관점으로 읽어도 흥미롭지 않을까 싶다.

짐승은 발정하지만, 인간은 유혹한다. 21세기 최첨단 자본주의 사회에서 욕망의 주체인 인간들은 살아남기 위해 처절하고 치명적인 유혹의 기술을 구사할 수밖에 없다. 여기 한 여자가 있다. 이름은 오유미. 『별들의 고향』의 경아와 『겨울 여자』의 이화로부터 유미는 얼마나 멀리 왔을까?

유미는 21세기 욕망의 정글에서 펼쳐지는 서바이벌 게임의 여전사다. 태생부터 불행을 타고난, 아무것도 가진 것 없는 여자다. 단지 자신의 미모와 섹스를 무기로, 욕망과 성공과 복수를 위해 유혹의 전략적 기술을 쿨하면서도 뜨겁고 자유롭게 구사한다. 누구보다 독립적이고 누구보다 인간적이고 누구보다 강렬하고 누구보다…… 아아, 나는 잘 모르겠다. 솔직히 어디로 튈지 모르는 오유미의 행보가 나도 궁금하다. 다만 오유미가 욕망의 종결자, 유혹의 종결자가 되었으면 싶다는 바람뿐.

나로서는 처음으로 '신문 연재소설'이라는 도전과 모험을 감행했다. 때로는 매일 '시시포스의 바위'같이 닥친 원고를 마감하기 위해 『천일야화』의 셰에라자드처럼 셀 수 없이 수많은 공포의 밤을 보냈다는 고백을 하지 않을 수 없다. 솔직히 두렵고도 외로운 시간이었다. 그러나 작가로서 통쾌하고 즐겁기도 했다. 눈치 보지 않고 거침없이 썼다. 어쨌거나 대중과의 소통을 꿈꾸며 같은 주제의 이야기를 어렵지 않고 경쾌하게 풀어내어 문학적 엄숙주의로부터 좀 더 자유롭고 싶었다.

　그러나 아직 끝나지 않은 소설을 독자 여러분에게 중간 점검을 받으려니 좀 걱정도 된다. '유혹적 글쓰기'로 『유혹』이 끝까지 독자들의 마음을 '유혹'해야 될 텐데…… 성능 좋은 진공청소기처럼 강한 흡인력으로 독자들을 내 소설로 한바탕 빨아들일 수 있다면 정말 좋겠다. 작가는 독자를 글로 유혹하는 사람이니까. 거기다 정말 욕심을 낸다면 이 책이 완결되는 날, 나름대로의 카타르시스나 작은 감동까지 독자 여러분께 선물로 줄 수 있다면……. 그 꿈이 나를 깨어 있게 해 주길 바라며 오늘 밤도 책상 앞에 앉을 수밖에.

　이제 마음을 비우고 독자들과 호흡하며 이쯤에서 완주를 앞둔 마라토너처럼 다시 초심을 가다듬고 호흡을 고르고 싶다.

　나는 작가다.(요즘 유행하는 이 말을 이 기회에 나도 한번 써 보고 싶었다.)

　그런데 여기에 수식어가 붙어야 한다면 나는 '영원한 처녀 작가'

이고 싶다. 나는 무엇이든 쓰겠지만, 내가 내는 책은 늘 '처녀작'이기를 바라기 때문이다. 새로운 모험으로 내게도, 독자들에게도 낯선 작품을 쓰고 싶다. 내 안의 '처녀'가 나를 끊임없이 유혹해 주기를 간절히 희망해 본다.

2011년 7월
권지예

권지예

1960년 경북 경주에서 태어나 서울에서 자랐다. 이화여대에서 영문학을 전공했고 프랑스 파리7대학 동양학부에서 '한국 근대문학에 나타난 여주인공들의 섹슈얼리티를 통한 여성상'을 주제로 박사학위를 받았다. 유학 중인 1997년 《라쁠륨》에 단편 「꿈꾸는 마리오네뜨」를 발표하며 등단했다.

장편소설 『4월의 물고기』, 『붉은 비단보』, 『아름다운 지옥』과 소설집 『퍼즐』, 『꽃게무덤』, 『폭소』, 『꿈꾸는 마리오네뜨』가 있다. 그림소설집 『사랑하거나 미치거나』, 『서른일곱에 별이 된 남자』와 산문집 『권지예의 빠리, 빠리, 빠리』, 『해피홀릭』 등이 있다.

2002년 「뱀장어 스튜」로 이상문학상을, 2005년 『꽃게무덤』으로 동인문학상을 수상했다.

유
혹
1

권지예 장편소설

1판 1쇄 펴냄 2011년 7월 18일
1판 4쇄 펴냄 2012년 10월 11일

지은이 | 권지예
발행인 | 박근섭·박상준
편집인 | 장은수
펴낸곳 | (주)민음사

출판등록 | 1966. 5. 19. 제16-490호
주소 | 서울시 강남구 신사동 506번지 강남출판문화센터 5층 (135-887)
대표전화 | 515-2000 | 팩시밀리 | 515-2007
홈페이지 | www.minumsa.com

ISBN 978-89-374-8377-6 (04810)
ISBN 978-89-374-8376-9 (세트)